兰州大学"双一流"建设资金人文社科类图书出版经费资助

卡尔维诺小说中的空间问题研究

周小莉 ◎ 著

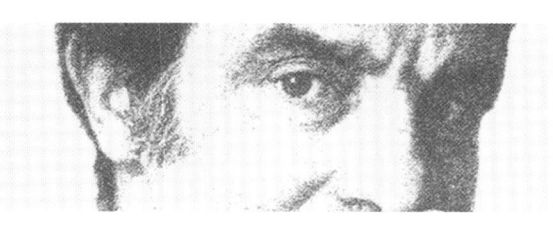

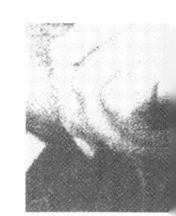

中国社会科学出版社

图书在版编目(CIP)数据

卡尔维诺小说中的空间问题研究/周小莉著.—北京：中国社会科学出版社，2018.12
　ISBN 978-7-5203-3846-2

Ⅰ.①卡…　Ⅱ.①周…　Ⅲ.①卡尔维诺(Calvino, Italo 1923-1985)—小说研究　Ⅳ.①I546.074

中国版本图书馆 CIP 数据核字(2018)第 287387 号

出 版 人	赵剑英
责任编辑	郭晓鸿
特约编辑	孙　靓
责任校对	闫　萃
责任印制	戴　宽

出　　版	中国社会科学出版社
社　　址	北京鼓楼西大街甲 158 号
邮　　编	100720
网　　址	http://www.csspw.cn
发 行 部	010-84083685
门 市 部	010-84029450
经　　销	新华书店及其他书店
印　　刷	北京明恒达印务有限公司
装　　订	廊坊市广阳区广增装订厂
版　　次	2018 年 12 月第 1 版
印　　次	2018 年 12 月第 1 次印刷
开　　本	710×1000　1/16
印　　张	17
插　　页	2
字　　数	183 千字
定　　价	68.00 元

凡购买中国社会科学出版社图书，如有质量问题请与本社营销中心联系调换
电话：010-84083683
版权所有　侵权必究

序

卡尔维诺是20世纪最著名、最重要的意大利小说家之一，他的创作交织着新现实主义与后现代主义观念与风格，一般认为，他20世纪60年代之前的创作表现出较显著的新现实主义特征，而此后的创作则表现出越来越鲜明的后现代主义特色。但就总体而言，我们似乎可以说他的影响更多地体现在西方后现代主义文学中。

国外对卡尔维诺的研究很多，国内也有不少，但无论国外还是国内，从"空间"视角来研究的并不多，特别是国内，本书似乎为首篇，其开创性的意义于此可见。

小说中的"空间"问题历来就有，然而对小说中"空间"问题做较多、较深入的理论探讨却是相当晚的事。传统的小说理论对19世纪现实主义之前小说中"空间"的关注较多集中在"场景"上，而对于一些较为复杂的空间形式则很少关注，线索显得比较单一。但到20世纪现代主义诞生之后，小说中的空间形式变得复杂起来，像乔伊斯、卡夫卡、博尔赫斯、科塔萨尔、马尔克斯、卡尔维诺等作家作品中的"空间"形式与传统现实主义小说中的空间表现出巨大差异，从而引发了批评界的极大关注。约瑟夫·弗兰克似乎是最早注意到这一差异的批评家之一，他于1945年发表的《现代文学中的空间形式》(*The Spatial Form in Modern Literature*)似乎也就成了对现代文学中空间形式进行理论探索的开山之作。弗兰克提出，传统小说中的叙述主要建立在历时的、因果的时间链条中的，而现代小说中的叙述则主要建立在共时的、并置的空间关系中。换言之，传统小说中的空间作为场景被组织在历时的时间链条中，受时间和因果关系的支配；而现代小说中的时间则被组织在并置的、非因果关系的空间结构中，受空间关系的制约。由此可见，现代小说的意义呈示和理解要求读者反复将那些看似散漫并置于空间之间的时间和因果关联寻绎出来，然后组织进自己的想象中。因而对于熟悉传统小说叙事的读者来说，现代主义小说之后带来的读解困难是不难想象的。上面提到的名字正是这类典型现代小说家的代表。

弗兰克特别提出现代小说中这种典型的"空间化"(spatialization)视角，从理论上为解析现代主义之后的小说叙述结构作出了贡献，此后一段时间内，理论家与批评家们大多沿这一线索进一步深化这一理论，并用此理论框架来评析典型现代主义小说家的作品，然而在总体上，弗兰克的这一理论概括关注的焦点基本上还是局限在客观的、物质的、物理的空间，或者主观的、心理的空间观念内，这种空间观念被后来的空间研究者概括为"第一空间"和"第二空间",其实仍然是一种本质主义的空间观。近一二十年来国内有关文学中"空间"问题的讨论,譬如关于《红楼梦》与一些现代小说的空间评析,总体上还是采用了弗兰克的视角。对于卡尔维诺小说中"空间"问题的探讨,无论国内外,似乎也以从这一视角切入者居多。

本书作者周小莉大大拓展了弗兰克未能深入探讨的"空间"观。她不仅引入了与弗兰克差不多同代的福柯、列斐伏尔、萨特以及后来的戴维·哈维、爱德华·索亚等著名学者的"空间"观念;而且也引入了在弗兰克之前的经典理论家亚里士多德、牛顿、休谟、康德、卡西尔等人的"空间"观念,从本质主义的空间观中跳脱出来,博采众家,以多元空间的观念为理论工具,对卡尔维诺的11部代表作中的"空间"问题做了精彩的评析,从而大大拓展了卡尔维诺研究的空间,其学术价值不可谓不大。

从《通向蜘蛛巢的小路》《烟云》《阿根廷蚂蚁》到《宇宙奇趣》《命运交叉的城堡》《看不见的城市》《帕洛马尔》等11部作品基本上代表了卡尔维诺从前期到后期的整个创作,也展现了卡尔维诺空间观的演变。小莉在细读文本的基础上,通过多元的空间视角,周详细密地剖析了这些小说中主体、文本、权力、政治、社会、宇宙之间多样复杂的关系,充分论证了"空间"在其文学意义的呈示中所起到的至关重大的作用,大大拓展了卡尔维诺在文学空间中的创造,彰显了他在从现代主义到后现代主义文学中的独特性,也展现了她自己这本论著独特的学术意义。

小莉曾随我攻读比较文学博士学位，她有很好的专业基础和理论素养，治学勤奋且严谨，阅读广泛且善于思考。现在奉献给读者的这部论著雄辩地展示了她的学术功力和水平，我们期待她在今后的教学与研究中拿出更好的学术成果。

刘象愚
2018 年春于澄迈老城丽水湾

目 录

第一章　绪论 …………………………………………………… 1

　第一节　关于空间的观念 ……………………………………… 3

　第二节　西方小说中的空间形态 …………………………… 34

　第三节　卡尔维诺的空间实验和主体焦虑 ………………… 54

第二章　主体的迷乱与对抗：空间探索的起点 …………… 68

　第一节　《通向蜘蛛巢的小路》中的空间与性、暴力、政治 …… 69

　第二节　《阿根廷蚂蚁》《烟云》中的空间与未知力量 ……… 86

第三章　身体变形与身份转变：空间探索的转折 ………… 101

　第一节　空间规训与主体的分裂："半边人""盔甲人" …… 102

　第二节　主体转型与新空间的开拓："猴子人" …………… 121

第四章 文本空间：空间探索的高潮 …… 138
第一节 文本空间 …… 140
第二节 主体在文本空间中的迷失与焦虑 …… 155

第五章 宇宙空间——空间探索的延伸 …… 180
第一节 现代科学理论模型中的宇宙空间 …… 181
第二节 两类主体的双重叙述 …… 198

第六章 空间的空间：对空间观念的反思 …… 217
第一节 《看不见的城市》中的两种城市观 …… 218
第二节 认识论反思与"第三空间" …… 232

参考文献 …… 248

第一章 绪论

在过去的大约一百年中,很多作家都表现出对空间的浓厚兴趣,卡尔维诺也不例外,从他为小说起的名字就可见一斑:《通向蜘蛛巢的小路》《烟云》《树上的男爵》《命运交叉的城堡》《看不见的城市》《宇宙奇趣》等,可以说空间是其小说一以贯之的主角,是他一生探索和表现的对象。在《巴尔扎克:城市作为小说》一文中,卡尔维诺通过分析巴尔扎克小说对城市的关注,表达出自己对空间的浓厚兴趣,"把一个城市打造成一部小说,把城市的区域和街道作为具有对立性格的角色来呈现,使它们像街边疯长的植物一样具有生命……确保在每一次变化中真正的主角都是这座活生生的城市"[①]。

但是与大多数作家相比,卡尔维诺并未止步于传达对空间的感受体验,或是凸显空间在社会历史变迁中的重大作用,或是刻画空

[①] Italo Calvino, *The Uses of Literature*, New York: Harcourt Brace Jovanovich, 1986, pp. 182–182.

间对主体的塑形作用，而是跳出了对空间的某种单一认识，深入对空间本质的探索中，因此他在每一部作品中都实验了一种全新的空间形态，这些迥然不同的空间形态代表了他对空间认识的演变过程。从这个意义上讲，他不是空间的体验者，而是空间的塑形者，是空间观念的反思者，这种对空间极具思辨性的探索使卡尔维诺在诸多的空间书写中独树一帜。

卡尔维诺为何不满足于一种空间形态，而是孜孜不倦地探索多种空间形态？这与他对主体的理解密不可分。他笔下的主体呈现出两副面孔：一副是传统的，想要穷尽空间的本质，例如《看不见的城市》中的忽必烈汗；一副是后现代的，认为空间并不具有确定本质，而是包含多重意义，例如与忽必烈汗针锋相对的马可·波罗。对于前者来说，是主体的认知欲望在推动其进行空间形态的探索，而空间本质的不可得又是造成其焦虑的根本原因。对于后者来说，是一种旨在开发多种可能性的游戏欲望推动其进行空间形态的创造，因而主体感受到的是快乐而非焦虑。到底哪一副面孔（或曰哪一种推动力）是造成卡尔维诺探索多种空间形态的原因？两者都有。20世纪60年代以前的卡尔维诺更接近于前一副面孔，60年代之后的卡尔维诺逐渐走向了后者，正是这一转型促成了卡尔维诺空间观的转变，这直接导致了他在小说中对空间形态的全新建构。若在他的小说体系中谈论这个问题的话，以发表于1969年的《命运交叉的城堡》为分水岭，这之前作品中的主人公充满了焦虑，而之后作品中主人公的焦虑逐渐转变为欣快。更让人钦佩的是，卡尔维诺能在其最为成熟的作品中，将两种主体（传统的和后现代的）同时呈现，让读者在焦虑和欣快的强烈碰撞中感受他对空间问题的反思，而非沉浸在某种束缚中无法自拔。

在研究卡尔维诺小说中空间形态和主体身份的目标指引下，本书的主要研究对象是卡尔维诺不同时期的11部代表作，包括《通向蜘蛛巢的小路》《烟云》《阿根廷蚂蚁》、《我们的祖先》三部曲（《分成两半的子爵》《树上的男爵》《不存在的骑士》）、《宇宙奇趣》《命运交叉的城堡》《看不见的城市》《寒冬夜行人》《帕洛马尔》。虽然难免会有失偏颇，但希望借这11部作品将卡尔维诺一生的小说创作连成一个整体，勾勒出卡尔维诺空间观念的演变过程，以及蕴含于其中的主体成长之过程。具体来说：第一，分析卡尔维诺不同时期小说中空间形态的变迁；第二，分析主体与空间的关系，在二者的互动关系中呈现主体的转变过程；第三，从作品中抽身而出，考察卡尔维诺的现实生活轨迹和思想观念历程，从中发掘促成以上诸种转变的内在原因。

第一节　关于空间的观念

为接近上述目标，有必要先澄清我们是在哪个意义上谈论空间。这样就需要回答几个基本问题：什么是空间？关于空间的观念经历了哪些演变过程？哲学语境、自然科学语境、社会历史语境以及日常生活中人们经常使用的各种"空间"之含义有哪些不同？卡尔维诺的空间探索是指什么样的空间？

既然要梳理空间观念，就需要某种线索，可以按时间、按地域、按学科、按特征等进行梳理，不一而足。列斐伏尔在《空间的生产》中把西方文化语境中古往今来的空间观念分为物质空间和精神空间两类，并在此基础上提出了自己的空间观。关于列斐伏尔的空间观后文将详细论述，这里且说他采用的空间观念分类法，这种物质空间和精神空间的分法，以在人之外或在人之内为标准，那些把空间作为外在于人的客观存在物来研究的被归入物质空间，反之，把空间作为人的主观世界之产物来研究的被归入精神空间。

这种分法有助于避免上述其他分法可能导致的混乱，例如按学科分类，把各种空间观分为哲学的、地理学的、数学的、物理学的等等，会让人把注意力集中在具体的空间特性上（譬如是否存在虚空、空间是否弯曲、各个大陆的地质构造等），从而掩盖了这些学科之间研究空间时共有的出发点和思维方式。列斐伏尔的目的在于厘清人们空间认识中的混乱，而沉迷于具体琐碎的知识丝毫无益于他的目标，因此他的空间分类法超越了具体的空间知识，以人们对空间的研究视角为切入点去分类，这个框架把各个历史阶段、地域、各种学科中的空间观念都囊括进去，为他下一步统一各种空间的工作奠定了基础。

因此，下文将借鉴列斐伏尔的空间分类法，并遵循他空间批判的理路来廓清这一部分开头提出的关于空间的诸多问题，以此来奠定卡尔维诺小说中"空间"问题研究的基础。

一　客观空间

所谓客观空间，是把空间当作人之外的存在来研究，这类研究主要经历了两个阶段：第一个阶段是指希腊哲学诞生之前，人们对空间的认识处于具体感性的状态，并没有思考空间的本质是什么，只是竭力去描绘空间的形态；第二个阶段是指公元前8—前7世纪以后，从希腊的早期的哲学家开始直至今日之物理学家、数学家，他们研究的是空间超乎具体形态的抽象本质。

神话是第一阶段空间认识的典型代表。在众多的神话文本中，《神谱》相传为生活在公元前9世纪中叶的著名诗人赫西俄德所作，其中关于宇宙起源和空间格局的记载最为人所熟知，体现了在此之前甚至是之后很长一段时间内人们对空间的普遍认识："最先产生的确实是卡俄斯（混沌），其次便产生该亚——宽胸的大地，所有一切（以冰雪覆盖的奥林波斯山峰为家的神灵）的永远牢靠的根基，以及在道路宽阔的大地深处的幽暗的塔尔塔罗斯"①，紧接着大地生下了皇天乌拉诺斯、山脉及居于山谷的自然女神纽墨菲、深海蓬托斯、河神俄刻阿诺斯（他和妻子忒提斯生下了所有的河流泉水），在这些最古老的神出生之后，才有了分管各种自然物的其他诸神，由此可以看出人们对空间秩序的渴求。这个秩序是由大地、天空、地狱、海洋、山川、河流建构起来的，是人们眼中见到的实存的世界，这个世界为人及其他生物提供了活动的场所。因此，空间的最初含义

---

① ［古希腊］赫西俄德：《工作与时日　神谱》，张竹明等译，商务印书馆1991年版，第29页。

是场所（或曰地点）。虽然神话对空间的解释是具体可感的，但它让每个场所都由一个人格化的神主宰，这种关于自然物与神的含混分离已经蕴含了某种对空间本质的抽象意义。

随着哲学的缓慢兴起，希腊人对空间的认识走向第二个阶段，阿那克萨戈拉、麦里梭、毕达哥拉斯、芝诺等早期哲学家都推动着这个过程逐渐走向深入。他们的主要论题是虚空是否存在，即空无一物的空间是否存在。肯定虚空存在的人立论的基础主要是：第一，虚空是区分事物的前提，如果事物之间没有虚空，那么彼此就会混同起来；第二，虚空是事物运动的原因，如果事物之间挤在一起，没有任何空隙，那么它们就没有运动的空间，只能待在原地不动。否认虚空存在的人立论的基础是：空间中不可能空无一物，他们想尽办法证明空间中除了可触摸的东西之外还有以隐形的方式存在着的东西，例如气。除此之外，芝诺通过他的悖论提出了空间无限可分的问题。这些哲学家虽然已经超越了感性知觉，但他们探讨的问题还是零碎的，缺乏对空间本质的思考和归纳。

亚里士多德代表了古希腊人空间认识的最高水平，他对空间的研究亦来自实体存在于何处的疑问，这个疑问的解决将为很多哲学研究和科学研究奠定基础，例如事物的运动问题、宇宙的结构问题等，"自然哲学家必须像认识无限那样来认识有关地点方面的问题，即它是否存在、如何存在以及是什么"[①]。因此，他对空间进行了全面系统的讨论，包括空间的本质、宇宙空间的结构和运动、空间的

---

① 苗力田主编：《亚里士多德全集》第2卷，中国人民大学出版社1991年版，第82页。

有限与无限、虚空、虚空中物体的运动。

既然要研究事物存在于何处，那么事物存在于何处呢？亚里士多德认为事物存在的最初级的地点或曰场所是与事物本身同样大小、同样形状的界限，类似于容器，它能包容某一事物，但却不同于该事物，每个实存的事物都有这样一个赖以存在于其中的界限。例如一本书，这本书的界限就是它的地点，这个界限看不见摸不着，是如同数或理念这样的抽象概念，我们能看见的是书本身的形状，摸到的是书的质料，但地点并不因此而不存在，它确实存在，就像数和理念存在一样。它的积量同事物本身的广延完全相同，例如当说"某物在大气中，也不是说它在全部大气中，而是指的是自己的表层把它包围着的那个大气中。因为，如若所有大气都是地点，那么，每一事物自身和它的地点就不可能相等了，但人所共知，它们是相等的"①。因此，空间的本质是界限，这个界限包含三个规定性：第一，积量等于该事物；第二，不是该事物；第三，可与该事物分离。

紧接着，亚里士多德探讨了各级地点之间的关系，即各个空间层级的包容关系，例如一本书，容载它的初级地点就是与它等积量的界限，高一级的地点是书房，再高一级的是整幢楼。上文中所说的作为事物界限的地点只是最初级的空间层级，依次往上走，处于等级体系最高层的是天，是极限，万物都在天之内。大地、海洋、气、以太、天构成了空间的基本层级，它们的包容关系是："地在水

---

① 苗力田主编：《亚里士多德全集》第2卷，中国人民大学出版社1991年版，第92页。

中，水在气中，气在以太中，以太在天中，但天就不再在其他东西中了。"① 由此可以看出，亚里士多德的宇宙空间是有限的，在天之外就没有什么东西了，因此天不在任何东西中。

在此基础上，亚里士多德认为空间秩序是确定不变的，每种事物因其性质的不同，都有自己确定的地点，即处于上、下、左、右、前、后六种方位中，这六种方位是地点的种类。重的东西因其重的性质必然处于下方，例如土，而轻的东西因其轻的性质必然处于上方，例如火。

在《论宇宙》中他详细描绘了宇宙的秩序：宇宙的中心是地球，是生命之家。位于上方的是诸神居住的天，天上有绕圆形轨道运动着的星体，圆形运动的中轴是由地球两极连成的线，天和诸星被称为神圣的元素"以太"。"以太"之下是"火"，它由"以太"点燃，体积大，速度快。"火"之下是"气"，它的变化可以形成风、云、雪、霜。"气"之下是海洋和大地，海洋由"水"元素构成，处于大地的表面，它包裹着由"土"元素构成的大地。"土"不能运动，质地紧密无比，是宇宙的最低处。这样由高到低，"土在水中，水在气中，气在火中，火在以太中——，它们构成整个宇宙。整体的上方代表诸神的住所，下方则是有死生命的家园"②。这个确定秩序是不容改变的，上方的事物终要回到上方，下方的事物只能留在下方，这种上下之分甚至被赋予了道德内涵。

---

① 苗力田主编：《亚里士多德全集》第2卷，中国人民大学出版社1991年版，第97页。
② 同上书，第609页。

除此之外，亚里士多德还研究了虚空问题。对早期哲学家们关于虚空的讨论，亚里士多德认为他们连入门的水平都没达到，因为他们证明虚空存在与否的方式是证明空间中有无存在物，这就使争论始终停留在问题的表面，例如无形的气能否算作空间中的存在物等问题上（如果能，就没有虚空，如果不能，就有虚空）。

他首先界定了虚空的含义："虚空（如果它存在的话）必然是失却了物体的地点。"① 在此基础上，亚里士多德主要阐明了两个问题：第一，虚空不存在，即失却了物体的地点不存在，因为一旦物体从它先前的地点移出，立刻会有其他东西充满那个地点，例如水从桶中倒出，气就会代替水来占据桶。世界上的万事万物都是如此，因此不会有失却物体的地点；第二，虚空不是事物运动的原因。理由之一是事物之间可以提供运动的空间，例如水的运动不必依靠虚空。理由之二是事物的自然运动其动力来自自身的性质，例如轻的上升、重的下降，非自然运动的动力来自外物，如划船，都不是来自虚空。理由之三是如若有虚空存在，事物的运动将不可理解。

在对空间的本质、结构乃至虚空进行了全方位研究之后，亚里士多德像他之前几乎所有的哲学家一样，将空间问题的最终归宿指向了神，他认为是神创造和管理着这一切："神在任何意义上都是这个宇宙中的一切东西的保护者和生成者。"② 神居住在空间结构的最高处——天上，在天的极顶上，管理着由上自下的万物，首先是天

---

① 苗力田主编：《亚里士多德全集》第2卷，中国人民大学出版社1991年版，第102页。

② 同上书，第621页。

上的日月星辰的转动，其次是大气中风雨雷电的变换，再次是河流山川的形成，最后是动植物的生灭。

亚里士多德之后，推进了客观空间研究的代表性人物是牛顿。牛顿对空间进一步抽象，提出了绝对空间，"绝对的空间，它自己的本性与任何外在的东西无关，总保持相似且不动，相对的空间是这个绝对的空间的度量或者任意可动的尺度（dimensio），它由我们的感觉通过它自身相对于物体的位置而确定，且被常人用来代替不动的空间"①。就牛顿的定义来看，绝对空间的性质有三：一是绝对静止，二是与具体事物及其运动无关，三是均质稳定。牛顿提出绝对空间是为了给事物运动提供一个参照系，他认为与具体事物结合在一起的相对空间会随事物运动而变化，例如球的空间位置会随着球的滚动而变化，若要测定它的变化必须有个参照系，我们可以把地面作为参照系，但地面也在随地球而运动，那用什么来确定地球的运动呢？若用太阳来做参照系，太阳也在运动。正因为具体事物的运动性，导致观测者不能以相对空间作为物体运动的参照系，因此牛顿提出了绝对空间作为物体运动可靠的参照系，同绝对时间一起构成了宇宙万物的坐标。

亚里士多德思考空间的本质是为了解决实体在哪里的疑问并在此基础上说明事物的运动，牛顿思考空间问题则主要是为了说明事物的运动。亚里士多德的地点与具体事物结合在一起，是承载事物的容器，而牛顿的绝对空间则脱离了具体事物，是人们设想出来的

---

① ［英］牛顿：《自然哲学的数学原理》，赵振江译，商务印书馆2006年版，第7页。

在现实中不存在的一种理想状态。并且，牛顿在承认原子论的基础上认为虚空是存在的，他的理由是，如果构成世界的最小粒子之间的距离小得不能容纳一个完整的粒子时，那么这两个粒子之间的空间就是空无一物的。与亚里士多德的宇宙有限论不同，牛顿认为宇宙是无限的，在无限的宇宙中万物由于引力而发生并维持着彼此的关系，而这一切最初的推动力则来自神。

虽然牛顿的空间观与亚里士多德相比有很多不同，但他们都认为空间是平直的，可以用欧几里得几何学加以说明。他们都认为时空与物质运动的关系不大，因此两人对宇宙体系的具体描述虽然不同，但解释模式是相似的。这种认识客观空间的思维模式在爱因斯坦的时代被彻底改变了。

爱因斯坦认为，牛顿设想的绝对空间是不存在的。首先，空间不是平滑均质的，由于各种场的存在，导致了空间的弯曲，在空间弯曲的情况下欧几里得几何学失去了效力，这就使牛顿的力学体系被颠覆，因为他的力学体系是在假设空间平直的条件下才成立的；其次，空间不是静止不变的，而是会随着物体运动速度的变化而变化，当物体在高速下运动时，空间会收缩。在此基础上，爱因斯坦及其他以后科学家眼中的空间再也不是有别于物质的地点，或是为物质运动提供永恒不变的参照系，而是与时间、物质空前紧密地结合在一起，构成相互影响的复杂的共同体。

从古希腊到20世纪，空间研究的模式发生了根本改变，从研究空间的不变性转而研究其可变性，由对空间自身的研究走向空间、时间、物质等关系研究。从亚里士多德到爱因斯坦，空间由纯粹的地点变成了一个关系场,在这个研究路径上,物理学和数学起着主要的推动作用。

二 主观空间

空间研究的另一条路径伴随着近代哲学的主体论转向而展开,以笛卡尔为代表的16—17世纪哲学家们对旧知识的确定性产生了怀疑,因此他们把哲学研究的起点和重心转向了知识的生产者——人,试图通过对人认识能力的考察为知识的确定性找到可靠依据,空间因此也被移向人的主观领域,失去了客观实存性,成为认识领域的某种先天形式。

在空间由客观实存向主观领域的转变过程中,休谟是个过渡性的人物,他的哲学也是以人为研究起点,试图说明认识原理。他认为认识开始于知觉,即人对客观事物的感觉经验,若没有经验,就谈不上认识,应该被划在知识的范围之外,即使是旧哲学中被确信无疑的东西也不例外。知觉又分为印象和观念,印象指最初进入心灵的强烈知觉,观念则指印象经过沉淀后在心灵中形成的意象,印象在进入知觉的次序上先于观念,是观念形成的基础。印象作为观念复现于人们心中,复现的方式有两种:一种是记忆,另一种是想象。在记忆中,观念保持着印象出现时的原始次序和关系,也就是说受客观事物的制约更大一些,而在想象中,观念则改变了印象的原始次序和关系,以某种方式重新组合,甚至会把原始的次序和关系完全颠倒。

是什么在观念之间的联结过程中起着决定作用呢?休谟提出了

三种关系,类似关系、时空接近关系、因果关系,这三种关系是观念联结遵循的内在规律。跟本书的空间主题相关的正是时空接近关系,当一个观念向另一个观念变更时,它们必须符合空间的连续性,否则两个观念的结合将不合习惯无法成立,这一关系在休谟看来非常重要:"同一关系之后,最普遍和最概括的关系就是空间和时间关系,这种关系是无数比较的源泉,例如远、近、上、下、前、后等等。"①

可以看出,休谟已经把空间移至主观领域,当作一种整合知觉的内在规则,但他并未沿着此一路径深入下去,将空间进一步抽象和主观化。休谟对空间的认识还具有很大的含混性:他并未说明空间作为联结观念的规则,到底是存在于人知觉领域的先天规则,还是存在于知觉之外的某种规则。对他来说,这些问题已经超越了人类知觉的范围,而他认为人类妄谈自己无法证实的事没有任何意义,只会导致错误的知识,"一个真正的哲学家必须具备的条件,就是要约束那种探求原因的过度的欲望,而在依据充分数目的实验建立起一个学说以后,便应该感到满足,当他看到更进一步的探究将会使他陷入模糊的和不确实的臆测之中。在这种情况下,他如果只是考察他原则的效果,而不去探究它的原因,那么他的研究工作将会得到更好的结果"②。这种基本立场决定了休谟对空间的认识不可能达到康德那样的抽象、明晰、绝对。

康德对空间的理解克服了休谟不可知论的缺陷,把对空间的探

---

① [英]休谟:《人性论》,关文运译,商务印书馆1980年版,第22页。
② 同上书,第20—21页。

讨彻底从客观领域转移到主观领域，明确指出空间是感性直观的先天形式。众所周知，康德哲学体系的核心问题是知识是否可能？如果可能，如何可能？在《纯粹理性批判》中，他通过对人类认识行为的分析，发现了一个感性—知性—理性构成的先天认识结构，正是以上能力（或曰先天形式）提供了知识的基础，让人能够把偶然的、杂多的现象整合成具有统一性的概念、范畴。具体来说，对感性的分析构成了先验感性论，对知性的分析构成了先验分析论，对理性的分析构成了先验辩证法。三者之间的论述逻辑遵循了由浅入深的原则，感性直观地对认识对象进行了初步规定，为知性提供了质料，只有经过知性的先天形式的综合统一，这些对象才能成为真正的知识，因此知性比感性高级。如果说感性和知性都建立在具体经验的基础上，那么理性则建立在经验的总体上，是超越具体指向一般、超越个别指向总体的知识，是理念，因此它是最高的认识能力。

空间在以上体系中处于先验感性论的讨论范围，它和时间共同构成了感性直观的基本形式。要进入先验感性论首先要明了"物自体"和"现象"的区分，人类的认识始于感觉经验，而"物自体"在经验之外（即超验），因此无法被认识，人能认识的只是在"物自体"的刺激下经验到的表象世界，即"现象"。"物自体"由于其超验性和不可知性而被康德排除在讨论范畴之外，他讨论的是进入人类知识范围的"现象"，人通过感性能力将来自"物自体"的刺激转化为以表象呈现在主观领域的"现象"。因此"现象"就包含了质料和形式两个层面，质料是在"物自体"刺激下形成的未经整理的杂乱的感觉,形式是先天存在于主体自身的图式,与"物自体"和感觉无关,正是由于它的整理作用,感觉才由杂乱无章的材料变为感性知识。因此感性直观的先天形式是使知识得以可能的第一个基础,而这个先天形式正是由空间和时间构成的。

康德对空间和时间是通过排除和纯化确定的,首先,排除知识中的知性和理性因素,唯独剩下感性;其次,排除感性知识中的感觉因素,唯独剩下纯粹的直观;最后,在纯粹的直观中,空间和时间形式是最后的存留物。他在先验感性论中说:"我们首先要通过排除知性在此凭它的概念所想到的一切来孤立感性,以便只留下经验性的直观;其次,我们从这直观中再把一切属于感觉的东西分开,以便只留下纯直观和现象的单纯形式,这就是感性所能先天地提供出来的唯一的东西了。在这一研究中将会发现,作为先天知识的原则,有两种感性直观的纯粹形式,即空间和时间。"①

空间是外感官的形式,时间是内感官的形式。外感官即感性直观的对象为主体以外的事物,"借助于外感官(我们内心的一种属性),我们把对象表象为在我们之外、并全都在空间之中的。在空间之中,对象的形状、大小以及相互之间的关系是确定的,或是可以被确定的"②。与之相应的内感官即感性直观的对象为主体自身,并且两者各司其职,不能越界,"内感官则是内心借以直观自身或它的内部状态的,它虽然并不提供对灵魂本身作为一个客体的任何直观,但这毕竟是一个确定的形式,只有在这形式下对灵魂的内部状态的

---

① [德]康德:《纯粹理性批判》,邓晓芒译,人民出版社2004年版,第27页。
② 同上。

直观才有可能，以至于一切属于内部规定的东西都在时间的关系之中被表象出来"①。

康德一再强调自己讨论的空间是感性直观的先天形式，它是使现象成为可能的条件，是其他先天形式发生作用的基础（例如知性）。虽然外感离不开物自体的刺激，但空间形式并非物自体本身具有的性质，因为物自体是人经验以外的事物。康德还强调空间性质的必然性，把它跟感觉的可变性相对比，例如花的颜色、香味，不同的人闻相同的花，香味有浓有淡，但空间的规定性是不变的。几何学是研究作为先天形式的空间性质的学问，因此几何命题都具有必然性的特点，例如三角形两边之和大于第三边，空间的三维性等。

三　符号空间

康德等人研究空间的方式，使人们对空间的认识久久徘徊于精神领域，漠视了空间的物质属性，这种漠视在哲学重心转向语言之后达到了高潮，一种新的空间观念——符号空间也随之诞生。如果说从客观空间到主观空间转变的内在推动力是人对自身认识能力的反思，那么从主观空间到符号空间递进的内在逻辑则是研究者对"人"之本质认识的深化，即人由理性动物变成了符号化的存在。

在空间符号化的进程中，被称为新康德主义的卡西尔非常富有代表性。和康德一样，卡西尔也是以人的认知方式为研究重心的，他的《人论》不管是从书名还是从开场白来看，都明确地表达了这

---

① ［德］康德：《纯粹理性批判》，邓晓芒译，人民出版社2004年版，第27页。

个目标:"认识自我乃是哲学探究的最高目标……它已被证明是阿基米德点,是一切思潮的牢固而不可动摇的中心。"① 在这一目标下,空间不具有物质属性,而是被作为人的认知形式而进行研究的。

卡西尔明确提出了符号空间这一概念,而这一概念的提出又建立在他对人的符号本性认识的基础上。他认为人与动物的区别在于人的符号本性,动物对外物的认知是离不开实体的,它们不能把对象表示为另一套抽象系统,而人却可以,人可以用符号代替对象,从而摆脱作为实体的对象,在一个纯粹抽象的符号世界里表达、思考和交流。卡西尔以海伦·凯勒对水的认知过程为例,第一步是手接触水,水的流动和凉爽在她的感觉中留下了印记,第二步是莎莉文老师在她手上写下了"water"这个单词,通过这种方式海伦·凯勒把水这一实在物转化成了"water"这个符号。在卡西尔看来,动物只能达到第一步,而人却可以达到第二步,因此,人应当被定义为符号动物,而非理性动物。甚至是从未见过的事物,人也能通过符号系统了解它,例如埃及的金字塔,可以完全通过语言符号的描述知道它的样子,也不会由于没见过金字塔而无法与人谈金字塔。在这个意义上,"人不再生活在一个单纯的物理宇宙之中,而是生活在一个符号宇宙之中。语言、神话、艺术和宗教则是这个符号宇宙的各部分,它们是织成符号之网的不同丝线,是人类经验的交织之网"②。

在揭示了人的符号本性之后,卡西尔顺理成章地将空间知觉也

---

① [德]恩斯特·卡西尔:《人论》,甘阳译,上海译文出版社2004版,第3页。
② 同上书,第35页。

分为低级和高级两种。动物对空间的知觉是低级的，因为它们无法脱离现实的物质空间，只能在与空间的直接关系中感受空间，例如刚刚破壳而出的小鸡，不用训练就能准确地辨别散落在地上的谷粒的方位，但它却不能把谷粒的方位用地图来标示出来，"它们根本没有关于空间的心像或观念，根本没有关于各种空间关系的轮廓"①。人的空间知觉则既包含了低级的直接感受，更重要的是还能将空间抽象成脱离了物质实体的符号，人之所以能把空间从物质转化成符号，原因在于人的符号本性。在长期的进化和训练过程中，人的这种能力越来越强，数学和物理学的进步充分地印证了这一点。

正因为把空间抽象成符号体系是人所特有的能力，所以卡西尔认为人们应该转向符号空间的研究："与其研究知觉空间的起源和发展，我们更需要分析符号的空间。一探讨这个问题，我们就处在了人类世界与动物世界之间的分界线上。"② 他批评了唯理论和经验论，认为他们长期执着于空间知觉的起源，没有任何意义，因为人的认识能力还无法弄清这个问题，研究符号空间才是切实可行、有发展前景的。

符号空间主要指纯粹抽象的几何学空间，由点、线、面及它们之间的关系构成，仅仅是一些符号而已，实体消失了，取而代之的是各种命题和判断。同时，符号空间的抽象性和同一性抹杀了物质空间的具体性和差异性，"在几何学的空间中，我们直接的感官经验的一切具体区别都被去除了。我们不再有一个视觉的空间，一个触

---

① ［德］恩斯特·卡西尔：《人论》，甘阳译，上海译文出版社2004年版，第59页。
② 同上书，第60页。

觉的空间，一个听觉的空间或嗅觉的空间。几何学空间是由我们各种感官根本上的不相同的性质造成的所有多样性和异质性中抽象出来的。在这里我们有一个同质的、普遍的空间"①。卡西尔对这个同质化的符号空间大加赞扬，认为人类只有在这样一个空间中才能实现观念的统一，才能对外部世界乃至整个宇宙抱有相同的看法，在符号空间之外是没有统一空间的。

对卡西尔来说，人类从具体感性空间到抽象符号空间的发展是缓慢的，经历了"神话—占星术—天文学"这样一个发展过程。在这个过程中，笛卡尔这样的人起到了重要的推动作用，他对解析几何作出了巨大贡献，促进了人的符号思维的形成，正是因为这些人的推动，空间才得以被转换成数的语言。

认知语言学对空间的探索也是符号层面上的，和卡西尔不同的是，语言学面对的是语言构成的符号世界，而卡西尔强调的则是由几何学构成的符号世界。随着心理学的发展，传统语言学拓展到认知领域，不论是转换生成语言学还是认知语言学，都把语言当作人类认知世界的方式，语言形式犹如过滤器，对人类认识的形成具有至关重要的作用，因此对语言内在规则的研究成为20世纪以来语言学研究的目标。

在这一目标下，语言学家对空间研究的切入点是客观物理空间以什么样的规则被语言转入了人的主观领域，具体来说，就是语言在表述形状、方位和空间关系时遵循了什么规则。以空间关系为例，

---

① ［德］恩斯特·卡西尔：《人论》，甘阳译，上海译文出版社2004年版，第62—63页。

我们总是以"上、下、左、右、前、后、里、外、东、西、南、北"等词来表述事物之间的方位关系，不同的语言体系对某种空间关系的表述不尽相同。有的语言习惯于以观察者自身作为参照系，用"在……左边""在……前"这样的方式表述方位，而有的语言习惯于用"在……南边""在……北边"，前者使用的是相对参照系，后者使用的是绝对参照系，在一个陌生的环境下显然前者更容易迷失方向或对方位表述不清，这正是由这种语言习惯造成的。另外，大部分语言在描述某一场景时都遵循了焦点原则，即对同时呈现在某一场景中的事物及其空间关系，关注点在一个事物上，并以此事物为中心来组织空间关系。例如一个女孩在田野上散步，远处有一群燕子飞来，头顶有一片片白云飘过，脚下时不时会有几只蚂蚱。在这个场景中，女孩是焦点，田野、燕子、白云、蚂蚱都是以她为中心组织起来的——在"她的远处""在她的头顶""在她的脚下"。通过诸如此类的研究，语言学家发现了许多人类语言对空间的组织原则，这些发现大大有助于人类弄清呈现在自己意识中的主观空间形成的原因。

除此之外，赛博空间（cyberspace）也是为人熟知的符号空间，是一个由数字构成的虚拟空间，它完全与物质空间分离，是由控制论（cybernetics）和空间（space）两个词合成而来，最早出现在20世纪80年代科幻小说家威廉·吉布森的短篇小说《融化的铬合金》和《神经漫游者》中。随着电脑网络的普及，赛博空间对人的影响甚至超过了真实的物质空间，并能让人感受到比真实世界更为强烈的喜怒哀乐。

在以上诸种由符号构成的空间观念逐渐被人接受以后，空间一词的词义不再拘泥于它的物质属性，当我们谈论空间时不一定必须指向客观实存的场所、地点。"文学空间""心理空间""语言空间""网络空间"等诸如此类的使用越来越多，以至于如果对空间观念的历史演变了解不足的话，很容易在这些纷繁复杂，甚至是相互矛盾的用法中迷失方向，不知空间到底为何物。

四 权力空间、社会空间、多元空间

20世纪以来空间观念发生了新变化，其中以福柯、列斐伏尔、戴维·哈维、爱德华·索亚等人为代表的研究最为活跃，至今仍具有强大的影响力。他们的研究旨趣各不相同，很难将其囊括在某个统一的标签之下，但他们身上却具有类似的精神特质，让人很容易就将他们归为一类，正是这些特质决定着这一时期空间研究的新方向。下文将以这些特质为基础，分别介绍凝结在这些特质周围的具有代表性的理论家及其空间观。

这些特质主要包括以下几点：第一，反本质主义代替本质主义。19世纪之前的空间观念基本建立在一种形而上思维模式的基础上，无论是客观空间还是主观空间，无论是亚里士多德还是康德，他们在构筑空间观的时候无不怀着穷尽空间本质的意图，而20世纪的空间理论家几乎都承认空间本质的人为性和空间观念的多元性，因此他们致力于开发空间研究的新维度。第二，关注人类实践与空间的互动关系。大家不约而同地把空间置于社会变迁的进程中，研究空间与权力的关系、空间形态的形成与变化、多元空间等诸如此类的课题，因此空间处于不断变动的过程中。第三，微观研究代替宏观研究。这一转变是以上两种转变的自然结果，既然探寻本质对理论家来说失去了以往的诱惑和说服力，既然历史已碎落一地难以弥合，那么切实可行的研究自然是着眼于解决具体问题，并致力于对过程的描述。第四，差异性代替同质性。当某种理论自认为能抓住空间的本质时，那么处于该理论框架中的空间一定是同质的，反之，当本质失去控制力或完全消失时，多种空间将会并存，呈现为差异的状态。

（一）福柯与权力空间

福柯空间观的首要特征是把空间放在社会、政治、历史研究的框架中，将之与权力和知识联系起来，分析它们之间的互动关系，因此被称为"权力空间"。

在题为《空间、知识、权力》的访谈中，福柯探讨了空间与政治权力之间的关系，他认为空间是政治的一部分。城市、建筑从古至今一直与政治密切相关，18世纪之前人们并未有意识地将自己的政治意图贯彻在城市建造上，而18世纪之后建筑逐渐成为政治家们主动关注的对象。也就是说，前一时期人们对城市和建筑的设计规划主要是从功能和结构的角度考虑的，例如对病患的隔离等。这些设计虽然有时会产生政治规训的效果，但其设计初衷并不是明确为政治服务的。这一点可以从当时的政治文献中看出来，这些文献并没有用专门的章节来论述通过城市规划来进行统治的问题，而是在论述其他问题的章节中含混地透露出这种思想。后一时期人们对城市和建筑的设计规划明显与统治联系起来,在这一时期的政治文献中,很多作者用专章专节来论述如何利用空间设计来统治和管理城市,例如怎样防止暴动、瘟疫,怎样保证上流社会人群的高品质生活等。建筑成为当权者反思自己统治的一个重要方面,以法国为代表,统治者逐渐将规划城市的经验推广到对全国的空间布局中去。

"空间、知识、权力"这个三维关系中的另一个维度是权力和知识之间的关系。福柯认为知识并不能游离于权力和政治之外而仅仅指向真理,它不可能保持中立并守身如玉。一切知识都跟权力相关,"我们应该承认,权力制造知识(而且,不仅仅是因为知识为权力服务,权力才鼓励知识,也不仅仅是因为知识有用,权力才使用知识),权力和知识是直接相互连带的,不相应地建构一种知识领域就不可能有权力关系,不同时预设和建构权力关系就不会有任何知识"①。权力决定了知识的研究方向、研究领域和可能性,知识的发展更新会产生新的权力和压迫,它们在同一母体中成长,无法被割裂开来。

福柯在具体的研究课题中,将空间、知识、权力结合起来,分析它们的共生关系,这种分析几乎贯穿他所有的作品。在《规训与惩罚》中,他的目标是"论述关于现代灵魂与一种新的审判权力之间相互关系的历史,论述现行的科学—法律综合体的系谱"②。很明显,该书的核心线索是权力和灵魂之间的关系,权力对灵魂施加影

---

① [法]福柯:《规训与惩罚》,刘北成等译,生活·读书·新知三联书店2003年版,第29页。
② 同上书,第24页。

响是通过空间这个中间环节，空间是权力的工具和物质载体，因此建筑物的功能是改造人："对居住者发生作用，有助于控制他们的行为，便于对他们恰当地发挥权力的影响，有助于了解他们，改变他们。砖石能够使人变得驯顺并易于了解。"① 在这些建筑中，最能发挥权力效用的无疑是监狱，因此，福柯说："我要撰写的就是这种监狱的历史，包括它在封闭的建筑中所汇集的各种对肉体的政治干预。"② 权力的对象为什么在18世纪末逐渐地从肉体转向灵魂呢？因为这一时期关于人的知识发生了变化，人们认为跟折磨肉体相比，改造灵魂是更好的惩罚方式，于是权力的对象变为灵魂，在设计建造监狱、改进惩罚手段的过程中，又要用到与此相关的各种知识，由此看来，权力、知识、空间紧紧地结合在一起，共同演绎着惩罚与规训的历史。

福柯不但论述了空间、知识、权力的关系，在《词与物》《空间、知识、权力》《异托邦》中他还进一步思考了空间的同质性和异质性问题。尤其是在《异托邦》一文中，福柯对以上问题进行了集中阐释，首先他概括了历史上几种典型的空间观：第一种是中世纪的等级空间观，其特征是客观性、永恒性。它将空间描述为等级分明、固定不变的坐标系，例如天堂与人间、圣地与非圣地、城市与农村。宇宙中的事物在其中各就其位，位置不会轻易改变，这种观念来自基督教的宇宙论；第二种是建立在近代科学基础上的空间

---

① ［法］福柯：《规训与惩罚》，刘北成等译，生活·读书·新知三联书店2003年版，第195页。
② 同上书，第33页。

观，其特征是无限性和延展性。以伽利略为代表的近代科学家以无限宇宙观颠覆了基督教的宇宙观，认为宇宙是无限的世界，并非一个固定不变的坐标系，在无限延展的宇宙中，天堂与人间等固定坐标都会因参照系的改变而改变。

在此基础上，福柯引出自己对空间的看法，他声明不会去建立一个宏观的理论体系，将空间纳入这个体系并使之同质化。他的研究应该是一种微观研究，目标是弄清人类活动空间的实际存在状态：首先，这个空间充满差异性。他认为人类活动的空间由无数地点和场所构成，例如城市、居所、广场、电影院、火车站、立交桥、咖啡馆、海滩等，它们在彼此的差异关系中获得自身的意义，因此这个空间是个异质的网状系统。为了更好地说明这一点，福柯发明了"异托邦"，"异托邦"所处的位置与所有其他位置都相关，它并不特指某一个空间，而是指能凸显出所有空间之存在的异空间，也就是"他者化"的空间；其次，这个空间的意义处于不断变动中。同一个场所的功能和意义会随着使用它的主体的意图而变化，例如商场对于购物者来说是购物的场所，但对于蹭空调的人来说就是纳凉的场所，学校对于学生来说是学习的场所，而对于紧急避险的人来说则是躲避危险的场所。

福柯空间研究思路的形成与他的史学观、真理观密不可分，在出版于1969年的《知识考古学》中福柯通过对传统史学的批判表达了自己的史学观和史学研究方法。他认为传统史学致力于在一系列事件之间建立一种必然的联系，最终确定某种整体意义。史学家为了凸显事件的连续性和意义的完整性而不惜刻意去回避、抑制、篡改甚至删除那些无法纳入整体的不连续性和偶然性。在这种历史书写模式下，出现了诸如"时代""世纪""传统""影响""团体""运动""流派"等概念，它们将某个并不一定连贯的较长时段和某些并不完全一致的现象统一起来。并以某些核心特征作为统一的基础，例如"浪漫主义文学"这一概念就将很多并不连续的文学现象和作家捏合在一起。

在福柯看来，这种历史并不能重现真实的过去，它用目的论抹杀了事件之间的断裂、分割、转移、变化，却不知正是在这些断裂当中蕴含着历史学的生机，历史学的生机就在于开发出多样的、复杂的通往各个方向的过去。因此新历史应当从断裂开始，将不连续性作为研究对象，在新历史中，"全面历史的主题和可能性开始消失，而一种与前者截然不同的，我们或许可以称为总体历史的东西已初步形成"①。全面历史展现的是一个统一的空间，而总体历史描述的是一个扩散的空间，也就是说，总体历史打碎了全面历史的铁板一块，福柯为此发明了一套新的术语体系用来适应全面历史的研究计划。

在以上目标的指引下，福柯空间研究的目标也清晰可见，即打破单一空间观一统天下的局面，消除由目的论造成的空间同质化。空间研究的方向和历史研究的方向一样，应该从连续性中解脱出来，关注不连续性，从福柯的著作中可以看到他正是这样去做的。

---

① ［法］福柯：《知识考古学》，谢强等译，生活·读书·新知三联书店2003年版，第9页。

（二）列斐伏尔与社会空间

列斐伏尔的空间研究和福柯有很多相似性，例如都将空间与社会和实践联系在一起，都发现了空间的多元性、异质性，都注意到了空间与权力之间的关系。但是福柯的研究更关注不连续性，这使他刻意回避用系统的方式研究空间，而列斐伏尔从一开始就试图建立一种真正的空间科学，即用一种方式将所有空间联通起来，从而廓清由于空间观的纷繁复杂而给人带来的混乱，这种研究初衷决定了他的研究是一种系统研究。列斐伏尔建立空间科学，或者说连通各种空间的方式是将空间放在马克思社会学的框架中，提出的核心概念是"空间的生产"，因此将之称为社会空间。

列斐伏尔首先要连通的是物质空间和精神空间，因为它们之间的鸿沟是所有空间观的鸿沟中最基本的。他认为物质空间论者虽然对空间物理属性的研究越来越深入，却忽略了这一切研究成果都是在人的视角下获得的，精神空间论者虽然深入分析了作为人的认知形式的空间，却漠视了客观实存的物质空间。前者之长正是后者之短，它们不但没有互相取长补短，反而是渐行渐远，以至于彼此的弊端越来越突出。在这一对基本矛盾之上，又衍生出真实空间和抽象空间的矛盾，实存空间与语言空间的矛盾等，每一对之间都有一条鸿沟。这些鸿沟使人之外的空间与人之内的空间、真实空间与抽象空间、实存空间与语言空间之间无法统一，空间始终处于分裂状态。分裂进而导致了混乱，地理学、符号学、数学、心理学、文学的各种用法扑面而来,使"空间"的含义更加扑朔迷离,这对建立真正的空间科学有百害而无一益。

在全面批判的基础之上,列斐伏尔提出弥合精神空间和物质空间之间的裂缝、纠正"空间"一词混乱用法的关键是找到一种能够将各种领域内的空间统一起来的平台,在这一平台上所有空间观念都能得到解释。具体来说,物质的与精神的、真实的与抽象的、语言的与实存的等原本彼此对立的空间都在其中得以沟通,这才是空间的科学,也是列斐伏尔空间项目的研究任务和最终目标。这种沟通和统一空间的诉求类似于黑格尔统一思维与存在的工作(黑格尔要克服康德哲学中认识的"先天形式"与"物自体"之间的鸿沟,他通过分析人类精神的辩证过程,使主客体在这个过程中实现了统一)。

在上述研究目标的指引下,列斐伏尔和黑格尔一样,也把目光聚焦在"过程"上,认为沟通各种空间的方法是揭示空间自身的运动变化过程。这样做有以下好处:其一,克服了物质空间论者对空间的容器化导致的空间之凝滞僵死,使物质空间与人的活动结合在一起。它不再是不以人的意志而转移的客观存在物,即使是人们认为最自然的无人区、未开发地带、阳光、水、空气在当前环境下都只是第二自然;其二,克服了精神空间论者对空间的抽象化导致的空间之空洞无物,让抽象的空间形式还原为具体真实的物质形态。通过这个运动过程,列斐伏尔将物质空间和精神空间统一在社会实践中,他将之称为社会空间,列斐伏尔的研究计划是"通过将各种类型的空间以及它们的最初形式归束在某个单一的理论之下,来揭示出实际的空间生产过程"①。

那么,空间的生产是怎样展开的?列斐伏尔把以上问题置入马克思的理论框架中予以阐明,并使用了生产力、生产关系、社会存在等概念。他认为传统马克思主义把空间作为生产力的产物是不对的,空间不但是产物,同时也是生产力和生产关系,空间的生产就是生产力和生产关系的生产与再生产,"它内含于财产关系(特别是土地的拥有)之中,也关联于形塑这块土地的生产力。空间里弥漫着社会关系,它不仅被社会关系支持,也生产社会关系和被社会关系所生产"②。在这个过程中,主体也被空间化了(其时间维度被抹去),他不再把空间当作自己活动的容器或是思想的产物,而是作为空间生产的一部分,既生产空间,又被空间所生产。一切都被卷入空间的辩证运动中,从这个意义上看,生产着的空间就是社会存在本身,它把实践的各个方面联系在一起。以资本主义空间为例,它的基本结构是:以城市为中心,以生产基地、商业场所、银行为支柱,以公路、铁路、机场和其他信息网络为动脉。这个结构是生产力,如同工厂里的设备和原料一样,生产着物质产品甚至是人们的思想行为方式等各种有形和无形的东西。同时它又是社会关系,无论是城乡关系、区域分隔,还是特定场所的功能划分都体现了上述关系。它还是上层建筑,

---

① Henry Lefebvre, *The Production of Space*, translated by Donald Nicholson – Smith, Maldon: Blackwell Publishing, 1991, p. 16.
② [法] 亨利·列斐伏尔:《空间:社会产物与使用价值》,包亚明主编《现代性与空间的生产》,上海教育出版社2002年版,第48页。

是政治工具,"国家利用空间以确保对地方的控制、严格的层级、总体的一致性以及各部分的区隔,因此,它是一个行政控制下的,甚至是由警察管制的空间。空间的层级和社会阶级相互对应"①。

行文至此,列斐伏尔的研究目标似乎已经达到,这个以空间的生产为中心的理论框架似乎解决了最初提出的问题,即弥合物质空间、精神空间及各种空间之间的鸿沟,称得上一种空间的科学。但列斐伏尔的论述并未就此止步,甚至才刚刚开始,因为空间的生产远非如此简单,他又提出了空间的同质化与碎片化问题,使论述走向更深层。

列斐伏尔指出,作为生产力或生产关系的空间同作为其产物的空间绝不是完全铁板一块的,一定社会的空间生产也不是一成不变、周而复始的,如果是这样,空间将陷入同质化、均一化、僵死化,这远非空间生产的实际状态。如果空间生产理论导致了这种结果,那它就和自己批判的物质空间、精神空间并无二致。因此,发现复杂性和碎片化才是列斐伏尔空间理论的真正闪光点,也是其区别于传统马克思主义的标志。

空间的同质化和碎片化之间的矛盾来自官方意志和个体诉求之间的矛盾。任何社会形态下,官方意志都希望控制空间的生产,将其纳入自己的轨道,但每个个体由于其生理、文化的差异,对空间又呈现出各不相同的理解、使用、生产。这种个体诉求在资本主义社会尤为强烈,因为它是建立在肯定个人性这一理念基础上的。因

---

① [法]亨利·列斐伏尔:《空间:社会产物与使用价值》,包亚明主编《现代性与空间的生产》,上海教育出版社2002年版,第50页。

此，空间的碎片化来自个体反抗集体的离心力，集权化使空间的生产整齐划一，可以预测，离心化则使空间的生产四分五裂，难以用一种模式囊括。

阶级、身体、性别、种族都可以构成反抗现有权威的力量，它们使空间的生产充满了混乱和矛盾，列斐伏尔称之为"空间的爆炸"。在这个意义上重新理解阶级斗争，就绝不是把马克思主义简单化所归结出来的那种阶级斗争（即以推翻现有政权为最终目的），而是反抗权威、制造差异的力量，"只有阶级冲突能够阻止抽象空间蔓延全球，抹除所有的空间性差异。只有阶级行动能够制造差异，并反抗内在于经济成长的策略、逻辑与系统"①。

因此，空间的实际生产过程充满了各种力量的博弈，同质化与碎片化同时存在，这种复杂的运动状态可以和物理学中对宇宙的能量化解释相类比。"宇宙空间由能量和力构成，并在能量和力中产生。地球上的空间和社会的空间也一样……力（能量）、时间、空间之间的关系很难解释清楚……力与能量只有通过它们对空间的影响才能被识别出来"②。

（三）爱德华·索亚与多元空间

从福柯和列斐伏尔身上可以看出，20世纪的空间研究再也不能被本质主义的思维模式所束缚，在这种破旧冲动的驱使下，以爱德

---

① [法]亨利·列斐伏尔：《空间：社会产物与使用价值》，包亚明主编《现代性与空间的生产》，上海教育出版社2002年版，第50页。

② Henry Lefebvre, *The Production of Space*, translated by Donald Nicholson-Smith, Maldon: Blackwell Publishing, 1991, p. 22.

华·索亚为代表的理论家提出了一种多元空间并存的思路，这种思路旨在克服空间话语的霸权，引导人们用一种兼容并包的方式去看待空间，可以看作对这一时期空间思考的总结。

爱德华·索亚在《第三空间》中表述了他的空间观念，该书开篇伊始就申明了研究目标："鼓励你用不同的方式来思考空间的意义和意味，思考地点、方位、方位性、景观、环境、家园、城市、地域、领土以及地理这些有关概念。"① 这并不是让人们放弃旧有的空间观念，用新的眼光取代它们，这样做是为了使空间研究不要被既定观念所限制，变得日益狭窄，而是使之永远保持开放的状态。在这一目标下，爱德华·索亚提出了第三空间的概念，并说明了第三空间的具体所指。

首先，第三空间于第一空间、第二空间之外开辟了新思路的空间研究之总和。第一空间是指物质性空间，第二空间是指精神性空间，人们对空间的研究大多局限于这两种。针对这种情况，爱德华·索亚将不同于以上两种路径的研究称为第三空间，"这是空间思考另一种模式的创造，发端于传统二元论的物质和精神空间，然而也在范域、实质和意义上超越了这两种空间"②。他认为列斐伏尔、福柯、蓓儿·瑚克斯等人的空间研究都属于第三空间的范畴，虽然他们的思路不尽相同，但都超越了第一空间和第二空间。

其次，第三空间是指一种反对非此即彼、提倡亦此亦彼的研究

---

① ［美］爱德华·索亚：《第三空间》，陆扬等译，上海教育出版社2005年版，第1页。
② 同上书，第13页。

态度和策略。既然爱德华·索亚将所有开拓了新思路的空间研究都称为第三空间,那么我们就更应将第三空间视为一种研究态度和策略,正如他本人所说:"在我称之为'作为他者化的第三化'的批判策略中,……通过注入一种选择的他者系列,来应对一切二元主义和一切将思想、政治行为限定在仅仅两种选择上面的企图。"① 他非常推崇列斐伏尔,就是因为列斐伏尔的论述逻辑不是非此即彼,而是亦此亦彼,一旦遇到主体—客体、精神—物质、资产阶段—无产阶级、中心—边缘之类的结构,他就通过不断引入他者来颠覆二元对立逻辑,使之转化为亦此亦彼的开放状态。正因如此,爱德华·索亚在《第三空间》中以列斐伏尔为开篇,引出自己的第三空间概念。

最后,第三空间是指一种多元开放的空间研究平台。这个平台的运作原则是宽容、平等、邀请,而非狭隘、等级、排斥。持不同看法的人在这里交流、碰撞,"它是这样一个空间,那里种族、阶级和性别问题能够同时讨论而不扬此抑彼;那里人可以是马克思主义者又是后马克思主义者,是唯物主义者又是唯心主义者,是结构主义者又是人文主义者,受学科约束同时又跨越学科"②。从这个意义上来看,第三空间并不是"第三"空间,而是多元空间。

从爱德华·索亚关于第三空间的界定中,可以清晰地感受到他对 20 世纪空间观念的总结融合,在他身上依然隐含着本部分开头所

---

① [美]爱德华·索亚:《第三空间》,陆扬等译,上海教育出版社 2005 年版,第 6 页。
② 同上。

说的那些特质。为什么这一时期的空间研究会围绕这些特质展开？这与以下几个背景有很大关系：第一，思想语境的变化。从思想史的角度来看，这一时期的思想家们逐渐摒弃了本质主义的神话，很少再致力于构建囊括一切的理论体系，马克思、尼采、福柯、德里达等都可以看作这一变化中的关键人物；第二，科学研究的继续深入。对自然认识的深入在让人更自信的同时，也让人更迷茫，并非自然更加复杂难懂，而是一切不再能够用牛顿的完美模式解释清楚了，自然的无序性和偶然性不断冲击着我们业已形成的理论模式，关于大爆炸的理论无时无刻不压迫着本已敏感的神经；第三，西方社会进入新的历史时期。深度消失、后工业、信息化时代……这些变化共同昭示了这个时代的思想特征、研究主题和研究方式。

第二节 西方小说中的空间形态

与哲学家、物理学家、数学家、语言学家一样，作家也在思考空间是什么，他们对于空间本质的看法决定了作品的空间形态，即作品中空间的样貌和特征。空间形态的建构是作家写作中的重要环节，其中蕴含着作家对主体和世界的看法，空间观念的变迁极大地影响了作家对小说中空间形态的建构。遵循前一部分对空间观念的线索梳理，笔者将西方小说发展史上出现的空间形态大致分为以下几类：第一类，空间作为人物活动的背景和容器；第二类，空间作为作家情感的延伸和投射；第三类，空间作为文本和符号；第四类，空间作为权力的产物和权力本身。在下文对这四类空间形态的梳理中，主体与空间的关系将作为主要线索和考察重点。

一 空间作为人物活动的背景

把空间作为人物活动的背景和容器是小说中空间形态的基本类型，这与哲学、宗教、科学对空间的最初理解是一样的，因为"大家都假定，存在的东西总是存在于某个地方"①。在这种假定下，空间自然被当作容器一样的东西，亚里士多德在这方面的研究非常具有代表性。他对空间的客观性、方位以及层次的划分集中体现了人们对空间的理解：首先，空间具有客观性，既然是容器，那么它就不是事物，它在事物之外，为事物提供居留和活动的场所；其次，不同事物由于各自属性的不同具有特定的地点，例如轻的东西在上，重的东西在下，于是就有了上、下、左、右、前、后这些方位；最后，空间具有层级关系，大的地点包含小的地点，依次递进，直至最大的地点——天。

作家写小说就像创造一个世界，他们必须考虑自己创造出来的东西（人物、家具、花草、城市）存在于何处，以及这些东西与包容他（它）们的场所之间是何种关系，很多作家对以上问题思考的结果和亚里士多德一样：空间是事物存在的容器。因此，在把空间当作人物活动的背景和容器的小说中，客观性、外在性、方位性和

---

① 苗力田主编：《亚里士多德全集》第 2 卷，中国人民大学出版社 1991 年版，第 82 页。

层次性就成为这类小说空间形态的基本特征。

直到 20 世纪初，在小说开头交代故事发生的地点以及主人公的出处一直都是作家写作的惯例，这一惯例可以追溯至古希腊。大约问世于公元 2 世纪初由卡里同创作的希腊传奇小说《凯勒阿斯与卡利罗亚的爱情故事》中，开篇就说："我，阿佛洛狄西亚人卡里同，演说家阿菲纳戈尔的录事，现在来说一段发生在锡拉库萨的爱情故事。"① 无独有偶，在阿普列乌斯的《金驴记》中，依然是这样："'作者何许人也？'或许你会暗自提问，我来简要地回答你，阿蒂卡地区的伊迈托山峦，伊皮鲁斯地区的科林斯地峡，斯巴达地区的马塔潘岬角，均系魅人之地，并在更为魅人的传世之作中受到了颂扬：我的祖籍便可追溯至此。"② 两篇小说的开头如出一辙，原因或许正是作家想要将小说世界中的所有事物装进某种容器的意图。

在古希腊之后的小说中，这种写法一直居于主流。中世纪的骑士传奇中几乎所有骑士在介绍自己时都会报上出生地，乃至于出生地已经成为个体区别于他者的重要标记，"某某地的某某人"成为一种套话。文艺复兴时期的小说也是如此，无论是《十日谈》，还是《堂吉诃德》，都是在开头交代故事发生的地点和人物的所在地。19 世纪和 20 世纪的大部分小说家依然延续了这一传统，尤其是现实主义和自然主义小说，作家对场景的描写达到了空前盛况，从故事发生的国家、省份、城市到街道、房间、舞台、床铺，不会漏下任何

---

① ［古希腊］朗戈斯等：《希腊传奇》，陈训明等译，上海译文出版社 2002 年版，第 3 页。

② ［古罗马］阿普列乌斯：《金驴记》，刘黎亭译，译林出版社 2012 年版，第 1 页。

一个细节,甚至达到了冗长烦琐的地步,无怪乎很多人在读巴尔扎克的小说时会跳过那些场景描述。

由于深信空间是不同于主体的客观存在,因此作家在描写场景和地点的时候极少掺杂个人色彩。古希腊小说中对空间描写的篇幅很少,一般仅于介绍人物出处、情节发生地的时候才会有,用词也很精练,例如"某城""某庄园""某房间",对这些地点的描述顶多用"可爱的""美丽的"之类形容词加以修饰。现实主义小说虽然有很多的场景描写,但作家却采取了真实冷静的叙述风格,致使这些场景缺乏情感色彩,突出其客观性。

层次性也是此类小说空间建构中遵循的重要原则,以公元 2 世纪由朗戈斯创作的传奇小说《达夫尼斯与赫洛亚》的开头为例:"莱斯沃斯岛上的米蒂利尼是一个美丽的大城市,它被运河所分割——海水注入河中——,精雕细琢的白色石桥将它装点得格外漂亮……离城约两百斯塔季的地方,有一块富人家的领地。这是一个美妙的庄园……这个庄园里住着一个名叫拉蒙的牧人。"① 第一层级的空间是莱斯沃斯岛,第二层级的空间是大城市米蒂利尼,第三层级的空间是城外富人家的领地,第四层级的空间是领地上的庄园,这几层地点像套盒一样逐渐打开,人物拉蒙在最里层的盒子里出现。在这种层次分明的空间秩序中,作者让所有存在的东西都存在于某个地方,米蒂利尼在莱斯沃斯岛,领地在米蒂利尼,庄园在领地,人物在庄园,读者可以清晰地感受到亚里士多德式的空间分层法。

---

① [古希腊]朗戈斯等:《希腊传奇》,陈训明等译,上海译文出版社 2002 年版,第 179 页。

由于不同时代哲学观、宗教观、科学观的差异，人们对空间层次的理解和划分也具有较大差异。古希腊人对空间层次的划分以亚里士多德为代表，认为宇宙以地为核、以天为界，天地之间的事物按各自的轻重分布在上方或下方，形成了秩序，古希腊小说中的空间层级也遵循了这样的秩序。中世纪基督教控制着人们的思维，空间以上帝为标准被划分为上帝的居所和非上帝的居所，或者地狱、炼狱、天堂三个基本层级，小说中人物按照距离上帝的远近分别被安置在以上层级中。文艺复兴以来尤其是18世纪以后的小说深受近现代宇宙观的影响，地狱、炼狱、天堂的基本层级逐渐消失，取而代之的是地球、银河系、宇宙、东西方等这样的空间层级。

虽然有诸多空间层级的划分方法，但以上各种划分基本上都包含了由大到小，逐级递进的内在逻辑。究其原因，都是为存在的东西找到一个存在的场所，小的存在于大的之中，大的存在于更大的之中，最大的是神。当神死去时，就没有最大，只有无穷，人对自己和世界的存在充满恐惧，因为无穷让人失去了最终极的地点，这个终极地点是人肯定自身存在感的依据，无怪乎当我们读卡夫卡的《城堡》时会产生很绝望的感觉，因为《城堡》中没有终极地点。

这种"在……中"的小说叙述模式承载了作者对主体与空间关系的认知，即肯定主体对空间的依存关系，这种依存关系给人以确定性，失却了地点的主体会失去确定性。西班牙流浪汉小说《小癞子》中的一段话颇具代表性："我先奉告您，大人，我名叫托美思河的癞子。我爹多梅·贡萨雷斯、我妈安东那·贝瑞斯,都是萨拉曼加的泰哈瑞斯镇上人。我生在托美思河上,所以取了这个名字。"①主人公因一条河而得名,这条河成为他在世界上确定自己的可靠坐标,当这条河以及河所在的萨拉曼加、泰哈瑞斯游移不定的那一天,主体终将失去自己的归依之所。

二 空间作为作家主观精神的投射

在另一类小说中,空间则存在于主体的内在世界中,成为作家主观精神的投射,自18—19世纪欧洲的浪漫主义小说之后,这种倾向愈演愈烈,在稍后的超现实主义和意识流等小说中达到高潮。

空间内在化的过程中,近代哲学的主体转向无疑是其最初的推动力,以德国浪漫派作家为例,他们几乎无一不受康德、费希特、谢林等哲学家的影响。席勒在写给其赞助人的信中说:"下述主张大部分是以康德的原则为根据的,然而,如果您在这些研究的过程中想到另一种特殊的哲学流派,那么请您把这归于我的无能,而不要归于那些原则。"②施莱格尔兄弟关于艺术的片段中也频繁地提及康德、费希特、谢林,其他诸如此类的例证不胜枚举。

德国浪漫派作家们受到来自哲学的影响主要有以下方面:第一,对于文学审美本性的肯定。自古希腊以来,文学一直被置于某种必然性之下,譬如亚里士多德所说的因果律、必然率,基督教的上帝,布瓦洛推崇的理性等,对文学独特本性的认识一直处于混乱状态。

---

① [西]佚名:《小癞子》,杨绛译,人民文学出版社1962年版,第1页。
② [德]席勒:《审美教育书简》,张玉能译,译林出版社2012年版,第2页。

康德通过三大批判划分了人的精神领域，文学的审美本性终于显现出来，这是它与科学、神学的根本不同。康德认为使审美得以可能的精神能力是反思的判断力，这一发现使文学艺术的地位前所未有地受到重视。第二，对于作家精神自由和创作意义的肯定。在肯定审美的基础上，作家的创作意义自然也得到了充分肯定。由于知性受制于自然规律，处于知性认识状态下的人是不自由的，而审美鉴赏活动却不受制于自然规律，因此诗人的精神是自由的，正是这种自由使文学可以不符合客观真实。第三，对于创作中主客关系的认识。在上述两种肯定的基础上，文学创作中的主客关系呈现为主体决定客体，即客观世界被纳入主体的主观精神世界中。歌德在《论艺术作品的真实性和或然性》的对话里，借律师之口传达了自己对自然真实和艺术真实的观点，"一部完美的艺术作品是人的精神的作品，……由于它把分散的对象集中在一起，把甚至最平凡的对象的意义和价值也吸收进来，这样它就超过了自然"①。自然真实使主观符合客观，尽量展现对象的原貌，艺术真实则使客观符合主观，表达艺术家对事物的感受。更高级的真实应该是艺术真实，因为它体现了人的自由本性。施莱格尔兄弟把创作中的这种主客关系发挥得更加充分，诺瓦利斯则直接把人分为诗人和其他人两类，诗人是能用心灵洞悉和主宰自然的，而其他人则被自然法则束缚，是自然世界的奴隶。

就这样，在肯定主体的前提下，浪漫派小说中的空间被内在化

---

① 《歌德文集》（第10卷），范大灿等译，人民文学出版社1999年版，第43页。

了。这个内在化的空间中,没有客观的法则,一切都随作家的意志和情感而变化,诺瓦利斯的小说《奥夫特丁根》正是这种空间内在化的集中体现。诺瓦利斯将这部小说与歌德的《威廉·迈斯特》相比,认为《威廉·迈斯特》的缺憾在于太关注外部环境对主体成长的影响,他想写出歌德没有写出来的人类精神之成长过程。

在这个写作目标的指引下,《奥夫特丁根》中的空间形态具有了如下特征:第一,客观空间无限淡化。小说仅仅交代了主人公要从故乡出发到母亲的娘家奥格森堡,沿途经过的地方没有地名,只用城堡、村庄等很模糊的称呼来概括。与此相应,主人公的外部行为也被淡化,充斥作品的是长篇累牍的对话和独白,在这些对话和独白中奥夫特丁根的精神世界完全呈现出来。这样,从故乡到奥格森堡的旅途就不是骑士的冒险,而是诗人精神的成长和完善;第二,外部空间被纳入内部。它不再是人物活动的坐标系,而是主人公精神成长的里程碑,所有地点、场所都是为了推动主人公的精神成长而设置的,因而都具有了一定的寓意。

小说以主人公奥夫特丁根的一个梦开始,他梦见自己走过荒野、渡过海洋、来到战场⋯⋯去过无数地方,经历无数变故,走完一生,死而复活,最后来到一片昏暗的树林,他穿过树林,越过峡谷,爬上山坡,发现山坡后面的悬崖上有一个山洞。他进入洞中,一道光把他引向洞中空地,空地上有一池清水,沐浴之后感觉神清气爽、如获重生。一阵恍惚之后,梦到躺在一片草地上,阳光明媚,一株神奇的蓝花向他微笑,他心中升起无与伦比的美妙感觉，就在他凑向蓝花中的脸孔时，梦醒了。荒野、海洋、树林、峡谷、山洞、草地都表示奥夫特丁根的精神成长阶段，其中荒野、海洋、树林、峡谷象征了他向理想进发途中的困难和磨砺，山洞和洞中水池象征他精神的顿悟和重生，从洞中出来后重见天日的草地则象征他精神旅途的终点，草地上的蓝花就是到达终点后的目标。

这个梦中的旅程是后文中现实旅程的浓缩，梦醒后奥夫特丁根踏上了从故乡到奥格森堡的旅程，他这一行的目的不是陪母亲回娘家，而是寻找梦中的蓝花。因此，现实旅程成为梦中旅程的投射或影子，现实旅程中的图林根森林、山中城堡、陌生村庄、隐士洞穴、奥格森堡和梦中的荒野、海洋、树林、峡谷、山洞、草地对应起来，成为主人公抵达理想的助推器，每经过一个地方他的思想就会经历一次洗礼。在每一个地方都会有一位领路人，他们通过故事来引导奥夫特丁根，其中最有代表性的莫过于老矿工的故事，他表面上是在描述矿工与矿洞，实际上是以矿洞来比喻诗人的心灵，矿工挖矿探索不为人知的地下世界就如同诗人向内探索自己的主观世界。这个象征充分地体现了诺瓦利斯的创作目的和他对空间的内在化处理。

虽然空间内在化不是浪漫主义的专利，但在18—19世纪欧洲浪漫主义作家的笔下却形成了一种主动追求，除了诺瓦利斯等德国作家之外，法国、英国、丹麦等国作家都不同程度地将外部空间作为主观心灵的投射。一个公认的现象是浪漫主义小说对自然景物的情有独钟，这种对大自然空间的专注与热爱正是作家们肯定精神自由的体现，无论是《阿达拉》《巴黎圣母院》，还是安徒生的童话，自然景物都承担了传达人物内心世界的任务,因此我们在阅读大段的景物描写时会被带入强烈的情绪当中。

这种空间内在化的倾向到 20 世纪初期达到高潮,其中意识流和超现实主义小说无疑最具有代表性。客观空间进一步淡化甚至消失,虽然浪漫主义赋予空间强烈的主观性,但作家并未因此而破坏空间的整体性和连续性,而 20 世纪的作家们却完全将空间变为一种主观性的存在,着意挑战它的真实性、连续性,读者在一个破碎的、缺乏真实连贯性的世界中感受到的是客观世界的崩塌。每一部作品都有一个与众不同的空间,它们都是作家的创造物,仅属于作家,绝对内在化的极端就是个人化,亚里士多德勾勒的那个人类共同生活的坐标系消失了。

这种状况是人的自我认识转向非理性而出现的必然结果,理性受到前所未有的质疑和批判,文学也致力于挣脱理性的束缚,走向更深层的自我。在这一轮文学革新中,首当其冲被批判的就是现实主义,因为现实主义崇尚实证精神,主张以科学研究的方式去写作,呈现的是被理性规范过的世界,只是表层真实。深层的真实来自非理性,虽然理论家们对非理性的具体所指各有不同,但其共同点都是突破理性。以超现实主义为例,其代表人物安德烈·布勒东认为现实主义隐藏了作者的激情,用冷漠细致的叙述把想象和幻觉关进铁笼。他将《罪与罚》中描述房间内部陈设的一段话归结为现实主义的标准写作套路,认为这种客观公允的态度非常虚伪,绝非他们自己标榜的"现实"。他提出文学要指向真正的现实,即"超现实"。在《超现实主义宣言》中,安德烈·布勒东提出了超现实主义的定义:"超现实主义,阳性名词,纯粹的精神无意识活动。通过这种活动,人们以口头或书面形式,或以其他方式来表达思想的真正作用。在排除所有美学或道德偏见之后,人们在不受理性控制时,则受思想支配。"①

在作家"纯粹的精神无意识活动"中,空间彻底失去了正常的形态。地点与地点之间的逻辑关系被随意的自由组合取代,世界可以装到一个口袋里,城堡可以转动,太阳可以铺展成平面,歌声可以流淌在小溪当中,公园可以把手伸到喷泉上……从诺瓦利斯到布勒东,作家完全抛弃了空间的客观属性。

如果要对客观空间和主观空间的关系做个总结,安德烈·布勒东的《娜佳》无疑是很好的例证。《娜佳》中最突出的一类意象是"门""窗""洞口""管道",由它们把世界一分为二:"门内的""管道这边的"和"门外的""管道那边的",前者象征了"纯粹的精神无意识世界",后者象征了理性的世界,前者是真实的,后者是虚假的。《娜佳》的总体结构也由这个连通内外的"门"支撑着,小说分为三部分:第一部分是作家的日常生活,第二部分是和娜佳相识后的日子,第三部分是娜佳死后作家又回到了原先的生活中。娜佳是个精神失常的人,他把作家带入了无意识的精神世界,因此第二部分是门内的世界,而没有娜佳的作家又回到门外,因此第一和第三部分是门外的世界。门内的空间属于主观世界,它们按照幻想排列组合,而门外的空间则符合逻辑。

---

① [法]安德烈·布勒东:《超现实主义宣言》,袁俊生译,重庆大学出版社2010年版,第32页。

三 文本空间、虚拟空间

20世纪中期以来，以文本形式存在的空间和网络虚拟空间逐渐引起人们的注意，它们和早已根深蒂固的物理空间以及方兴未艾的精神空间截然不同，空间的物质实在性荡然无存，弥漫在空间中的主体精神也失去了控制力，取而代之的是文本和数据的海洋。小说主人公被作者置于如此的环境中，仿佛也失去了血肉，变成一个符号，小说与真实世界的界限从未如此分明。

具体来说，文本空间指的是由文本构成的世界，这种观念的出现与文学本质观的变化密不可分。很多理论家将西方文学本质观概括为三种类型：第一种是模仿论，持论者认为文学的本质是模仿，模仿的对象是现象和真理。以亚里士多德为例，在《诗学》中他指出悲剧的本质是模仿，模仿的对象是人的行为，决定人行为的是因果律和必然率，因此模仿的深层对象其实是因果律和必然率，而因果律和必然率又是由世界的创造者——神决定的，因此模仿的终极对象是神。随着时代的变化，人们对模仿对象的理解不尽相同，例如19世纪现实主义文学代表人物巴尔扎克就认为文学模仿的表层对象是人性，深层对象是社会发展的内在规律；第二种是表现论，持论者认为文学的本质是表现，表现的对象是主体的内在精神分歧仅仅在于理论家对内在精神的解释各不相同，例如浪漫主义将主体的内在精神理解为绝对精神、创造力或是情感，超现实主义将其理解为非理性、潜意识；第三种也是模仿论，但这种模仿论与第一种模仿论完全不同，它建立在一切都是文本这一基本观念的基础上，认为文学是对文本的模仿。20世纪中期以来人们逐渐承认了真理、知识、主体的人为建构性，在这种背景下，一切都成为文本，真理是文本、知识是文本、主体也是文本，人们无法穿透文本直达现实。于是文学模仿真理就变成了文学模仿作为文本的真理，文学表达自我也变成了文学重写作为文本的自我，因此文学模仿的对象被置换成了文本。

在第三种文学观念被逐渐接受的背景下，小说不再是现实世界的翻版，而是文本的汇集之地，人物穿梭于文本的世界当中，这种空间形态就是文本空间。博尔赫斯在构建文本空间的众多作家中很有代表性，他的思索兼具哲学家和诗人气质，《巴别图书馆》《沙之书》《小径分叉的花园》等作品以感性的方式直至空间思考的最深处。

在《巴别图书馆》中，博尔赫斯将宇宙描述为一座六角形图书馆，中间有巨大的通风管，除了休息室和厕所之外，全是一层层的书架，图书馆到底有多少层，谁都不知道。人们生于斯，长于斯，死于斯，日常生活就是看书。这种宇宙看起来很荒谬，在普通人眼中宇宙是一个纷繁复杂的物质世界，具有直接现实性，怎么可能是图书馆？书本怎么能代替宇宙？

博尔赫斯的图书馆和书本并不是真正的宇宙，它们的价值不在于指物而在于象征。书本和图书馆象征着人们接触世界的方式——语言，人们必须通过语言认识世界、表达自我、相互交流，与其说人活在宇宙中，不如说人活在语言中，因此书本是第二个宇宙，这个宇宙的基本构成因子是二十五个符号（包括二十二个字母、逗号、句号、空格号）。当人类意识到只能通过书本才能认识宇宙时，他们放弃了直接窥知宇宙奥秘的希望，转而寻求语言的奥秘。具体来说就是探究二十五个符号之间的组合规律，希望能够穷尽所有的组合方式，让语言的世界毫无秘密地呈现在自己眼前，但是这个愿望却无法实现，因为他们发现根本没有什么规律，语言的内在特征是混乱和荒诞。

小说命名为"巴别图书馆"，是借用了圣经中巴别塔的典故，人类修建巴别塔想要和上帝一样无所不能，上帝就变换人类的语言，让他们陷入混乱和纷争当中，用语言阻断他们登天的梦想。因此在语言文本构成的空间中，人类是无望的，因为他们永远都不能超越语言和自己的创造者——上帝。

如果说巴别图书馆还赋予人一定的独立性，允许人去反思文本和语言的话，那么其他一些小说则完全取消了人的独立性，让他置身于文本中，成为一个符号，就像博尔赫斯那二十五个符号一样。元小说在这种尝试中极具代表性，它建立在承认写作是虚构行为的基础上，因此人物及其活动的场所并非现实存在，而是虚构的产物，是文本性的存在。在作家刻意暴露小说虚构性的时候，读者犹如受到当头一棒，突然从小说是对现实世界之反映的迷梦中清醒过来，意识到人物和空间的文本性，卡尔维诺的《命运交叉的城堡》《寒冬夜行人》都是这种尝试的突出代表。

正如《巴别图书馆》所描述的，文本空间的特征是错综复杂、混乱无序，因此很多人都用"迷宫"来形容它。博尔赫斯在《小径分叉的花园》中编织了几重迷宫：第一重是利德尔·哈特的《欧洲战争史》第二百四十二页的一段记载；第二重是青岛大学前英语教师于准的一段证言；第三重是汉学家斯蒂芬·艾伯特对于准的彭姓先祖所建迷宫的叙述；第四重是于准的彭姓先祖打造的文本迷宫。彭姓先祖的迷宫传达了作者的真正意图，即写作的虚构性及多重可能性，博尔赫斯写作这篇小说其实也在实施与那位彭姓先祖相同的建造迷宫的行为。

网络虚拟空间和文本空间都具有非物质性的特征，但它们产生流行的背景却不尽相同，文本空间的产生与20世纪哲学、语言学的新动向密切相关，网络虚拟空间则是计算机技术和网络普及的后果。科学的进步一直以来都在激发着文学的想象，在科学带给人的灵感中，对时间和空间的超越和重构处于重要位置，1895年出版的英国作家赫伯特·乔治·威尔斯的科幻小说《时间机器》中创造了神奇的时光机，它克服了时间的不可逆性，使主人公能自由穿梭于时空当中。

美国作家威廉·吉布森完成于1984年的《神经漫游者》创造了一个黑客与网络虚拟空间构成的世界，成为这类小说最早的代表。小说创作的时间正是计算机网络方兴未艾的年代，计算机和网络逐渐由国家特殊部门走向大众，信息逐渐成为对各行各业来说至关重要的东西，国家间的较量和商业竞争逐渐演变为信息大战，较量的场所自然也就由物质空间转移到网络虚拟空间。威廉·吉布森在小说中塑造了一类网络牛仔，他们擅长计算机技术，在矩阵中体现自身存在的价值，在跨国集团的争斗中充当了急先锋的角色，据说电影《黑客帝国》就是以它为蓝本的。小说中的一段话概括了网络虚拟空间的基本特征:"它是人类系统全部电脑数据抽象集合之后产生的图形表现,有着人类无法想象的复杂度。它是排列在无限思维空间中的光线,是密集丛生的数据。"①

无论是文本空间还是网络虚拟空间,带给人的心理体验都是成为符号化的存在后自我的迷失与焦虑,因此威廉·吉布森笔下的凯斯虽然体验着网络大战的惊险刺激,但精神始终如同飘萍。

四 空间作为权力及其他

如前所述,19世纪之前大部分人认为空间与时间相比是静态的、被动的,它不参与历史变迁和人类实践,它对主体来说仅仅是活动的容器,主体对它具有主导权。这种认识在20世纪发生了逆转,空间的影响力前所未有的强大,它与权力结合在一起,作家们也日益认识到了权力、空间、社会历史、人性之间的关系,以不同于理论家的感性方式呈现了这一新动向。

是什么促使空间在这个时期具有如此巨大的影响力?这与18—20世纪西方社会历史的巨大变迁直接相关,社会历史的巨大变迁促使空间加速地分化组合,其变化速度及其所体现出的巨大力量大于以往任何一个时期,让人无法不注意到,也不能不被卷入其中。

具体来说,资本主义和商业的发展带来了社会空间结构的巨大变化。欧洲封建时期社会的空间结构相对稳定,国家的中心是国王所在地,国土由国王的土地、领主的领地和教会土地构成。在领地

---

① [美]威廉·吉布森:《神经漫游者》,Denovo 译,江苏文艺出版社 2013 年版,第 62 页。

上，城堡（世俗权力所在地）和教堂（精神权威所在地）是中心，其他的土地主要分为农民的居所、耕地、森林、荒地。因为封建时期的等级体制、土地分封制度、经济制度和宗教信仰，这种空间布局不会随国王和领主的变化而变化。随着资本主义制度的确立，土地制度、经济模式、生产方式都发生了根本变化，因此资本主义国家的空间格局也发生了彻底改变。

首先是土地制度的变化。虽然各个国家有所不同，但基本原则相似，即废除贵族拥有土地的特权，人民有权购买土地使之成为私有财产，这样就使原先集中在贵族手中的土地集中在富人手中；其次是经济模式的改变带来的城市化。相对于封建时期自给自足的农耕经济模式，此时欧洲是以工商业为主的资本主义经济模式，因此城市逐渐崛起，农村逐渐萎缩。当城市人口日益密集并超过一定限度时，人们对空间的渴望和争夺也就日渐激烈，平等的理念深入人心，但富人区和贫民窟的差距却摧毁了平等，于是各阶层的斗争渗入空间之中；最后是对权力和人性的重新理解以及科学发展带来的全新空间规划，在新的空间规划中人们具有了新的生活方式、思维方式和生命体验。

另外，两次世界大战使世界范围内的空间格局呈现为东西对立、美苏冷战，人们对东西方这个地理方位的印象不再是充满诗意和想象的，而是与政治斗争紧密结合。东方和西方各自代表了一种制度、一种阶级，它们之间任何空间格局的变化都牵动着人们的政治神经。

英国作家乔治·奥威尔的小说《一九八四》以夸张的风格讽刺了集权统治，其中空间格局作为集权统治不可或缺的一部分，给人造成压抑窒息的阅读体验。小说首先将世界划分为三大块：大洋国、欧亚国、东亚国，本应具有相同人性的人们也由所处国家的不同被强行划分进不同的阵营，他们相互仇恨成为敌人。在故事的发生地大洋国，这种以政治为原则的空间规划体现得更加具体：政府机构分为四个部：真部、和部、富部、爱部，它们分设在四幢大楼里，这四幢大楼是伦敦城最高的建筑，在大片的低矮建筑中鹤立鸡群，让人油然而生一种敬意和恐惧。四幢大楼的格局也各具特色，主管法律和秩序的爱部所在的整幢大楼都没有窗户，入口布满了机关。主管新闻、娱乐、教育和艺术的真部则有很多房间，地上有三千多间，地下也有三千多间，房间与房间之间通过孔洞传递文件和信息，每个房间里还有一个特殊的孔洞叫作"记忆洞"，是专门销毁文件的地方，这种蜂窝和孔洞的布局给人一种颠倒错乱之感，身处其中的人以篡改历史和捏造事实为工作。在每个房间和关键地点都安装着一种监控装置——电幕，它一方面有监控功能，可以随时掌握人们在做什么；另一方面有播放功能，可以随时播报大洋国的政治指示、各种新闻时事。每个人都处在电幕的视线中，失去了自由和隐私，变成行尸走肉。和电幕具有相同作用的是无处不在的"老大哥"照片，照片上的眼睛无时无刻不在盯视人们并发出警告：要么服从，要么蒸发。

这里的权力不单指政治，而是指对主体具有威胁的各种力量的统称，可以是政治，可以是语言，可以是宗教，可以是真理……按照福柯的说法，政治、宗教、真理都是话语，那么权力究其根本是主导某种话语的权力和话语成为权威之后形成的权力。

从这个意义上来说，卡夫卡的小说使空间权力的内涵达到了最大限度的多元化，也就是说他小说中的空间权力包含了多重寓意：如果从卡夫卡的民族身份和犹太教背景出发，它可以看作宗教权力；如果从布拉格的政治现实和官僚体制出发，它可以看作政治权力；如果从卡夫卡的法律专业教育背景和从业经历出发，它可以看作法律权威；如果从卡夫卡的家庭生活和与父亲的关系出发，它可以看作父权；如果从卡夫卡的恋爱经历出发，它可以看作爱情和婚姻对身处其中的人施加的压力；如果从卡夫卡的哲学思考出发，它可以看作人类可望而不可即的世界本质和终极意义……

卡夫卡通过寓言式的写作达到了这种空间寓意多重化的效果，空间由清晰透明变得浑浊暧昧，这种暧昧化的处理是对空间内涵单一化的颠覆，是卡夫卡作品否定性特征的具体体现。他拒绝说明故事背景，拒绝介绍人物身份，拒绝将一切讲清楚，这种拒绝的态度体现了一种否定，否定确定性和深度模式。他对待空间的方式正是如此，空间究竟是什么，潜藏其中的权力究竟是什么，他都语焉不详，这使他的小说和小说中的空间形态具备了鲜明的后现代品质，也使其读起来比《一九八四》更耐人寻味。

和博尔赫斯的巴别图书馆一样，卡夫卡通过另一种方式将空间打造成"迷宫"，城堡、法庭、地洞都成为具有卡夫卡色彩的迷宫，在卡夫卡的迷宫中，主体的情感体验依然是焦虑。除了博尔赫斯和卡夫卡，很多作家都致力于构造迷宫传达主体焦虑，在这一时期形成了一股潮流，这股潮流标志着作家们对空间的新认识。

20世纪中期以来，作家对空间的诠释变得非常多元化，除了前文所列举的各种空间形态之外,还有很多其他的思考维度,例如存在主义和新小说作家,他们打造的空间形态与自己的哲学观念是相吻合的。

萨特的小说《恶心》突出了空间表达存在主义哲学思想的功能。主人公罗冈丹在小城布维尔研究历史人物罗尔邦,突发恶心症状,这一症状的特征是对自己和周围事物产生疏离感和陌生感,平时具有明确意义的城市、图书馆、公园、酒馆、电影院、街道突然之间从罗冈丹熟悉的意义中逃脱,变成陌生的东西。当他意识到这一切时,就会感到恶心,"一切都无动机,这个公园,这个城市,我自己。当你意识到这一点时,你感到恶心,于是一切都漂浮起来,就像那天晚上在铁路之家一样。这就是恶心"[①]。

在萨特看来,语言和意义是人强加给事物的,是空洞的形式,人被这种虚假的意义所蒙骗,生活于此,觉得一切皆在掌握之中,充满安全感,但接触到的却不是事物本身。小说中的罗冈丹意识到了意义的虚假性,这时事物的本来面目向他显现,"它就是事物的原料本身。……物体的多样性、物体的特征,仅仅是表象,是一层清漆。这层漆融化了,只剩下几大块奇形怪状的、混乱不堪的、软塌塌的东西,而且裸露着,令人恐惧地、猥亵地裸露着"[②]。这段描述用融化的清漆这个比喻形象地传达出了意义的脆弱,而我们长期以来正是靠着它来支撑自己,当这个支柱像清漆一样融化后,混乱不堪的存在裸露出来,人便跌入了虚无之洞。

---

① 沈志明等主编:《萨特文集》(第1卷),人民文学出版社2000年版,第157页。
② 同上书,第153页。

如果以萨特的视角去看空间,上文罗列的客观空间、主观空间、符号空间、权力空间等都是人类强加在空间上的,当意识到这些范畴和观念的虚构性时,诸如布维尔小城、图书馆、铁路之家、马布里咖啡馆、布利贝街这些场所和地点才会展示它们真实的存在,熟悉的一切瞬间变得陌生,恶心的症状会突然袭来,正如罗冈丹看完电影在街上所感觉到的。因此,空间在萨特的哲学框架中有两副面孔:一副是有意义的,处于人的语言和文化解释下的;一副是无意义的,是语言和文化外壳融化后处于自在状态的存在。

从亚里士多德到萨特,我们看到了空间如何被赋予意义、改变意义、剥离意义的过程,在这个过程的背后是西方思想的发展史,是西方人对世界和自我的追问史。了解了这个过程后,再去追问空间究竟是什么似乎已经失去了意义,因为空间的内涵永远在更新,并且在当今的学术语境下这种"是什么"的提问方式也已经不合时宜,但不管多么不合时宜,"是什么"永远是推动学术研究的内在动力。

第三节　卡尔维诺的空间实验和主体焦虑

卡尔维诺的空间书写也在"空间是什么"这一问题的推动下进行,并且贯穿一生。但与上述诸多作家不同的是,卡尔维诺对空间本质的思考从未止步,对空间形态的建构也从未停留在某一点上。更为可贵的是,从他的小说创作中可以看到一条清晰的空间观念演变的线索，这条线索与从亚里士多德到萨特的线索不谋而合，因此卡尔维诺的空间实验的过程浓缩了西方人空间观念演变的轨迹。

一　起点

创作于1946年的处女作《通向蜘蛛巢的小路》是其探索的起点，小说通过一个孩童皮恩的视角观察周遭世界。这个视角的寓意很丰富：首先，孩子代表了起点，卡尔维诺用孩子来象征自己空间探索的开始；其次，孩子代表了主体初步接触对象时的迷茫，对1946年的卡尔维诺来说，他的政治生涯和写作生涯都刚刚起步，对很多事情还不能廓清认识；再次，孩子象征了主体与世界之间的关系，对于小小的孩子来说，世界过于庞大，这种比例的失调给主体今后的探索留下了广阔的空间；最后，孩子体现了主体认识空间的感性方式，孩子的理性能力不强，对世界的认知主要是通过感性方式达到的。

1946年的卡尔维诺23岁，状况跟皮恩很相似，刚刚加入意共，虽然他此前参加了抵抗运动，并且从小就浸淫在政治氛围浓厚的家庭和社会环境中，但是由于缺乏深入社会现实的机会和战时爱国热情的干扰，因此他对意大利正在发生的变化并没有明确认识，对身处于其中的政治斗争也判断不清，尤其对政治本身并不十分了解。在这种思想混乱的状况下，他像皮恩一样，观察多于评价，迷惑多于明白。

既然卡尔维诺并不十分明白社会变迁和政治斗争的实质，那就不可能通过抽象的分析来廓清自己周遭的现象，于是他选择了一个能体现社会变迁和政治斗争的载体——空间。在这个非常时期空间的变迁比正常时期更剧烈，波及范围也更大，各方力量的角逐突出体现在空间格局的变化上，他们通过占领地盘来确定权力，被卷入其中的人们有的是谋划者，有的是随波逐流者，有的是迫不得已者，有的是不明就里者。在这几类人中，起主导作用的谋划者是少数，大多数人对空间变迁的深层原因并不十分明了，因此空间既给人带来压迫感，又充满神秘感。

空间的以上特性和卡尔维诺的政治焦虑促使他在写作伊始就显示出对空间的特别关注，并且致力于呈现空间的权力属性，把它打造成对主体思想言行起着构造作用的巨大力量。《通向蜘蛛巢的小路》中的主人公皮恩是卡尔维诺的写照，他看着城市、乡村、街道、房屋被炸毁，被分化重组，他直觉到这些现象背后有一只"看不见的手"，但认识却不甚清晰，于是就去弄清一切，结果却适得其反被一步步放逐。卡尔维诺早期的很多小说都塑造了类似的主体，例如《阿根廷蚂蚁》《烟云》中的年轻夫妇和"我"，他们都被某种无形的力量左右，或是无孔不入的蚂蚁，或是随处扩散的烟云，这些力量与空间结合在一起，使空间成为让人焦虑和费解之物的象征。

但即便如此，卡尔维诺还是希望能逃脱这一切，因此他为主体留下了一线希望，在《通向蜘蛛巢的小路》中，皮恩掌握着一条只有他才知道的秘密路径——通向蜘蛛巢的小路，掌握着一个只有他才知道的场所——蜘蛛巢，并把他最珍贵的东西——枪隐匿于蜘蛛巢中。枪在这里象征了主体的力量和希望，终有一天这股藏匿起来的力量会帮助皮恩打破束缚他的东西，从权力空间中突围。

从以上分析中大致可以梳理出卡尔维诺早期作品中主体、空间、权力之间的关系：主体的焦虑是小说的主题和线索，造成主体焦虑的重要原因是空间的变迁，造成空间变迁的是权力。可以看出空间在这个关系链中居于重要位置，是让人理解主体焦虑的关键，也是让人看清社会历史变迁和权力斗争的关键，卡尔维诺在其一生的创作中都保持了这种对空间的浓厚兴趣。

二 逃逸和蜕变

随着意大利时局的逐渐稳定，意共未来的发展方向也逐渐明朗：要么坚持斯大林主义走苏联路线，要么放弃斯大林主义走改革开放路线。在这个选择面前，党内分成两派，两派之间经历了十年的讨论和争斗，卡尔维诺也投身其中，积极参加各种活动，接触各个派别的核心人物，也正是在这十年当中卡尔维诺才有条件真正了解和反思政治。随着各方论争的深入和派系之间的倾轧，卡尔维诺逐渐意识到无论哪一派获胜，都不会给自己带来真正的精神自由和创作自由。他的真实渴望是建立一个非意识形态的世界，而政治的内在逻辑是建立一个意识形态控制下的世界，这使他的反思由单纯对斯大林主义的怀疑深入政治本身。

卡尔维诺对政治的反思是与对文学的思考联系在一起的，在《通向蜘蛛巢的小路》初获成功后，他的写作陷入停滞状态。导致这种情况发生的主要原因之一是文学的政治化导向，意共领导人葛兰西的文化领导权理论主张意共要掌握政权必须先掌握文化领导权，要掌握文化领导权就要求作家创作符合政治利益的"人民的"文学，加之战后活跃在意大利文坛的作家大多是参加了战争并深受其害的一代人，因此这一时期文学的主题多为反对法西斯和表达创伤体验。在以上背景下，作家的政治使命大于一切，创作呈现出众口一词的局面，这种氛围对作家的创造力和创作自由构成极大威胁，也是背离文学自身发展规律的。

这一切促使卡尔维诺于1957年退出意共，此一行为可以看作他逃逸和蜕变的标志，而创作于这一时期的《我们的祖先》（包括《分成两半的子爵》《树上的男爵》《不存在的骑士》）三部曲则以文学的形式完整呈现了卡尔维诺的蜕变过程。在卡尔维诺的整个创作生涯中，这次蜕变的意义非凡，众所周知，卡尔维诺的中后期创作，例如《命运交叉的城堡》《寒冬夜行人》等都被奉为后现代小说的经典之作，可是这些作品与他创作于20世纪四五十年代的早期作品风格迥异，在很大程度上是源于这次蜕变。

三部曲中的《树上的男爵》创作于1957年，正是卡尔维诺选择退出意共的时期，小说讲述了主人公柯西莫告别过去并开创新生活的故事，这样的情节和创作时间让人很难不将其与卡尔维诺本人联系起来，也就是说卡尔维诺借柯西莫来表达自己对人生道路和写作道路的选择。

小说依然借助空间来展示主体的焦虑并实现其解脱，柯西莫的一生以宣布上树那天为界分为在地上和在树上两个阶段，在地上时他处于父亲的权威下，一举一动都受到约束，于是仗剑一挥，通过对空间秩序的重新划分来冲破权力的重重包围。在柯西莫与现存秩序决裂之前，他虽身份高贵，住所气派，备受尊敬，但偌大的爵府如同皮恩混迹的下等酒馆一样，在这里他没有任何发言权，反而要受到父亲的束缚，因此他最终离开这里选择去树上生活，直至死亡也未曾下树。与无处可去而只能把蜘蛛巢作为心理安慰的皮恩相比，《树上的男爵》中的主人公柯西莫已经成熟，他看清了空间背后隐藏的权力，如果屈服就会被改造成别人想要的样子，与其这样不如自己给自己划出地盘，成为树上空间的主宰者。

柯西莫上树之前的挥剑动作是他决定开始新生活的标志，他手中那把剑和皮恩藏在蜘蛛巢的枪一样象征着力量。不同之处在于皮恩对未来懵懵懂懂，他的力量找不到施展的方向，只能浪费在破坏上，因此他的枪只能藏起来以预示某种含混的希望。而柯西莫受过良好的教育，他对未来的规划是有方向的，因此它的力量找到了用武之地并助他建立了一个树上乌托邦，他的剑自然是锋芒外露而非藏于鞘中的。

如果说柯西莫对空间秩序的重新划分是卡尔维诺创作转型的标志的话，那么三部曲中创造的三个身体意象"分成两半的人、猴子人、盔甲人"则是卡尔维诺对转型过程的完整呈现。与乔伊斯、福克纳等相比，卡尔维诺更关注主体在空间维度上的存在，也就是说他把主体看作空间性的存在，因此在三部曲中他较少挖掘人物的内心世界，而把人的身体变形放在小说的主要位置，并且作为叙事的基本推动力。

这三个身体意象各自代表精神发展的三个阶段：首先是《分成两半的子爵》中的被分成两半的人，该书创作于1951年前后，当时意共的派系斗争非常尖锐，卡尔维诺摇摆于两个派别之间难以抉择，双方都有自己的好友，在这种状况下的他犹如被炮弹炸成两半的梅达尔多一样，一半善良一般邪恶；其次是《树上的男爵》中像猴子一样的柯西莫，身体的变异表明他与现实决裂的态度；最后是《不存在的骑士》中没有肉体的盔甲人阿季卢尔福。卡尔维诺以柯西莫变成"猴子人"隐喻了自己与现实政治决裂的态度；但不久他就发现完全脱离现实、无视政治环境将走向另一个极端，文学会失去生生不息的根源。因此，在1959年完成的《不存在的骑士》中，他创造了一个没有肉体只有精神的怪物来象征这种状态，最终他认定肉体和精神合一的人才是正常的，文学和政治、现实和虚构不能截然分离，这表明卡尔维诺克服了精神危机，走向了更为成熟的创作之路。

和《通向蜘蛛巢的小路》一样，卡尔维诺依然关注主体、空间、权力三者的关系，不同的是，这次卡尔维诺展示了主体和空间的相互作用，即不仅呈现空间给主体带来的焦虑，还凸显主体对空间秩序的改变，而促使这个双向运动发生的推手是对权力的争夺。更富于创造性的是，卡尔维诺将主体的精神演变轨迹用空间意象来展现，使之一目了然又冲击力十足。从《我们的祖先》三部曲中可以看出，卡尔维诺对社会历史和主体之空间维度的认识日渐清晰。

三 游戏与焦虑

在《我们的祖先》之后卡尔维诺开始从政治的窠臼中走出，进入20世纪60年代，随着好友维多里尼之死、访问美国、移居巴黎、创作《命运交叉的城堡》等一系列事件的发生，卡尔维诺从朋友圈子、生活环境到文学创作似乎距离意大利的政治现实越来越远，政治也不再是卡尔维诺焦虑的主要原因，因此对空间政治属性的关注也逐渐减弱。但焦虑本身并没有消除，表面上他放下重负走向轻盈，以游戏的轻松姿态来创造空间的多重可能性，实际上他继续通过空间传达着主体的焦虑。在这一时期的很多小说中主体、空间、权力三者的关系并未发生改变，他依然将空间作为造成主体焦虑的原因，只有破解空间中隐含的内在力量才能真正理解主体的焦虑。

在卡尔维诺对空间形态的新尝试中，有两个方向引人注目：其一是对宇宙空间的关注和描述。以《宇宙奇趣》为代表，这本集子收录了他创作于20世纪60年代的若干篇具有童话色彩的故事，这些故事以形象生动的方式将宇宙从无到有、从古至今的演进过程展现出来。其中有一个贯穿始终的人物叫qfwfq，他和宇宙同时诞生，经历了一切存在于一点的时代、地球和月球分离的时代、光和暗相区别的时代、无色的时代、火山爆发的时代、水生动物向两栖动物过渡的时代、恐龙时代……直至现代。

和宇宙演变之线索并行不悖的是qfwfq想要探知宇宙演变之奥秘的线索，这条线索的存在标志着主体对客观世界的认识与反思。一方面，qfwfq是了解周遭世界的，因为当宇宙处于暂时稳定的状态时，qfwfq很清楚它的特性，生活得悠闲自如；另一方面，qfwfq的认识只是暂时和局部的，他永远都不能穷尽宇宙的奥秘，每当宇宙发生剧变时，他总是毫无准备又猝不及防，因此qfwfq充满了无奈。于是每篇故事中的他几乎都是一个怀旧者，从《月亮的距离》《无色的世界》到《水族馆舅老爷》《恐龙》，他想挽留住自己熟悉的世界和人，却每次都留不住。

在这里，空间作为决定一切的终极力量早已摆脱了狭隘的政治属性，隐藏于其中搅弄风云的也不再是某种政治权力，而是更大的力量——宇宙的奥秘，它才是造成 qfwfq 焦虑的真正原因。想要了解宇宙空间变化的秘密似乎只能依靠科学，因此文集中每篇故事的开头都用某个著名的科学理论作为引子，例如《月亮的距离》一篇开头引用了乔治·H. 达尔文的理论："据乔治·H. 达尔文先生所说，从前月亮曾经离地球很近，是海潮一点一点把它推向远方的，月亮在地球上引起的海潮使地球渐渐失去了自身的能量。"[①] 可是科学并不能改变 qfwfq 的命运，每篇故事的结尾都是 qfwfq 与过去挥手告别，这种开头和结尾的差距构成了作者对人类智慧的反讽和对宇宙变迁的无奈。

卡尔维诺的主体焦虑也摆脱了狭隘的个体性，关注整个人类共同的焦虑和困境。这些故事中卡尔维诺以作家的身份进行着类似科学家、历史学家、哲学家的空间思考，故事主人公从地球飘到了太空，从人变成原子、恐龙，这种脱离地面而飞升的状态和《树上的男爵》中柯西莫的情况何其相似，但这一次卡尔维诺走得更远，走向太空已经不是一种决裂的象征，而是新天地的开辟。

第二个方向是对于文本空间的尝试。20 世纪 60 年代后期卡尔维诺移居巴黎，他开始关注结构主义和后结构主义，并和相关组

---

① 吕同六等主编：《卡尔维诺文集：命运交叉的城堡等》，译林出版社 2001 年版，第 275 页。

织建立了联系，同时结交了列维·施特劳斯、罗兰·巴特等人，参加了罗兰·巴特组织的关于巴尔扎克小说《萨拉辛》的讨论。随着对结构主义和后结构主义认识的日益深入，卡尔维诺对文学、语言、自我的问题也有了新的认识，在这种背景下他创作了《命运交叉的城堡》《命运交叉的饭馆》，在这两篇小说中打造了一个文本空间。

如同《神经漫游者》中的凯斯一样，《命运交叉的城堡》和《命运交叉的饭馆》中的主体也穿梭在一个非物质的虚拟世界中，所不同的是，威廉·吉布森笔下的虚拟世界由数字和代码构成，卡尔维诺笔下的虚拟世界则是由塔罗牌上的图画构成。牌面上的每一幅图画都衍生出很多故事，这些故事中包含着神话、传说、经典文学作品以及在此基础上编织的其他故事，它们错综复杂，互相交织，构成一个特殊的文本空间。处于这个空间中的人就如同在博尔赫斯巴别图书馆中的人一样，他们迷失在书的世界里。

文本空间隐含了卡尔维诺表达自我的焦虑，即人无法直接表达自我、相互沟通，只能借助语言。语言犹如一道屏障，阻碍了主体与自我、主体之间的直接同一，因此人活在语言的世界中，是语言性的存在。人们越是想清晰地说明自己的想法，就越是发现语言充满了陷阱，让你的想法充满了歧义。卡尔维诺作为一个作家比常人更希望清晰地表达自己的想法，但经过一番努力之后他发现这个希望不可能实现。另外作家对独创性的渴望也大于常人，总希望自己的作品独一无二，却发现永远也摆脱不了他人的影响，自己一开始写作就陷入了文学传统中，作品的主题、意象、结构等都打上了他人创作的烙印。

为了表达这种创作焦虑，卡尔维诺让小说中的人物集体失语，只能借助纸牌来叙述自己的经历，这象征了人不能直接返回自身而只能借助语言表达自我的处境。每个人物的自述都是一个故事，每个故事都包含着读者所熟悉的东西，我们能从中辨认出俄狄浦斯、海伦、浮士德……这种自述是主体在前人的文本中编制自己的文本，犹如穿行在文本丛林中的旅者一样。

从以上分析可以看出，卡尔维诺创造的文本空间其实质是主体无法穿越的语言屏障，它体现出错综复杂、捉摸不透的特征，这给主体造成了表达的焦虑，给作者带来了影响的焦虑。在十年后创作的《寒冬夜行人》中他对这一问题有了更加深入的思考，他塑造了两类作者和两类读者：第一类仍旧想穿越语言的屏障，准确地表达自我、相互沟通；第二类不再执迷于此，而是采取游戏的态度，享受穿行在文本世界中的快乐。从焦虑到游戏，卡尔维诺实现了在语言和文本中的解脱。

四 反思与终点

虽然卡尔维诺对空间的关注很早，但空间一直是他思考其他问题（诸如政治、宇宙、语言等）的载体，直到1972年《看不见的城市》问世，空间才成为他关注的直接对象，此书也是卡尔维诺的空间认识走向成熟的标志。1983年，在他的终笔之作《帕洛马尔》中，他延续了《看不见的城市》中的主题，继续追问空间的本质是什么，并且借帕洛马尔之口将自己对空间的认知历程进行了总结。

两年后卡尔维诺去世，虽然《帕洛马尔》是他空间实验的终点，但其中并没有对空间的本质给出一个确定的答案，而且他对空间的疑惑和不解似乎又回到了最初的时刻，我们仿佛从帕洛马尔身上又看到了皮恩，从这个意义上来看，卡尔维诺对空间的思考没有终点，每一部作品都是新的起点。

《看不见的城市》之所以标志着卡尔维诺的空间认识走向成熟，主要原因在于他在这部作品中突破了思考空间的单一视角，展现了两种截然不同的视角，代表这两种视角的分别是两个主人公：忽必烈汗和马可·波罗。前者想要穷尽空间的本质，建立一个城市的模本；后者则沉迷于具体的空间形态，描述纷繁多样的城市，在他的描述中，忽必烈汗心中的城市模本被颠覆。

是什么促使卡尔维诺采取了这种双重视角的设计？首先是由于他对空间的认识不再执着于某种既定框架，前文提到卡尔维诺对结构主义和后结构主义的兴趣，既然他深受其影响，并且《寒冬夜行人》等作品也充分证明其所受影响，那么他对空间的认识自然会受到影响。也就是说，空间的本质是人们叙述的产物，并非确定不移的，因此他设计忽必烈汗和马可·波罗两种视角，意在颠覆单一空间观；其次是卡尔维诺面对城市日益同质化的现实，感到更加有必要提倡一种多元空间观，即不要把所有城市都按照相同的理念规划和建造，否则人们的生活也会渐趋一致，生活的乐趣和人的创造力也会遭受抑制。

卡尔维诺对视角的反思一直延续到其终笔之作《帕洛马尔》，相比于《看不见的城市》，卡尔维诺的这部小说更加具有哲学思辨的色彩，他将帕洛马尔认识和描述空间的视角分为三个阶段：第一阶段他以自我为中心，意图将空间纳入某种既定的认识框架中；第二阶段他抛弃自我，进行客观细致的描述，意图还空间以本来面目；第三阶段他发现只要空间处于主体的描述中就不可能摆脱描述者的视角，因此又陷入痛苦之中。

第一阶段的帕洛马尔和忽必烈汗颇为类似，第二阶段的帕洛马尔则同马可·波罗较为相像。《看不见的城市》中他的反思仅止于忽必烈汗，对马可·波罗是赞同欣赏的，而在《帕洛马尔》中他的反思同时指向了马可·波罗，因为马可·波罗和处于第二个认识阶段的帕洛马尔如出一辙。在此基础上回看《看不见的城市》，其中主体的焦虑主要是忽必烈汗的焦虑，因为他对空间的既定观念太顽固，而马可·波罗基本上是没有焦虑的，因为作者刻意抹去了他的既定观念，让他直观具体地描述一个感性世界。在帕洛马尔认识的第三阶段，这种摆脱既定空间观的视角也受到质疑，因为它也是一种视角。空间无法自我呈现，只要它处于主体的观照中，就必然会打上主体的烙印，因此主体永远无法窥见空间的自在状态，这是帕洛马尔先生的终极焦虑。

经过以上反思，帕洛马尔发现令自己陷于矛盾的原因是本质主义的思维方式，因此在主体与空间的关系问题上，帕洛马尔不再将世界强行纳入自己的意识框架中，或者完全抹杀自己去追求纯客观的世界，而是容忍二者同时存在，既承认主体的阐释，又在适当的时候保持缄默，服从事物自身的召唤。

综上，卡尔维诺的空间实验最终落脚在破除一元空间观上，他的思考类似于爱德华·索亚的"第三空间",卡尔维诺通过一生的追寻,认识到尽管空间观念层出不穷、屡经变迁,但无论人们对空间的定义如何,只要把它当作一种占据统治地位的知识形态,引导人们的认知方式时,就在事实上构成了与权力的合谋,成为限制思维的圈套。因此他破除模式,不去执着于某种空间观念的正确性,而是在各种空间形态的对比生成中去享受空间阐释维度多样化的快乐。从这个意义上来看,《帕洛马尔》并不像是一部终笔之作,而更像是一个新的起点。

第二章　主体的迷乱与对抗：
　　　　空间探索的起点

在卡尔维诺的小说中,《通向蜘蛛巢的小路》《烟云》和《阿根廷蚂蚁》可以说是其空间探索的起点,它们都展示了主体在空间中的处境:《通向蜘蛛巢的小路》讲述了一个孩童对战火中生存环境离乱变迁的恐惧与不解,《烟云》讲述了一个杂志编辑对充满烟尘污染的城市的失望与厌恶,《阿根廷蚂蚁》讲述了一对年轻夫妇在阿根廷蚂蚁包围下的小镇所经历的恐惧与斗争。三个故事的内容虽然大相径庭,但它们都以主体和空间的矛盾作为推动情节的线索。空间对主体来说是充满威胁的力量,因此,挖掘空间的象征意义是破解小说中主体焦虑的关键,也是理解卡尔维诺早期思想的钥匙。

第一节 《通向蜘蛛巢的小路》中的空间与性、暴力、政治

《通向蜘蛛巢的小路》创作于1946年,当时意大利刚从法西斯和世界大战的阴影中走出。卡尔维诺当时23岁,和成千上万的意大利青年一样,他的童年和少年时代是在剧烈动荡的社会环境中度过的。在这个剧烈动荡的时代,人们司空见惯的场所失去了往日的稳定性,它们或被破坏,或被重组,或被改变功能,处于快速的运动变化当中。这使身处其中的人不得不去关注空间、权力、主体之间的关系。

卡尔维诺敏感地意识到了空间变迁中蕴含的权力斗争,感受到了主体在这些斗争中的焦虑和困惑,并试图在小说中将这种状况呈现出来。因此读者在《通向蜘蛛巢的小路》中可以看到:一方面意大利法西斯政权、抵抗组织、德国入侵者三股主要的政治力量在相互博弈中改变着小城的空间格局;另一方面小城空间格局的变化又时刻影响着身处其中的普通民众、游击队员、德军、巡逻队员们的日常生活和精神体验。

在所有卷入这一历史进程的人当中,儿童无疑是对空间变迁最为敏感的,因此卡尔维诺选择了儿童皮恩作为主人公,展示了空间对他人格和身份的建构作用以及他对空间的疑惑与抵抗。皮恩对空

间的疑惑始终与性、暴力、政治联系在一起，这些都是成人世界的东西，因此皮恩对空间的抵抗其实质是对成人世界的抵抗。任何人在成长的过程中都曾对成人世界疑惑抵抗过，因此这部小说不仅仅是一部关乎现实政治的小说，更是一部关乎主体成长的小说，是卡尔维诺对他童年和少年时代的总结。

一　主体身份的初步确立

　　皮恩是在充满性和暴力的场所中建构自我并确立个人身份的。这和他的家庭环境有直接关系，母亲在他很小的时候就因病去世，父亲抛弃子女离家出走，只剩下姐姐和他相依为命。姐姐为生计做了妓女，他也早早在长街的修鞋店做学徒，这使他无法和同龄人一样玩适合自己的游戏，享受父母的宠爱，在天真快乐中度过童年时光。皮恩必须和成年人打交道，出入于他们的生活场所，在这个过程中皮恩掌握了他们的欲望和秘密，找到了与之对话的平台，并因此确立了自身存在的价值，建立起内在世界与外在世界之间的关系。

　　皮恩是通过姐姐的房间进入成人世界的，由于姐姐的妓女身份，所以他的家其实就是个妓院，姐弟二人的房间被一层层薄薄的壁板隔开，壁板上有缝隙，也不隔音，姐姐那边有任何风吹草动都逃不过皮恩的耳朵和眼睛。他经常从缝隙上偷窥，那边光线很暗，到处挂着女人的衣物和清洗用品，空气中飘荡着衣服、袜子和床铺的味道。一旦有客人来，呻吟声、男人和女人的味道、裸体的形象共同构成了一剂迷幻药，刺激着皮恩的神经，使他由厌恶愤怒变得兴奋躁动。皮恩常常在缝隙前一待就是几个小时，虽然对隔壁发生的事情并不完全理解，但他却知道这就是男女之间的秘密，大人们喜欢这样，"最后他感到自己那个东西也莫名其妙地燥热骚动，抚摩它，使它保持亢奋，这就是对一切的解释，对已忘却的快乐感的回忆"①。

另外，位于长街的下等酒馆也对皮恩人格的形成起到了重要作用。那里活跃着一群潦倒落魄的男人，他们大都蹲过监狱，在他们的价值观中，远离暴力、没有流血的男人不是男人。他一有时间就去那里度过几个小时，由于掌握了性的秘密，皮恩能够轻松地和他们对话，拉皮条、讲色情故事、唱下流歌曲。男人们对他讲话也毫不避讳，他们拿他姐姐开玩笑，讲述自己打架斗殴和被监禁的经历，怂恿皮恩吸烟喝酒。虽然皮恩不喜欢烟酒的味道，但为了显示自己的成熟还是愿意去尝试。皮恩虽然没有蹲过监狱，但进过拘留所，知道歌里唱的牢狱生活是什么意思，所以他的歌充满感情，能打动这些粗鲁的听众。在酒馆中他成为大人们的朋友，知道说什么会让他们高兴，说什么会激怒他们，并且自认为在他们中间具有举足轻重的地位。这使他反而不了解同龄人的世界，很多孩子的父母也不允许他们接近皮恩。

在这种情况下，皮恩眼中的任何事物都染上性和暴力的色彩。大人们在他看来只对女人、香烟、酒感兴趣，充满了邪恶和污秽。小孩们在他看来太幼稚，连他们父母的欲望都不理解。动物们在他看来也和男人、女人一样，只有性需求。例如看到青蛙身上的绿色黏液，他就会想到女人潮湿黏滑的身体。看到蜘蛛交配，他就感到

---

① 吕同六等主编：《卡尔维诺文集：通向蜘蛛巢的小路等》，译林出版社2001年版，第14—15页。

恶心，想要去杀死它们。皮恩对性的态度是矛盾的，他很厌恶，但同时又充满了兴趣，他总是转动着眼睛偷看蟋蟀交媾，或者将松针插入小癞蛤背上的疣中，或者在蚂蚁窝上撒尿，看着尿湿的土发出吱吱声并层层脱落，冲掉成百上千只红黑蚂蚁身上的泥土①。

皮恩的世界没有纯洁、美好、善良，男人们谈论她姐姐不但不会让皮恩觉得羞辱，反而让他有安全感。大人们打骂不但不会让他痛苦，反而让他觉得这才是正常的生活。因此当他碰到美好的人性时无法理解，甚至不知道如何面对，于是他要么选择逃避，要么选择伤害。游击队员"表兄"很善良，对皮恩照顾有加，但皮恩却觉得这让他很尴尬，不知如何回报，索性去刺激一下对方，看看对方有何反应。当他暂时脱离游击队时，一对好心的老夫妻供他吃喝，但他吃饱喝足之后却偷偷溜走了。在某些特殊的时刻，皮恩也会偶尔恢复童真。游击队的炊事员曼奇诺常常派他去打水，在喷泉边的草地上，皮恩看着美丽的蝴蝶、活蹦乱跳的小兔、遍地的野蘑菇，呼吸着久违的新鲜空气，享受着野草莓的甜美，忘记了长街上的恶臭、男人和女人的气味。但伴随着曼奇诺的召唤和谩骂，他又很快变回了那个对世界充满恶意的男孩。

但皮恩毕竟是个孩子，成人世界对他来说就像一件大号衣服，穿在身上是不合适的，小说通过空间上的强烈对比来体现这种不和谐的感觉。皮恩童年的生活场景是长街——一条又窄又长的街巷。街边的房屋将天空挤成一条窄缝，为了突出压抑和局促感，作者从

---

① 吕同六等主编：《卡尔维诺文集：通向蜘蛛巢的小路等》，译林出版社2001年版，第77页。

上至下地勾勒出长街的轮廓：首先是天空和屋顶，其次是层层压低的窗台和挂在绳子上的衣服，再次是房屋的台阶、鹅卵石界面、排污沟。一切都那么拥挤肮脏，瘦小的皮恩在这种环境中好像随时都会被什么东西压垮。在他做学徒的修鞋店里，各种破鞋旧鞋像洪水一样占满了鞋匠的工作台，放不下的都流到街道上，皮恩整天坐在如山的鞋堆里，自己也好像一只鞋子一样被淹没、被丢弃。除此之外，皮恩的穿着打扮和他的身材也极不相配，没人为他买新衣服，他只能穿大人淘汰的旧衣服，纤细的腰身在空荡的服装中游荡。作者以这种大小对比形成的视觉冲击来暗示皮恩与成人世界的矛盾。

二 空间意义的变化与主体身份的错位

皮恩的自我身份是在充满性和暴力色彩的成人空间中确立的，这使他时常产生孤独和错位的感觉，但他毕竟从中获得了一定的认同感和安全感，周遭世界对他来说基本上是可以理解的。随着战争的继续，各方力量斗争的加剧，皮恩熟悉的世界发生了变化，这打破了他好不容易建立起来的秩序，使他陷入人格分裂当中。这种变化是从空间属性的变化开始的，姐姐的房间、男人们的酒馆、监狱、街道都失去了往日的色彩，一些新的力量弥漫其中，这股力量就是战争和政治。它比性和暴力强大百倍，皮恩无法理解它，更无法掌控它，于是这座城市对他来说由家园变成了迷宫。

最初的变化是从酒馆开始的。有一天皮恩像往常一样来到这里，用玩笑话和众人打招呼，但没有人回应他，大家围着一个陌生的家伙在秘密议论着"游击队""委员会""加波""西姆""格伯乌"

"手枪"……这些词汇对他来说陌生而充满吸引力，好像隐含了某些秘密行动。他想要加入讨论，却被拒绝，这使他沮丧并失去存在感。皮恩意识到除了男女之事和打架斗殴之外，还有很多事都超出自己的理解范围之外。为了尽快适应新形势，理解这些新词的意义，保持在酒馆中的固有地位，皮恩必须讨好酒馆的新首领"委员会"。为此他不惜冒着生命危险去偷德国兵的P38式手枪，并导致了无法挽回的后果。

　　姐姐卧室的意义也发生了变化，它不再是一个发生性活动的场所，而是变为一个充满政治意味的场所。姐姐是意大利人，而她的客人是德国水兵，他们之间不只有男女关系，更重要的是敌我关系和民族矛盾。当皮恩有了新的追求后，德国水兵不再是他的朋友，姐姐也成了意大利民族的叛徒，于是这间卧室变成了战场，他是正义一方的代表，此时此刻要去战胜敌人并夺取战利品——手枪。皮恩最终偷得手枪，这标志着他在不自知的情况下选择了一种政治立场，但同时也永远地失去了这个庇护所，成为姐姐的对立方，之后发生在他身上的所有经历都是这一选择的连锁反应。

　　当皮恩拿着手枪回到酒馆想要获得男人们的认可时，却发现情况又变了。预期的赞扬和崇拜并未出现，陌生人不见了，米歇尔、"长颈鹿"这些人前一刻还在讨好他，这一刻似乎又打起了自己的小算盘，不准备投靠"委员会"，要成立自己的组织。偷枪本是为了陌生人和"委员会"的，而此刻随着形势的变化，这一行为瞬间失去了意义，皮恩的英雄梦也化为泡影。事情为什么会演变成这种局面？皮恩感到非常无助和茫然，因为他永远都参不透成年人的游戏。在这场游戏中，最初似乎是大家和"委员会"联合起来一起反对德国人，现在他们又都反过来对付"委员会"，究竟应该相信谁？皮恩也不知道，因此他没有把枪交给这些善变的家伙。继续待在酒馆里已经没有任何意义，于是他选择离开。

皮恩离开了酒馆，只能在大街上游荡，而熟悉的城市和街道也由于偷枪的事而变得让人恐惧，黑黢黢的巷道中似乎随时都有可能冒出德国兵、法西斯巡逻队或是城市警察。皮恩平时是不怕他们的，因为每当遇见这些人，他都会哭闹或者跟他们讲自己的姐姐，这些男人们也会谈论他的姐姐，于是双方总会达成和解。可是这次不同，皮恩随时会因为身上的这把手枪而丧命，夜里的寂静和响动都让他害怕，于是他来到蜘蛛筑巢的地方，这里只有他才知道，但即使是这样他也觉得不安全。

最终皮恩被抓进监狱，这是一个陌生的地方，他以前在拘留所待过，但从未进过监狱，在这里他终于面对面地接触了战争和权力。之前皮恩在酒馆里通过米歇尔等人之口仅仅是隐约地察觉到这股力量的存在，此时它却无比真实地以殴打和审讯的方式展现在面前。监狱象征了这场战争中非常强大的两股力量：德国法西斯和意大利法西斯，他们将各种异己分子关押于此，并实施不同的方法使之屈服。首先是抵抗法西斯的力量，例如"委员会""加波""西姆"等。他们被称为政治犯，是最受重视的犯人，通常受刑最重，下场最惨，不屈服就会被杀掉；其次是被抵抗力量争取的民众，这些人的政治倾向不明确，看重实际利益，例如米歇尔，对他们通常采取诱之以利的方式使之为己所用；再次是一些与政治无关，违法乱纪的普通罪犯，例如鞋匠彼埃特罗马格罗，他们通常被丢在角落里自生自灭。

皮恩也被卷入监狱里各方力量的斗争中。首先是德军，他们把皮恩当成政治犯对待，丝毫不顾及他的儿童身份，对他姐姐也不感兴趣，只对他偷走的手枪和指使他偷枪的组织感兴趣，严刑逼问他手枪的下落和他的幕后力量；另外是米歇尔这些怂恿他偷枪的人，他们威胁皮恩，不让他出卖自己；最后是抵抗力量的骨干红狼，他给皮恩灌输革命和反抗的思想并带着皮恩成功越狱。面对各方争取，皮恩非常迷茫，觉得这些大人们太善变，玩的游戏自己根本看不懂，但他们又如此强大，自己只能被牵着鼻子走。

和红狼越狱之后，皮恩被勇敢善良的游击队员"表兄"带到了德利托支队，留在了游击队员设在山区的营地。就这样，从偷枪开始，皮恩一步步被熟悉的城市放逐，来到了陌生的游击队营地，在这里，他接触到了这场战争中另一股强大的力量。皮恩发现游击队内部也充满了矛盾和分歧：首先是德利托支队和其他支队之间的矛盾。德利托支队由小偷、宪兵、军人、黑市交易者、流浪汉组成，是一群政治立场不坚定、成员身份复杂的队伍，因此不被旅部重用，也被其他支队看不起。其次是德利托支队内部成员之间的矛盾。由于他们的身份悬殊，所以对待问题的看法也各不相同，队员们之间缺乏尊重信任，经常争吵不休。和在监狱时一样，皮恩依然无法理解营地上的游戏规则，"共产主义""资本主义""托洛茨基分子""革命"这些词所代表的意义对他来说过于复杂。他只能用他习惯的方式去和大人们相处，发现他们的欲望，无情地揭发他们的秘密，使他们之间的关系恶化。因此德利托支队的人对皮恩又恨又怕,最终他又失去了这最后的栖居之所,再次被放逐。

从姐姐的卧室、酒馆到法西斯监狱、游击队营地,皮恩一步步被放逐的根本原因是他无法理解隐藏在空间背后的力量,这些力量使空间的属性变幻不定。空间的稳定属性能够为主体提供一个身份认同的坐标系,如果这个坐标系不断变化,而主体又无法适应,那他最终会对自我身份产生怀疑和否定。

三 空间背后——权力的角逐

事实上,不仅是皮恩,小说中所有像他一样的人都被卷入了空间的离乱变迁,都被其中隐藏的强大力量玩弄于股掌之中:"表兄"已经战斗了七年,游走于城市与山区之间居无定所;德利托被迫离开舒适的工作环境,整天打游击战;四连襟有家不敢回只能待在营地……身处于这样的环境中,所有人都感受到自我分化的焦虑,这个世界"不是固定安全的,而是充满了焦虑,并被深深的分化影响,我们中的许多人都感受到许多我们无法控制的力量的控制"①。

在写于 1964 年的《通向蜘蛛巢的小路》自序中,卡尔维诺谈到很多战后的作家都喜欢对刚刚经历的战争做历史总结和理性分析,而他则被各种不同的人对战争迥然相异的描述所吸引,认为这才是最富文学性的叙述。因此,卡尔维诺无意于和上述作家一样去展现宏大的历史,刻画那些能够掌握自己命运和历史潮流的英雄,而是

---

① [英]安东尼·吉登斯:《失控的世界》,周红云译,江西人民出版社 2001 年版,第 14—15 页。

致力于描述像皮恩和德利托支队的队员们一样的普通人。他们没有先进的政治觉悟，不知道自己为何而战，只能被历史潮流推动着向前走。

卡尔维诺认为他们无知又无助的状态和那时的自己很相似，"我们发现自己身陷于政治中，更确切地说，是身陷于历史中，没有任何个人意志的选择"①。他也参加过游击队，体会过流离失所和家人被俘后生死未卜的感觉，也正是因为这个原因，以前仅仅存在于思想领域中的政治、权力、战争现在却成为活生生的现实，烙在无法抹去的生命体验当中。因此当战后一切都归于平静时，卡尔维诺开始去反思这一切，反思个人与历史的关系，即历史对个人意味着什么以及个人在历史中的自我定位，这样才能解释空间的离乱变迁。

1923年卡尔维诺出生时，意大利刚刚被墨索里尼领导的法西斯力量所控制，因此从1926年记事起直到墨索里尼1943年下台，他的童年和少年时代不自觉地被卷入政治风潮中。墨索里尼认为文艺复兴和法国大革命以来对个性自由的提倡毁灭了意大利民族源于古罗马的精神，意大利日渐贫弱就是因为缺乏民族主义和集体主义精神包含的凝聚力和强力，第一次世界大战中意大利没有捞到好处的原因也在于此。因此，意大利的文化出路是回归古罗马。墨索里尼对此充满自信："罗马命中注定将再次处于西欧文明的领导地位，让我们把这种激情之火传给后代，让我们把意大利打造成人类未来历

---

① Italo Calvino, *Hermit in Paris*, translated by Martin McLaughlin, London: Penguin Books, 2003, p. 145.

史中不可或缺的国家。"①

  他通过教育把古罗马的强力、尚武、服从领袖等精神灌输给意大利青年一代。时任教育大臣的真蒂莱帮助墨索里尼施行了一系列教育改革，在此种改革下，"国家教育部除了其现有功能外，还担负着对青少年进行身体和精神规训的职能"②。各个年龄段的学生都被强制纳入相应的法西斯组织：6—8岁为"狼子团"，8—12岁为"巴利拉"，12—18岁为"法西斯先锋队"，18—21岁为"青年法西斯"，21岁则要加入法西斯党和法西斯民兵组织。法西斯先锋队中的少年只有十几岁，本来应该享受天真和快乐，却被强制学习使用武器，进行战争训练。旨在加强民众对法西斯狂热迷信的宗教课和思想教育课在学校受到了前所未有的重视，加里波第时期为了摆脱异族统治而高扬的民族精神迅速演化成对外扩张的民族主义。"法西斯政权的任务就是要在个人愿望和集体意愿之间建立起精神上的协调一致。"③ 事实上，就是消灭个体，让全国人民都服膺于领袖意志。在以上培养目标和教育体制下，青少年的个性被包裹在国家意志中隐而不发。卡尔维诺生活的圣雷莫是个多民族和多宗教信仰的城市，在他上小学的时候不参加宗教课没什么被指摘的，但上了公立高中后由于政治环境使然不得不去上宗教课。虽然卡尔维诺的母亲尽量拖延他加入法西斯先锋队的时间，但由于这是学校强制要求加入的，

---

  ① Benito Mussolini, *My Autobiography*, London: Hutchinson & Co. Ltd, 1939, p. 128.
  ② Benito Mussolini, *Fascism: Doctrine and Institutions*, Rome: Ardita Publishers, 1935, p. 276.
  ③ Alexander De Grand, *Italian Fascism*, Lincoln & London: University of Nebraska Press, 1982, p. 150.

卡尔维诺当然不能例外，他换上了特定的制服，在规定时间做弥撒，合唱，学习使用武器，参加集训、阅兵。

墨索里尼把自己的民族主义理想和集权主义精神贯穿在意大利的空间规划和建筑设计上，在他统治的二十年中，意大利增加了很多新城镇和新建筑，大多都经过他的亲自审批，建筑师的审美理念也迎合了墨索里尼的期望。矗立于罗马城南部的新罗马就是墨索里尼一手打造的，为了1942年罗马举行世界博览会时使用，它被看成典型的法西斯建筑标本。其规划初衷是体现意大利在法西斯统治下的强大有力，这座城与老罗马遥相呼应，一新一老，老城到处是历史遗迹，新城则是一派新气象，老城过去的荣光在新城当中得以重现。这种新气象集中体现在其充满现代感的建筑风格上，所有建筑整齐划一，与政治上的集权主义非常吻合，外部设计和内部装修突出威严肃穆的特点，让人一旦置身其中就会产生敬畏和服从的感觉。墨索里尼还对老城进行了若干改造，著名的帝国大道就是他修建的，这条路将古罗马的遗迹大角斗场和他本人的住所威尼斯宫连接起来。他在修路过程中不惜拆除了很多古建筑，此举的政治意义显而易见，墨索里尼要让帝国大道成为古罗马通向新罗马的象征，他作为新罗马的缔造者顺理成章地将成为万人敬仰的对象。另外墨索里尼还将这种意识形态控制通过一系列的空间造型艺术渗透到意大利人生活的方方面面，大大小小的雕塑被放置在广场、公园、街道、学校等各种公共场所。这些雕塑中象征意义最明显的就是他本人的形象，他要让所有意大利人时刻处于自己的目光注视之下，无从抵抗，无处逃遁。

虽然法西斯的力量非常强大，但意大利依然活跃着其他的政治力量，他们对法西斯具有一定的震慑力，其中最强的莫过于意大利王国国王的势力。与德国和日本的法西斯不同，墨索里尼掌握政权是建立在保留君主制并拥护国王权威的基础上，他能上台的一个重要原因是国王的支持。第一次世界大战后意大利国内矛盾重重，国王的统治面临危机，急需一个在精神上有号召力、在行动上有执行力的政党来解决这些危机，而国家法西斯党正好能满足以上条件，因此萨伏伊王朝选择支持墨索里尼。但这一妥协并不代表国王失去了实权，事实上他依然拥有坚强的后盾，足以对墨索里尼形成威胁，"特别是以邓南遮和费德尔佐尼为代表的民族主义势力，以及法西斯内阁中的以国防大臣阿尔曼多·迪亚兹将军为首的一大批高级将领都表示忠于君主制，使得国王作为国家元首仍然有一定的实权"①。事实证明情况确实如此，墨索里尼于1943年下台并被关押这一结局，正是国王策划和实施的。

除了王室这样与墨索里尼具有微妙关系的势力之外，意大利还存在着反对法西斯的力量，共产党就是其中最具代表性的。意大利共产党成立于1921年，其前身是意大利社会党，是由意大利社会党中分离出的左翼组建的。因为意共坚持鲜明的反法西斯立场，因此法西斯党一成立就将意共作为剿灭的对象。1926年意共正式被取缔，其领导人葛兰西也被监禁，陶里亚蒂逃亡国外，共产党一度陷入谷底，但即便如此，意共依然坚持联合社会党等其他力量积极地进行

---

① 陈祥超：《墨索里尼与意大利法西斯》，中国华侨出版社2004年版，第29页。

反法西斯活动。直到第二次世界大战期间，随着意大利国内对墨索里尼的反对声日隆，而共产党又以其反战姿态获得人民的信任，成为反法西斯战线上的一面旗帜，它才逐渐从地下走向地上。在这场对空间的争夺战中，共产党联合左翼民主党建立了游击队，他们控制了山区，与法西斯掌握的城市分庭抗衡，并以其灵活机动的作战方式对法西斯进行了各种有效打击，在意大利打下了良好的群众基础，并成为战后意大利执政党的有力竞争者。

  第二次世界大战期间，德国日益成为左右意大利局势的国外力量中最有影响力的国家，这不仅是因为二者的政治理念相似，更重要的是希特勒看重在意大利的利益。尤其是在1943—1945年，德军直接占领意大利中北部，扶植墨索里尼在北部城市萨罗建立意大利社会共和国，与意大利王国政权对峙。在此期间，超过十万人或被屠杀，或被截肢，或被强奸和鸡奸，或被送入集中营，意大利人对希特勒和法西斯达到深恶痛绝的地步，人人得而诛之。

  《通向蜘蛛巢的小路》中故事发生的现实背景正是这一时期的意大利，皮恩生活的小城到处都是德军，他们可以随便抓捕、审判和处死意大利民众。小说中法西斯和游击队两股力量对小城起着决定作用，他们利用有形的武器和无形的意识形态，对具有不同欲望和利益的社会群体施加影响。①

  在以上各方政治力量的此消彼长中，意大利的空间格局也发生着剧烈的变化。以上文所述的新罗马城为例，墨索里尼在1943年下

---

① ［法］亨利·列斐伏尔：《空间：社会产物与使用价值》，包亚明主编《现代性与空间的生产》，上海教育出版社2002年版，第50页。

台后，它还处于未完成的状态，因此很多建筑成为烂尾楼。直到20世纪60年代以后新罗马城才逐步修建完成，成为一座与老罗马城风格迥异的现代城。现在它是法西斯时代的建筑博物馆，徜徉其中，反思法西斯的专制与残暴。

四　主体的抵抗与乌托邦的保留

作为一个对社会历史和政治权力有着深入理解的作家，卡尔维诺对空间、权力、主体的思考并未止步于呈现空间和权力对主体的作用，他还突出了主体对空间和权力的主动抵抗，从而使三者之间的关系呈现出互动的、复杂的状态。

皮恩对空间和权力的反抗是通过以下几种方式进行的。

首先，是他对权力的不合作态度。在姐姐的卧室里，本应是姐姐说了算，但他对姐姐非但不服从，反而将姐姐当作与成年男人们沟通的桥梁，在姐姐劝他投靠德国人时他扭头就走。在酒馆里，本该是米歇尔这些成年人说了算，但皮恩却通过他们的弱点反击他们，使他们害怕自己，虽然在他们的怂恿下偷了枪，但最终并没有交给他们。在监狱里，面对德军的严刑拷打和米歇尔的威胁，皮恩依然作出了自己的决定。在营地，本该是德利托说了算，但皮恩反而控制了德利托。虽然他这么做的后果是遭到了所有人的讨厌并失去了自己最后的栖身之所，但他无法不这么做，这股推动力来自不被人理解和重视的怒气，他要通过这种方式证明自己的存在。

其次，是他对蜘蛛巢的痴迷。在皮恩的世界里，所有的场所都不属于他，只有蜘蛛巢是属于他的。这里是他内心深处的世外桃源，因此他将自己最珍贵的东西——P 38 手枪藏匿于此。在整个小说中出现的所有场所中，这一处与其他各处形成了鲜明的对比。其他场所对皮恩而言是属于他人的，他在其中没有发言权，只有这一处是属于皮恩的，皮恩在这里拥有绝对的发言权。但是，最终这里被佩莱捣毁，枪也被偷走。在皮恩伤心至极的时候，"表兄"安慰他并告诉他，只要不再继续破坏，蜘蛛终将重新筑起巢穴，这里又会恢复往日的神秘美丽。由此可以看出，蜘蛛巢是皮恩心中乌托邦的象征，佩莱毁坏它的行为象征了强权对普通人生活空间和理想的毁坏，蜘蛛重筑巢穴则象征了理想是不能被毁灭的。

再次，是他对枪的爱护和保存。皮恩的命运是因枪而改变的，枪可以说是整部小说的推动力，其寓意也是理解小说的钥匙。当它在德国人手里时，它是一种暴力，象征了德意法西斯对意大利普通民众的强权统治，也象征了隐含在空间中控制主体的力量。当它在皮恩手里时，它依然是一种暴力，但却是反抗的暴力，象征了皮恩获得尊重和自由的希望，也象征了意大利普通民众对强权者的反抗。每当皮恩无助时，他都以拥有一把枪而重拾信心，P38 几乎是支撑他活下去的力量，因此离开游击队后他首先想到的是去找回他的枪，可是枪却被佩莱拿走了。最终他又在姐姐丽娜处获得了这把枪，作者如此安排的意图明显是想让皮恩保留这股反抗的力量。

对很多像皮恩一样的人来说，他们也以自己的方式在反抗。小说第九章通过游击队政委吉姆之口对游击队成员们的参战动机和抵抗方式进行了集中分析，卡尔维诺自己也在小说序言中承认这一章就像加在小说中腰部分的序言一样,对澄清人物的思想有着重要作用。吉姆认为并非所有人参战的动机都来自对历史和阶级斗争的明确认识,大部分人对此并不清楚,他们和德利托支队的小偷、移民、流浪汉、叛徒、宪兵一样,没有多少文化,社会地位很低,从小就生活在肮脏狭仄的环境中。他们是在一种非理性的愤怒中参战的,需要在战争中发泄自己的不平和疯狂。因此吉姆认为:"基本的无名的人类解放的推动力来自各种屈辱:工人来自剥削,农民来自无知,小资产阶级来自抑制,被蔑视的人来自腐败。"① 在这种基本的动力之下,每个人的反抗方式都不一样,例如佩莱通过不断叛变来惩罚忽视他的人,德利托通过偷情来发泄在游击队的压抑。

卡尔维诺在他的多篇文章中都谈到了自己的童年,在他的描述中,既有对政治权力和社会潮流的顺从,也有对它们的抵抗。在《青年政治家回忆录》中他回忆起当年很多特立独行的行为,例如逃课、不参加集训、不穿统一制服等,这些行为虽然是非暴力的、温和的,但它们却标志着卡尔维诺对强权的抵抗。如果说《通向蜘蛛巢的小路》是他对自己童年和少年时代的总结,那么在这个总结中他不但要呈现个体在历史潮流中的被动地位,同时亦要凸显主体的独立和抵抗,否则我们将无法解释他在20世纪50年代以后思想变化的内在原因。

---

① 吕同六等主编:《卡尔维诺文集:通向蜘蛛巢的小路等》,译林出版社2001年版,第93页。

第二节 《阿根廷蚂蚁》《烟云》中的空间与未知力量

《阿根廷蚂蚁》和《烟云》这两部短篇分别写于1952年和1958年,是卡尔维诺这一时期作品中非常相似的两篇。它们在"结构和观念上的类同就如同双叶记事板一样"①,尤其是两部作品的主人公在空间中的焦虑几乎如出一辙,是对《通向蜘蛛巢的小路》中该主题的延续。与《通向蜘蛛巢的小路》不同的是:这两部作品不再着力凸显空间的政治属性,而是赋予其更丰富的内涵。隐藏在空间中的力量从有形变为无形,空间刺激主体的方式也不再是强烈的分化变动,而是时时刻刻存在的入侵与蚕食。

这些新特征折射出卡尔维诺对主体问题的进一步思考,在写作《通向蜘蛛巢的小路》时,意大利刚刚解放,人们的主要焦虑来自政治,而在写作《阿根廷蚂蚁》和《烟云》时,政治问题已经不再是主要焦虑,家庭、就业、政治、经济、环境污染等各种问题全面爆发,促使大家从战后初期短暂的乐观态度中清醒过来,重新审视自己的生活状况和未来发展道路。如果不去考虑"蚂蚁"和"烟云"中包含的现实困境,而是将之当作遮蔽主体本真存在的符号系统的

---

① Italo Calvino, *Hermit in Paris*, translated by Martin McLaughlin, London: Penguin Books, 2011, p. 242.

话，那么这两部作品就具有了更加深刻的含义，因为它们揭示了整个人类的生存状态。

从这个角度来看，这两部小说和卡夫卡、萨特等人的小说具有了通性，迎合了整个时代的思想潮流和写作趋向：首先它们都是对现代人生存困境的思考；其次它们传达的空间感受是一致的；最后它们都采用了寓言的方式让作品的意义充满了多重可能性。但卡尔维诺并未因此将作品引向令人绝望的结局，而是和《通向蜘蛛巢的小路》一样，以暂时的逃离和净化使主人公从压抑中解脱出来，这种乐观的安排体现出作者早期思想的一致性。

一　空间的入侵

《阿根廷蚂蚁》和《烟云》的整体氛围很压抑，这种压抑感是通过空间对主体的入侵来营造的，两部小说的情节伴随着空间的入侵而展开，在情节的推进中主体的焦虑逐渐呈现在读者面前。为了让这种入侵产生更强烈的效果，卡尔维诺设计的主人公都来自社会底层：一对潦倒困顿正在寻找出路的年轻夫妻，一个刚刚找到工作的杂志编辑，他们收入很低，没有属于自己的居所，四处漂泊，脆弱的生活经不起任何打击。他们的生活场景都是"异乡"，新环境并没有让他们摆脱旧烦恼，反而增加了很多更棘手的问题，这些问题使主人公的生活岌岌可危。

《阿根廷蚂蚁》中的年轻夫妻在叔叔的推荐下来到一个陌生的海滨小城谋出路，小城气候宜人，景色优美，每个人脸上都洋溢着幸福，看上去是个非常理想的地方，但对心事重重的他们来说却舒适得有点过分。随着阿根廷蚂蚁的出现，小城的美好外壳被打碎，夫妻俩的隐忧得到印证。

首先，他们发现租住的新居所被蚂蚁侵蚀，这些蚂蚁个头虽小，一捏就死，但数量庞大，永远都消灭不完。花园、墙壁、水池、柜子、摇篮、床上、锅里、碗里到处都是蚂蚁，他们的食物被污染，所有东西都带上了难闻的蚁酸味，他们的睡眠被侵扰，孩子和大人都无法安然入睡。这和他们以前对蚂蚁的认知完全不同，以前他们认为蚂蚁和小猫、小狗一样是具体可数、有办法对付的，而现在蚂蚁却和空气一样弥漫在周围，让人无从躲避和拒绝。在这种情况下，原本干净宽敞的房间让人疏远和厌恶，绿树成荫、花香四溢的庭院也成为充满危险的战场。

其次，他们发现邻居们的住所也充斥着蚂蚁，他们表面看上去一副无所谓的样子，但事实上都和主人公一样深受蚂蚁困扰。雷吉瑙多夫妇使用各种毒药对付蚂蚁，依靠毒药将自己的生活空间和蚂蚁隔开，连吃饭睡觉都要在桌腿和床腿撒上药粉，防止蚂蚁入侵，房屋和庭院里充满了刺鼻的味道。勃劳尼上尉则发明了各种装置来诱杀蚂蚁，虽然他的办法别出心裁也相当奏效，但依然不能根除蚂蚁，只能和雷吉瑙多一样暂时地缓解一下蚁灾。即使是住在山间别墅里的房东毛罗太太也跟他们一样，深受蚂蚁的侵袭，她那幢高大华丽的房子早晚也会被蚂蚁毁灭。整个小镇就是一个大蚂蚁窝，所有居民都被蚂蚁包围和吞噬，夫妻俩绝望了。

《烟云》中的主人公"我"来到一座陌生城市工作，他主要的活动场所有两处：一处是租住的火车站附近的单间，另一处是工作场所《净化》杂志社。这两处地方一开始都给他留下干净整洁的印象：房东太太天天都来打扫房间，毛巾烫得平平整整，衣服也帮他洗净叠好。杂志社所在的大楼装潢考究，办公室窗明几净，同事的办公桌一尘不染。但随着进一步的了解，他发现这些都是假象。首先，自己的房间永远都落满灰尘，打扫的速度根本赶不上落灰的速度，况且房东太太只打扫自己能够得着的地方，对一些死角从来不管。她的猫也经常在主人公的衬衣上留下爪印，所以"我"越来越觉得这个房间让人难以忍受，和它的任何一部分接触都会染上灰尘，在这种情况下主人公无论如何也不会对这间房子产生亲近和归属感；其次，办公室也被灰尘所笼罩，这里虽有勤杂工天天打扫，但灰尘依然无处不在。手只要一接触办公室里的东西就会变脏，就需要去清洗，同事阿万德罗博士的桌子看上去很干净，其实是由于他把杂物都转移到别人那里去，因此"我"在办公室里也感觉到被灰尘入侵，无法保持洁净。

不但这两处具体的场所被灰尘所侵占，整个城市都处于烟尘之中，这烟尘同阿根廷蚂蚁一样挥之不去。从远处的山顶可以清晰地看到烟尘与城市的关系，它"比重很大，离地面不高，在斑驳陆离的城市上空慢慢飘荡，一会吞噬了城市的这一片，一会吐出了城市的那一片，在它所经过的地方总会留下一片污浊的痕迹"[①]。若深入城市当中，则更能感受到它无时无刻不在笼罩着"我"，"我"活在它之中，它也活在"我"之中。街道上浓烟滚滚，人们不得不掩鼻

---

① 吕同六等主编：《卡尔维诺文集：通向蜘蛛巢的小路等》，译林出版社2001年版，第163页。

而行，饭馆里也是烟雾缭绕，大家伴着烟雾聊天吃饭，影影绰绰，仿佛幽灵一般。

促使主体在空间中产生疏离感的不单是烟尘，还有噪声等其他因素，它们和烟尘一样让人焦虑不安。"我"租住的房间一点都不隔音，周围发出的任何响动都能触动"我"的神经，让人无法入眠。例如楼下的乌尔班诺·拉塔齐酒馆中发出的各种声音：服务员的传菜声、酒疯子乱喊乱叫的声音、食客们的聊天声、勤杂工搬运酒桶的声音、清洁工打扫的声音、耳聋的玛格丽特小姐大声打电话的声音……这些声音从早到晚，几乎一刻也不停歇，侵占了主人公的睡眠、耐心和快乐。另外，他人的窥探和监视也让空间成为使主人公紧张压抑的力量。"我"的邻居是个警察，可能是出于某种职业病，我的一举一动都会引起他的注意，这令"我"感觉失去了自由，连打电话都不敢随心所欲，生怕被人偷听而泄露隐私。

除了主人公之外，两部小说中出现的其他人物也都被阿根廷蚂蚁和烟尘包围，与外部空间关系紧张。例如《阿根廷蚂蚁》中的雷吉瑙多夫妇、勃劳尼上尉、毛罗太太、小酒馆的女老板、包迪诺先生、镇上的其他居民等，没有一家能清除蚂蚁，拥有无忧无虑的生活。《烟云》中的女房东、邻居们、科尔达工程师、工人奥马尔·巴萨鲁齐、阿万德罗博士、街上的行人、酒馆中的顾客，无一能摆脱烟云的侵袭，过上一尘不染的生活。由此看出，卡尔维诺关注的并非一人之忧，而是整个人类的生存状态，在他看来，任何人都有可能被一些不知名的力量所控制，从而失去了自由。

二 "蚂蚁"和"烟云"的寓意

在这场入侵中,"蚂蚁"和"烟云"充当了重要角色,它们让空间充满威胁,不断吞噬主体的自由,从而使空间和主体的关系陷入对立状态,因此理解"蚂蚁"和"烟云"的寓意是破解以上对立何以形成的钥匙,也是理解卡尔维诺这一时期思想的关键。

如果从"蚂蚁"和"烟云"的字面义去理解,它们明确地指向人类面临的两种灾祸:蚁灾和烟尘污染。蚁灾是阿根廷蚂蚁的肆虐造成的,阿根廷蚂蚁原产于南美,身长只有 3 毫米左右,喜欢温暖潮湿的自然环境,攻击性和繁殖能力极强,在世界各地都有它们的踪迹,尤其是南北美洲和地中海沿岸国家。它们常常是由一个蚁后和几十个工蚁就能形成一个族群,几乎什么都吃,庞大的蚁穴可以绵延上百公里,对人类的日常生活和农业造成极大危害,并且能够破坏当地原有的生态平衡,其团队合作精神极强,反应迅速,无孔不入且很难消灭。小说中的主人公受到这种蚂蚁的入侵,自然是措手不及,身心俱疲,再好的风景也添上了阴影,再好的庭院也望而却步,再舒适的房间也让人心存疑虑。即便如此,阿根廷蚂蚁总归是能看得见摸得着的敌人,它们也有自己的弱点,人类总能想出办法去对付它们,并且在气候条件不允许的情况下,它们也是无法生存的,即使不能完全消灭也能选择逃避。

与阿根廷蚂蚁相比,烟尘污染对人类的危害更为致命,如果说前者是自然灾害,那么后者则是人为灾害。"烟尘"一般指由于煤炭燃烧而产生的一氧化碳等有害气体及其携带的颗粒物,在小说《烟云》中它泛指一切气体污染，工业革命之前这些污染基本上可以通过空气的自净作用来化解，但工业革命之后，污染的性质和危害程度发生了根本改变。从18世纪末开始，英国率先兴起了工业革命，其标志是蒸汽机的应用，这大大提高了生产效率，但由于蒸汽机的动力来自煤炭的燃烧，所以会产生大量排放物。随着工业革命的进一步推进，很多发达国家都以煤炭作为主要的燃料和动力来源，导致污染进一步加剧。20世纪以来内燃机逐渐取代蒸汽机，汽车日益普及，石油等新能源的使用又产生了更大的空气污染，这些有害气体不但对人和其他动物的健康造成损害，而且破坏了水源、土壤、植物，甚至破坏了大气层，使整个地球环境都受到前所未有的挑战，再不治理，恐怕人类将遭遇灭顶之灾。《烟云》的写作时间是1958年，正是欧美发达国家工业高速发展、污染最为严重的阶段，肮脏的空气和恶化的健康状况使人们对生活环境产生疏离感。人人都处在烟尘中，人人都惧怕烟尘，主人公"我"通过不断洗手来试图摆脱烟尘，阿万德罗博士通过节假日出门旅行来逃离烟尘，但这些努力都是徒劳，烟尘早已进入人们的身体，与之合为一体。

如果从"蚂蚁"和"烟云"的隐喻义来看，它们指主体在工作生活方面的各种现实焦虑。《阿根廷蚂蚁》中的年轻夫妻的焦虑是：孩子年龄太小很难照顾，又适逢大病初愈让人放心不下，丈夫工作没有着落，家庭经济拮据。妻子为各种琐事发愁，整天闷闷不乐，脾气暴躁，再加上对新环境不熟悉，邻里关系也未理顺，对小镇人们的思维方式和处世态度都不适应。这些都像看不见的阿根廷蚂蚁一样，萦绕在一家人的心头，消耗着他们的精力和耐心，让他们久久不能融入小镇，难以开始充满希望的新生活。

《烟云》中的"我"也一样面临各种现实焦虑：在工作上，"我"是一名有着丰富经验和写作能力的编辑，对社会问题具有深刻认识和独特反思，本来可以发挥以上特长在《净化》杂志中大展身手，揭示烟尘污染问题及其危害，引起社会警醒从而达到解决空气污染的目的。但是实际情况却完全相反，"我"在《净化》杂志的角色仅仅是充当主编科尔达手中的一支笔，没有任何独立思考的权力。每次撰稿之前必须先请示科尔达的意思，在认真揣摩后将之表达出来，如果表达得不准确，还要继续沟通、继续修改，直到对方满意为止。有时甚至必须持与自己真实观点相反的立场写作，因此在整个写作过程中没有丝毫的自我，完全是充当别人的工具。这与同事阿万德罗博士形成了鲜明的对比，阿万德罗博士早已看透了这一切，并且适应了这种工作方式，习惯于得过且过，对新手不但不会帮助同情，反而是等着看笑话。在这种工作环境下，上司、同事仿佛和烟尘融为一体，他们共同入侵"我"的身体和灵魂，让"我"成为一个弃儿。

在爱情上，"我"与女友克劳迪亚彼此相爱，却由于身份地位悬殊而无法真正互相理解。克劳迪亚身处上流社会，美丽富有，活力十足，在一次偶然的活动中认识"我"，但这种认识是片面的，她并不了解"我"的真实生活和心理状况。她也无意去了解，因为在这场游戏中克劳迪亚只在乎自己的感受，她需要的是一个能随时满足她要求的男友，而"我"根本达不到她的要求：首先，"我"只是个普通的小编辑，没有经济能力任她随叫随到。她可以随心所欲，

"我"却只能呼吸着烟尘,勤劳工作,节俭度日;其次,跟她在一起"我"必须隐藏真实的自我,吃饭不敢去高档餐厅,还要装出有情调的样子,带她去自己的住处又害怕灰尘玷污了她,连亲热都小心翼翼,这令"我"疲惫万分,穷于应付;最后,"我"与她对很多问题的看法格格不入,但她却丝毫不考虑"我"的感受,只想让"我"屈服于她。因此,"我"在爱情中付出的代价远远大于获得的满足,想要分手又下不了狠心,克劳迪亚像烟尘一样渗透在"我"的情感和欲望中。

在邻里关系上,"我"与他人互相警惕并缺乏信任。"我"租住在火车站附近的一座肮脏衰败的小楼里。由于房租便宜,所以租户都是和我一样经济拮据、社会地位不高的人,生活的艰辛使他们缺乏安全感,对周围的一切都充满戒备,自私而胆小。大家没有时间和精力培养感情,却有兴趣窥探别人的隐私。这幢楼就像一个牢笼将"我"困在其中,"我"对生活的希望终有一天会被弥漫在楼中的失败和颓废消耗殆尽。

除了现实生活中的烦恼之外,"蚂蚁"和"烟云"还象征了威胁主体的所有力量。就整个欧洲来说,20世纪前半期对所有人都产生重大影响的事件莫过于两次世界大战,战争不但摧毁了人们的物质家园,更重要的是摧毁了人们的精神家园,理性主义、本质主义受到前所未有的挑战。在这一背景下,人们关于主体的认识也被颠覆,主体死亡和人是语言符号的产物这样的观念被越来越多的人所接受。人必须借助语言来表达自我并互相交流,因此语言将人类牢牢地束缚在自己的罗网中,从这个角度来看语言就是小说中的"阿根廷蚂蚁"和"烟云",以其强大的力量占领了主体的地盘。

总之,读者几乎可以从任何一个角度去理解"蚂蚁"和"烟云"的含义,这一效果的实现主要得益于卡尔维诺对两部小说的寓言化处理。虽然他不像卡夫卡那样让人物和故事完全变成抽象的符号,但其选取的"蚂蚁"和"烟云"两个意象中所包含的入侵性、攻击性、弥漫性准确地抓住了威胁主体的外部力量之特征,让读者围绕这些基本特征产生自己对焦虑和困境的诠释。

三 主体面对入侵时的不同选择

面对空间的入侵,《阿根廷蚂蚁》和《烟云》中的人物做出了各不相同的选择,大致可以分为以下几类:第一类是"蚂蚁人"包迪诺先生和科尔达工程师,第二类是《烟云》中的工人奥马尔·巴萨鲁齐,第三类是两部小说中主人公的邻居们,第四类是房东毛罗太太和玛格丽特小姐以及阿万德罗博士,第五类是年轻夫妇和"我"。

第一类人中,包迪诺先生是《阿根廷蚂蚁》中的官方灭蚁员,科尔达工程师是《烟云》中环保杂志的主编。他们身上的共同点是都以貌似积极的姿态去对抗蚁灾和烟尘污染,但实际上却助长了蚂蚁和烟尘的肆虐,他们对此心知肚明却佯装不知,虚伪地做着毫无意义的工作。他们为什么要自欺欺人呢?对包迪诺先生来说,原因并不在他本人,而在于政府当局。小镇的蚁灾如此严重,政府理应高度重视,想办法为居民解决这一顽疾,但是在官方灭蚁机构"与阿根廷蚂蚁做斗争局"中却只有包迪诺一个人。所谓的"与阿根廷蚂蚁做斗争局"竟然是一座几近坍塌的小棚子,里面肮脏凌乱地放着各种碟子、木盒、空罐头等盛放灭蚁糖浆的器具,还堆满了破纸、鱼骨等垃圾,俨然是当地蚂蚁的大本营,哪里是什么灭蚁机构。另外,该局的灭蚁方式也非常落后低效,不但无法达到预期效果,反而会喂肥蚂蚁。这使当地民众对它反感至极,乃至于包迪诺先生被冠以"蚂蚁人"的称号。从包迪诺身上可以看出,政府对蚁灾其实是不作为的态度,因为他们知道蚁灾不可能根除,大量投入人力、物力也不见得会有成效,于是索性做做样子,成立一个斗争局,对民众有个交代,却不办实事,这种态度只会让灾害愈演愈烈。

  对科尔达工程师来说,情况更是如此。他是《净化》杂志的主编,该杂志是"工业城市大气净化协会"的机关刊物,其宗旨是呼吁社会各界解决空气污染问题,但是杂志的实际情况却并非如此。首先,该杂志根本就不打算对实际问题进行科学深入的讨论分析,而是按自己的意图人为设计一些问题,这些设计出来的问题并不符合实际,哪怕说得头头是道也于事无补;其次,该杂志也不打算就解决实际问题提出切实有效的方案,而是就自己设计的伪问题提出一些空洞的解决方案,充其量只能作为人们闲聊时的话题。在这种情况下,即使是像"我"这样有思想的编辑们自然也无心认真思考与撰写稿件,只要将科尔达的意图表达出来就可以了。既然如此,为什么还要坚持办这份杂志呢?因为"科尔达工程师才是烟尘的主人,是烟尘的制造者,是他不停地向空中释放烟尘。EPAUCI协会是他的宠儿,他制造出这个协会的目的，是让制造烟尘的人抱有可以过着没有烟尘生活的希望，同时也为了显示他个人的力量"①。除了《净化》主编之外，科尔达更重要的身份是工业资本家，拥有多家重污染企业。他要获得利润就要提高产量，要提高产量就必须增加排放，增加排放必然带来环境污染，但若想治理污染，就要减少排放，从而减少利润。在利润和治污这对矛盾中，科尔达当然选择利润，但他又不想承担责任，遭人唾骂，于是就采取了成立"工业城市大气净化协会"并创办《净化》杂志这样的策略，其深层目的是愚弄民众。社会的不公使污染的恶果最终由穷人来承担，小说描绘了两个截然相反的街区：一个道路宽阔、车流稀少、绿树成荫、空气清新，这里住着有钱人；另一个道路狭窄、拥挤不堪、垃圾成堆、浓烟密布，这里住着穷人。

第二类人中，奥马尔·巴萨鲁齐是工人，处于科尔达工程师的反面，代表了工人阶级的利益和诉求。他认为烟尘问题不能依靠资本家，而要依靠工人阶级去解决："大气层如要净化的话，绝不是由他来净化……这是社会制度问题……如果我们能够改变这个社会制度，我们也一定能够解决烟尘问题。解决烟尘问题的将是我们，而不是他们。"② 可是奥马尔·巴萨鲁齐并没有认识到问题的实质，烟尘并不是由社会制度造成的，而是由人类的贪婪造成的，是人类对自然的过度索取造成的。在他描述的新社会中，工厂的高炉依然在

---

① 吕同六等主编：《卡尔维诺文集：通向蜘蛛巢的小路等》，译林出版社2001年版，第169页。

② 同上书，第172页。

冒烟，工人的劳动热情更加高涨，因此产量更大，有害气体的排放也更大，污染问题不但没有被解决，反而更加严重。事实上很多工人根本就没有像奥马尔·巴萨鲁齐一样去思考社会制度和污染问题，他们只关心自己的衣食住行，在工会大会上一片死气沉沉的气氛，所有人的思想都被会场的浓烟笼罩，他们对未来的希望早已被如浓烟一般的生活消磨殆尽。

第三类人是两部小说中主人公的邻居们，在《阿根廷蚂蚁》中以雷吉瑙多夫妇、勃劳尼上尉夫妇等人构成，在《烟云》中以警察为代表，这些邻居们在"蚂蚁"和"烟云"的围攻下不但没有培养出互助与信任的美德，反而滋生了彼此的敌视和戒备，他们无力去对抗"蚂蚁"和"烟云"，却把精力转移到嘲笑失败者上。当年轻夫妇的孩子耳朵里进了蚂蚁之后，所有的邻居都来看热闹，他们的目的并不是联合起来共同对付蚂蚁或者向政府抗议，而是挑唆妻子去向"蚂蚁人"找麻烦，自己则在一旁看热闹。

第四类人是房东毛罗太太、玛格丽特小姐以及阿万德罗博士。两部小说中都有房东角色，《阿根廷蚂蚁》中的房东是毛罗太太，《烟云》中的房东是玛格丽特小姐，她们自知无力抵抗"蚂蚁"和"烟云"的入侵，只能以自我欺骗的方式来寻求心理安慰。例如毛罗太太每天孜孜不倦地将房间打扫得一尘不染，不是为了自己住得舒心，而是通过这种方式在满是烟尘的环境中保持一片净土，好让生活不至于完全失去希望。玛格丽特小姐也是如此，她将别墅收拾得干干净净，在外人面前假装自己摆脱了蚁害，实际上是在沉默中独自忍受痛苦。阿万德罗博士属于中产阶级，生活舒适且衣食无忧，虽然对烟尘深恶痛绝，但深知自己力量渺小，并且也不愿得罪烟尘的制造者，因此他选择平时得过且过，节假日则逃离城市找一方净土呼吸新鲜空气。城市里像他这样的人数不胜数，他们对生活的希望凝聚在一次又一次的旅行郊游中。

以上四类人在空间的入侵中，都陷入异化状态，失去了自由选择的能力，心灵不同程度地发生了扭曲。当比烟尘更大的威胁——核污染出现后，他们对烟尘的注意力马上转移到原子弹爆炸、核辐射上，对小小的烟尘变得不以为意了。迟早有一天，他们会对所有的威胁不以为意，麻木地生活在充满威胁的空间中，对入侵和异化不以为意。这是人类的缺陷使然，卡尔维诺通过以上四类人深刻地揭示和剖析了这一缺陷，并以讽刺的方式引起读者的警醒。

第五类人是两部小说的主人公年轻夫妇和"我"，他们虽然也深受蚁灾和烟尘之苦，但并未失去希望，他们洞穿灾难的原因，也看透人性的丑恶，虽然无力改变现状，却能够保持清醒。他们的美好人性也没有被完全异化而走向丑恶的一面，在众人以各种扭曲变态的方式彼此倾轧的时候，他们宁愿选择沉默也不愿同流合污，这种选择体现了人的自由本质。在"蚂蚁"和"烟尘"的入侵中，他们以这种方式保持心灵的纯净，这比《净化》杂志中提出的所有方法都更有力。因此，卡尔维诺为两部小说设计了充满希望的结局，将沉闷的故事打开一个缺口，为其注入了新鲜的空气。在《阿根廷蚂蚁》中，主人公经过一天的烦恼和争吵后，终于在美丽的海滩上享受了片刻的宁静，这里没有蚂蚁，没有欺骗，感到"生活中的某些时刻是很甜蜜的,我们似乎接近了这种时刻,心头的伤口也仿佛渐渐愈合了"①。小说以洁白无瑕的贝壳意象作为结尾,其象征意义显而易见。在《烟云》中,"我"跟随洗衣村的大车来到郊外,呼吸着久违的新鲜空气,看着这里美丽的风景、健康乐观的居民,感到心满意足。小说以晾晒在田野里的一片片洁白的衣服作为结尾,与《阿根廷蚂蚁》中的贝壳有异曲同工之妙。这一类人物的设置充分显示出卡尔维诺温情的一面,也体现出其早期小说主题的连贯性。

---

① 吕同六等主编:《卡尔维诺文集:通向蜘蛛巢的小路等》,译林出版社 2001 年版,第 220 页。

第三章　身体变形与身份转变：
　　　空间探索的转折

纵观卡尔维诺一生的创作，发表于1969年的《命运交叉的城堡》是个明显的分水岭，在此之前他关注意大利的社会现实和政治状况，在此之后则关注写作本身。在1978年丹尼耶雷·得尔·朱迪契的一次访谈中，卡尔维诺谈到了这一转变，并把自己的20世纪50年代称为"现役军人"，60年代称为"隐士"①。"现役军人"表达了他投身历史洪流，为政治身份所束缚的处境，这种处境造成了他文学创作上的失语，即在《通向蜘蛛巢的小路》之后的创作停滞；"隐士"则表达了他从政治束缚中脱身而出的轻松状态，他终于可以无所顾忌地投身纯粹的写作实验，从意大利的新现实主义作家蜕变为具有世界影响力的后现代经典作家。

因此，20世纪五六十年代是卡尔维诺前后期创作转型的关键期，

---

① Italo Calvino, *Hermit in Paris*, translated by Martin McLaughlin, London: Penguin Books, 2011, pp. 187–188.

在这段时间中他认真思考了文学与政治、与现实、与真理之间的关系，并把这种思考蕴含在《分成两半的子爵》（1951）、《树上的男爵》（1956—1957）、《不存在的骑士》（1959）三部作品中。在这个三部曲中，卡尔维诺依然以主体和空间的关系为切入点，展示了空间对主体的规训以及主体对空间规训的反抗，在二者的互动中呈现主体的精神演变轨迹。但与之前的作品相比，这个三部曲的创新之处在于，作者塑造了三个典型的身体意象——"半边人""盔甲人""猴子人"来标志自己精神演变过程中的两个阶段：其中《分成两半的子爵》中的"半边人"和《不存在的骑士》中的"盔甲人"代表第一个阶段，蕴含了作者对单一化和多元化、残缺与完整的思考；《树上的男爵》中的"猴子人"代表第二个阶段，标志着作者对以上问题思考的成熟以及人生和创作态度的转变。这三个充满象征意义的身体形态作为一种符号强烈地冲击着读者的感官，让主体由时间性的存在变为空间性的存在，使读者更加深刻地理解卡尔维诺从"现役军人"到"隐士"的转变过程。

第一节　空间规训与主体的分裂：
"半边人""盔甲人"

在《青年政治家回忆录》中，卡尔维诺把自己的政治生涯以1943年墨索里尼下台为界分为两个阶段：第一个阶段是无意识阶段，即从1926年记事起到墨索里尼1943年下台,这期间他对政治还没有成熟的看法。"无论是站在某种政治立场分析局势,还是操用一种意识形态去跟另一种做斗争,或是为自己未来的发展确定方向都还为时过早。"① 但是,父母和他们的朋友经常在家里谈论法西斯和非法西斯的各种观念,并把这些观念和意大利的出路联系在一起,这培养了卡尔维诺对政治的敏感和关注。

第二个阶段是有意识阶段,从1943年加入意共到1957年退党,这是卡尔维诺自觉投入、主动反思并最终告别政治的阶段。随着年龄的增长和非法西斯主义家庭的影响,卡尔维诺对法西斯强权的厌恶与日俱增,并开始寻找反对它的武器,而意共作为战时反法西斯力量中最有吸引力的一支逐渐被卡尔维诺接受。战后初期由于在出版社工作的原因,卡尔维诺结识了很多政治文化精英,他的政治热情空前高涨并积极投入各种讨论,在这些讨论中他逐渐接触了党内派系斗争,并对苏联模式、斯大林主义乃至政治本身都有了更加深入的认识。

同战后初期的很多作家一样,卡尔维诺也热衷于通过文学传达战争体验,批判法西斯统治时期的黑暗现实,并且顺着1946年《通向蜘蛛巢的小路》所开创的"流浪冒险风格的现实主义"② 道路继续自己的写作,但写出的东西总是不尽如人意,他的创作因此进入了停滞不前的状态。于是他开始反思文学与政治的关系,并认识到

---

① Italo Calvino, *Hermit in Paris*, translated by Martin McLaughlin, London: Penguin Books, 2011, p. 131.

② Ibid., p. 163.

如果将文学当作统治的工具,势必限制它的自由,从而掩盖现实的丰富多样性,使作品越来越千篇一律,这会窒息文学的生命力,使之走向封闭和死亡。在这种情况下,卡尔维诺创作了《分成两半的子爵》和《不存在的骑士》,来指涉强权对现实、对人性、对文学造成的单一化影响,"半边人"和"盔甲人"正是这种单一化的极端后果。

一 政治权力与空间规训

两部小说的背景都是欧洲封建时代,国家权力主要集中在国王和教会手中,前者作为世俗统治者对他所管辖的封建领主和人民拥有生杀予夺的大权,后者作为精神统治者操纵着包括国王在内所有人的思想情感。在二者的共同作用下,空间呈现出井然有序、等级分明的结构,使身处其中的主体被塑造成特定的形态。

"基督教世界/异教世界"的二元对立是空间的基本格局,两部小说开篇就把读者引入这一格局中。《不存在的骑士》中说:"法兰克王国的军队列阵于巴黎的红城墙之下。查理大帝即将来此阅兵。"[①] "在另一方,在异教徒的营地里,情形相同。"[②] 《分成两半的子爵》中说:"以前发生过一次同土耳其人的战争。我的舅舅,就是梅达尔多·迪·泰拉尔巴子爵,骑马穿过波西米亚平原,直奔基督教军队的宿营地。"[③] 相似的开头将故事中的世界一分为二:一半是

---

① 吕同六等主编:《卡尔维诺文集:我们的祖先》,译林出版社2001年版,第301页。
② 同上书,第306页。
③ 同上书,第3页。

异教徒，一半是基督教，双方正在进行一场空间争夺战。据卡尔维诺的自述，《不存在的骑士》中的战争发生在查理大帝统治时期，《分成两半的子爵》中的战争则发生在17世纪末。在两部小说连接起来的近一千年中，基督教国家和伊斯兰国家进行过多次战争，尤其是十字军东征期间，战争的目标是排除异己、统一世界，其标志是攻占圣地耶路撒冷，在战争双方眼里，耶路撒冷不是一个简单的地理名词，而是具有浓厚情感色彩的权力之象征。无数人不顾性命前赴后继，正是为了剪除二元对立中的一方，实现世界大同，主人公阿季卢尔福和梅达尔多也是其中之一。

作者将战场作为基本场景，它决定了整个小说的基调，战场上的人不论身份背景、好坏善恶、高矮胖瘦，都被简单粗暴地划分成敌我双方，沦为冷漠无情的杀人工具，大战过后遍地都是残肢断臂，营地里堆满了苟延残喘的伤员，他们被医生像物品一样回收，是为了能够修补一番再次投入使用。国王的营帐则是战场上的权力中心，他在摊开的地图上规划自己的版图，每一个小小的欲望都决定着众人的命运和战争的结局。

梅达尔多子爵的领地作为次一级的场景，其格局和战场上二元对立的格局如出一辙，人们在这种格局中形成了单一化的思维模式，相互排挤，彼此仇视。首先，是"天主教/新教"的对立，16世纪新教在法国的迅速传播激起了天主教的不满，并因此爆发了宗教战争，被称为"胡格诺战争"（法国的新教被称为胡格诺教），胡格诺教徒（即新教徒）在战争中失败，其中一部分流亡国外。梅达尔多子爵的领地上就生活着一批来自法国的胡格诺教徒，他们隐姓埋名，被迫躲藏在一个边缘地带——科尔·杰毕多，这里位置偏远，土地贫瘠，但他们却不敢抱怨也不敢离开，生怕被天主教剿灭，科尔·杰毕多也因此成为当地居民心目中一个神秘而不合常规的地方；其次，是"健康/疾病"的对立，中世纪落后的医疗水平使人们对麻风病无能为力，因此应对麻风病最有效的办法就是隔离，麻风病患者被隔离在正常人的生活区域之外自生自灭。梅达尔多的领地上也有一个麻风村，叫作布拉托丰阁，这里集中了领地上所有的麻风病人，他们遭到健康人遗弃，人们把它"拒之于某种神圣的距离之外，把它固定在反面宣传之中"①，布拉托丰阁也因此成为死亡、疯狂、恐怖的代名词；最后，是"贵族/平民"的对立，血统和出身是中世纪划分等级的一个重要标准，人的价值和权力由家庭出身决定，贵族作为上等人自然应该占有土地，享受奢华的物质生活，平民和奴隶作为下等人则应该屈居人下，艰难度日。梅达尔多的领地上所有土地都属于子爵，他如同战场上的国王一样，决定着领地的格局和人们的命运。

以上空间格局塑造了人们的思维方式和身体形态，"权力借助空间的物理性质来发挥作用"②，使人性失去复杂性而呈现出单一化的特征，人的身体也呈现出相应的驯顺姿态。战场上厮杀的人们只有一个信念——为上帝而战，消灭土耳其人是他们唯一的目的，人与人之间的其他情感都荡然无存，战士的身体成为无生命的武器，连

---

① [法] 福柯：《疯癫与文明》，刘北成等译，生活·读书·新知三联书店1999年版，第3页。
② 汪民安：《身体、空间与后现代性》，江苏人民出版社2006年版，第105页。

洗脚时都身穿盔甲,手持长矛。梅达尔多的领地上,所有人都被子爵控制,他们的身体都处于蜷缩状态,"被一张权力网络大规模地包围和分类,从而成为一种被监禁和区分的纯粹客体"①。胡格诺教徒在天主教的压制追剿下,裹身遮面隐忍劳作,只能以超负荷的劳作来发泄心中的愤懑。工匠彼特洛基奥多只能顺从子爵的意思将自己的手艺用在制造杀人工具上,而不是用在发明改良生产工具上,他每天都无比痛苦地干活,竭力驱逐心中的内疚。帕梅拉一家挤在狭小的空间中,与蚂蚁和蜜蜂为伴,即便如此,帕梅拉的父母对子爵依然奴颜屈膝,唯命是从,甚至不惜出卖自己的女儿。帕梅拉被恶子爵爱上后,不敢拒绝,只能离家出走,孤身一人躲避在海边的山洞里。

  小说中的情形和意大利共产党内的政治氛围是非常相似的,20世纪50年代初意共亟待解决的是今后的发展路线问题,党内有两种不同的看法:一种认为要坚守苏联模式和斯大林主义,以暴力革命的方式夺取政权并实现社会主义;另一种认为意大利的现实不允许暴力革命,意共要摆脱苏联模式,走符合自己国情的发展道路。在以上分歧的基础上党员们分成了不同派系,彼此之间唇枪舌剑,剑拔弩张,抗战时期团结和谐的气氛被日益紧张的派系斗争所破坏。卡尔维诺的好友也分属于不同的阵营,这让他很难再保持以往的人际关系,马里欧·蒙塔尼亚那(Mario Montagnana)和卡尔维诺形同父子,但卡尔维诺认为他所坚持的暴力革命路线不符合意大利的现

---

① 汪民安:《身体、空间与后现代性》,江苏人民出版社2006年版,第38页。

实,这导致两人关系空前紧张。契勒斯特·内卡维勒(Celeste Negarville)则坚持温和的改革路线,虽然他性格玩世不恭,但他对意大利现实具有敏锐的认识,对意共的发展道路具有深刻的分析,卡尔维诺不得不佩服他。

这两派之间的斗争正如小说中基督徒和异教徒之间的斗争,任何一方都想让对方屈服,使意共朝着自己的理想发展,但不论是选择哪一个方向,都将面临取舍。如果选择暴力革命,那么意大利人将会被简单地划分为压迫阶级和被压迫阶级,人性本来的复杂性将会被人为规定的阶级属性所掩盖,革命将会演变为类似《分成两半的子爵》和《不存在的骑士》开头描述的基督徒和异教徒之间的战争,这种情况是卡尔维诺不愿见到的;如果选择温和的改良方式,虽然社会变革的过程不会那么激烈,但其实质是一样的。葛兰西提出争夺文化领导权的思想摒弃了暴力,可是在争夺文化领导权的过程中却要求运用意识形态的武器去征服人们的思想,包括将文学当成政治的工具,这其实也是一场战争,只是战斗方式不同而已,这种情况是卡尔维诺不愿见到的。

除此之外,意大利文坛也呈现出和小说中相似的格局,很多作家都生于20世纪初,他们亲身经历了意大利最为动荡的年代,例如卡尔维诺的好友维多里尼、帕维赛等人,在令人欢欣鼓舞的解放气氛中,他们还没有从过去的苦难岁月中彻底恢复过来,去思考文学的未来发展,因此20世纪40年代末50年代初意大利文坛的主流以纪实的方式去回忆已经过去的战争,表达各种不同的创伤体验。卡尔维诺也自觉地融入这一潮流,他的很多短篇都是以参加游击战时的亲身经历为基础写成的,例如《通向蜘蛛巢的小路》《牲畜林》《贝维拉河谷的粮荒》等作品。但是卡尔维诺很快就意识到,无论是非此即彼的政治选择,还是众口一词的文学创作,都使世界失去了完整性和多样性,使人性失去了丰富性和变化性,使文学失去了多重发展的可能性。

二 身体形态的变形残缺

事实证明,权力通过空间对人实施规训,并没有达到预期效果,反而让人变形残缺。战场上尸体横陈,到处是人和动物的残肢断臂,令人望而生畏,连平日里温驯美丽的白鹳也变成与秃鹫为伍、追逐尸体的食腐者,逃难的平民虽然没有直接参战,却因此而颠沛流离,疾病缠身,他们死于瘟疫的尸体遍地都是。人与人之间只有仇恨,死人都得不到应有的尊重,被人砍下指头偷走戒指。营地上也充斥着缺胳膊少腿的伤员,他们像机器一样,被医生修修补补,时而连上血管,时而缝合皮肉,怪异而恐怖。一群随军的宫廷贵妇在这里淫邪无比,身上长满了虱子和臭虫,连土耳其人也不敢抢走她们。

《分成两半的子爵》中梅达尔多的"半边人"形象可以说是人身体变形残缺的极致。他满怀对上帝的信仰和对国王的崇拜去参加战争,却被炮弹炸开,只带回右半边身体:"他少了一条胳膊,一条大腿,不仅如此,与那条胳膊和大腿相连的半边胸膛和腹部都没有了,被那颗击中的炮弹炸飞了,粉碎了。他的头上只剩下一只眼睛,一只耳朵,半边脸,半个鼻子,半张嘴,半个下巴和半个前额;另外那半边头没有了，只残留一片黏糊糊的液体。"① 这右半边是子爵邪恶的一面，他成天为恶，整个领地都被死亡阴郁的气氛笼罩。不久之后，他的左半边身子居然也回来了，形状和右半边一模一样，这半边代表了子爵善良的一面，他成天行善，但过度善良同样会给他人造成麻烦。人们被善恶两个子爵搞得焦头烂额，有条不紊的生活陷入了混乱无序，人人避之不及，希望他们有朝一日能够合二为一恢复正常。

如果说战场上的子爵是受害者，那么回到领地的子爵则变成了害人者，他被炮弹炸成两半，现在自己则化身为炮弹去把领地上的所有东西都炸成两半。首先，他通过武力毁坏人和事物的完整形体。他回来后不久，人们就发现树木被锯子锯成两半，花朵被撕下一半花瓣，树上结的梨子也被砍掉一半，连青蛙、兔子这样的小动物都被他一分为二，甚至对自己的亲外甥下毒手。最为残忍的是他以观看行刑为乐，享受人体被肢解的过程；其次，他通过威逼利诱的方式破坏人心灵的完整统一。特里劳尼大夫虽然医术不精，但也从不害人，梅达尔多逼她做假证陷害奶妈塞巴斯蒂娅娜得了麻风病，使大夫良心不安从而躲避起来不敢见人。胡格诺教徒与世无争，子爵却劝他们帮助自己为恶，如果拒绝就要向天主教廷告发他们，让这些正直可怜的人内心不得安宁。帕梅拉的父母本来和女儿感情很好，子爵却用利益诱惑他们，让他们和女儿分开。彼特洛基奥多在子爵的威胁下天天制造刑具，这使他不得不一面陶醉于自己的杰作，一

---

① 吕同六等主编：《卡尔维诺文集：我们的祖先》，译林出版社2001年版，第11页。

面和内心的善念做斗争。

整个世界都像梅达尔多一样被炸开了，开裂的部分相互厮杀："喜鹊把头扎进翅膀下面，用嘴拔腋下的羽毛把自己弄疼，蚯蚓用嘴咬住自己的尾巴，毒蛇用牙咬自己的身体，马蜂往石头上撞断自己的蜂刺，所有的东西都在反对自己，井里的霜结成冰，地衣变成了石头，石头化作了地衣，干树叶变成了泥土，橡胶树的胶汁变得又厚又硬，使所有的橡胶树统统死亡。人正在这样同自己厮打，两只手上都握着利剑。"①

那一颗将梅达尔多炸开的炮弹在小说中具有至关重要的作用，因为它的原因才发生了后来所有的连锁反应，它在小说中象征了基督教和君主制联手打造的权力体系。基督教的话语系统是以《圣经》为基础建立起来的，"作为一部意识形态著作，《圣经》具备了自己的一整套世界观和价值体系"②。该系统包括一系列的二元对立和等级观念：首先，是上帝和万物之间的从属关系。《圣经》《创世记》开篇就从发生学的角度确定了上帝的造物主身份，他对万物具有生杀予夺的大权，并以多次降灾惩戒的方式时刻显示出这一权力。人必须抹杀自己的独立意志无条件地信服上帝，亚当和夏娃正因为偷吃禁果而具有了自我意识，所以才被逐出伊甸园；其次，是灵魂和肉体的等级关系。人的灵魂来自上帝，肉体来自泥土，灵魂能引导人升华，肉体却能促使人堕落，所以人应该让肉体从属于灵魂，而不能让灵魂被肉体所牵绊。人生在世应该以一种禁欲的方式生活，

---

① 吕同六等主编：《卡尔维诺文集：我们的祖先》，译林出版社2001年版，第71页。
② 刘意青：《〈圣经〉的文学阐释》，北京大学出版社2004年版，第104页。

这样才能不断净化灵魂，才能在死后进入天堂；最后，是男人和女人的等级关系，从起源上来说女性由男性的肋骨造成，并且女性引诱男性犯了罪，因此女性劣于男性，必须服从男性。这些原则和君主专制的基本精神不谋而合，专制体制最需要的就是一套严格的等级体系，这有利于统治者对臣民实行强有力的控制，于是君主被打造成世俗世界的上帝来管理万物。

自从基督教被罗马皇帝狄奥多西一世定为国教之后，他和君主专制的政治制度正式联姻，在中世纪的历史发展过程中二者的结合日益紧密，将人们的思想情感和行为举止牢牢地控制起来。在这种意识形态的控制下，每个人都不能按照自己的本来面目生活，主体必须压抑生命中的一部分，明明有自我意识和理性反思能力却要自我否定，明明身体里充满着各种欲望却要不分青红皂白强行压制下去。被压制并不代表被消灭，这些被压抑的独立思想和个人欲望没有正常的发泄途径，通常会导致不良后果，例如欲望以变态的方式发泄出来会给自己和他人造成危害，或者一直隐忍不发，会导致人的内心痛苦压抑。因此，《分成两半的子爵》中发生的故事并不是个例，而是整个中世纪发生在每个人身上的故事，战争也不是偶然的，而是一种常态，每个人都是梅达尔多，一半反对着另一半。

如果说梅达尔多"半边人"的形象代表了"善"与"恶"的分裂，那么阿季卢尔福"盔甲人"的形象则代表了"精神"和"肉体"的分裂，他没有身体，仅仅是一副能活动会说话的盔甲，支撑盔甲的是一股纯粹精神。正因为这样，阿季卢尔福能够摆脱身体欲望的束缚，他不会饥饿，不会疲劳，没有性的需求，看不到美丽的景象，也闻不到各种气味，即使被刺到也不会有任何感觉，总之他不能体会也无法理解一个血肉之躯的七情六欲。所以他能够排除一切干扰从而对事物形成正确的认识，他的剑术在军中无人能敌，他的判断准确无误。在他的世界中，一切都明确而清晰，没有任何模棱两可的地方，他能分毫不差地执行任务并履行职责。这些品质决定了阿季卢尔福是一个很好的军人，但所有人都不喜欢他，包括查理大帝本人，因为他失去了做人的基本乐趣，也无法和他人分享幸福和痛苦。战争间隙大家都在尽情狂欢借此来放松紧张疲惫的心情，他却板起面孔教训别人，当有人立下战功获得嘉奖时，他却认为这是军人的职责所在，没有什么值得骄傲的。由于他的苛刻和严谨，军营里所有人都感觉受到监视，失去自由，大家都对他极度厌烦。

盔甲具有强烈的象征意义，它不仅仅是阿季卢尔福的寄身之处，更是所有人的寄身之处，将士们无一例外都有一套盔甲。上战场时人人都要穿上这副盔甲，活生生的肉体被盔甲覆盖，这时他们的区别不在于个人的性格情感，而在于盔甲上的徽章。徽章标志了每个人的等级、地位、荣誉，人们将自己的活动范围局限在盔甲这个狭小的空间当中，接近于窒息。正如小说中所描述的："套在盔甲里的人犹如焖在支于文火之上的锅里。"① 为了提高自己的地位，拥有一套镶着体面徽章的盔甲，所有人都拼尽全力厮杀，只有在睡觉的时候，身体才能从盔甲中暂时解放出来。在这种长期被遮蔽的状态下，身体逐渐萎缩，铁甲之下是一双双像蟋蟀一样细瘦的腿，盔甲的沉

---

① 吕同六等主编：《卡尔维诺文集：我们的祖先》，译林出版社2001年版，第301页。

重和身体的孱弱形成了强烈对比，让人不得不联想到这种情况如果发展到极端，每个人都将成为阿季卢尔福，彻底失去肉体，仅靠一股精神支撑盔甲而存在。从这个意义上来说，盔甲象征了基督教意识形态、等级体制、精神、灵魂，与它相对立的是被规范的个体自由意志、身体、欲望。因此，小说中所有的将士都是阿季卢尔福，是套在盔甲中被分成两半的人，是不完整的存在。

如果说阿季卢尔福是精神压制肉体的极端例证，那么圣杯骑士则代表了大多数人的生存状态，他们活在谎言和伪善当中，扮演着两面派的角色，也是变形残缺的。特殊的身份、神圣的使命和庄严的誓言使圣杯骑士必须弃绝红尘，像阿季卢尔福一样活着，但由于肉体的存在和需求，他们根本无法做到这一点，这导致他们言行不一，人格分裂。首先，他们宣称要保护平民，却不断去劫掠他们来满足自己的温饱需求；其次，他们宣称禁欲，却不时与女子发生关系。其最高代表圣杯王则完全像一具木乃伊，生命活力在他身上消失殆尽，人们却仍像神一样供奉着他。

与阿季卢尔福相反，他的仆人古尔杜鲁代表了纯粹的"肉体"。首先，古尔杜鲁只有身体的本能需求，没有人类应该具有的思考能力，他饿了会吃、渴了会喝、困了会睡，却不知为什么要这样；其次，古尔杜鲁没有自我意识，不能把自己从万物当中分离出来，因此跟鸭子在一起时他像一只鸭子，跟鱼儿在一起时他像一条鱼儿，甚至吃饭时都会把树上的洞当成自己的嘴，用勺子喂饭给树洞。他也不能把自己和他人区分开来，因此他没有固定的名字，别人愿意叫什么就叫什么，他根本就分不清这些名字有什么区别，哪个名字应该属于自己；最后，他只有感觉，没有理性，能感到外界的刺激并在头脑中形成模糊的意象，却不能将这些意象连成一个整体并对它们进行组织和判断，从而形成理性认识。被豪猪刺伤之后，他只觉得疼却不明白是怎么回事，反倒抱怨脚不小心，仿佛脚不是长在自己身上的。他也没有健全的语言能力，讲话时能指和所指完全脱离导致表意不清，组织语句时毫无逻辑颠三倒四，甚至将各种语言混用，因此无法与人正常交流。

阿季卢尔福和古尔杜鲁一样，都是不完整的人，前者缺的是肉体，后者缺的是灵魂，正如查理大帝所说："这儿这位平民活着但不知道自己存在，而那边我的那位卫士自以为活着但他并不存在。我说啊，他们正好是一对。"① 因此查理大帝命令古尔杜鲁做阿季卢尔福的侍从，这个组合看似是查理的恶作剧，但实际上富有深意，和梅达尔多的"善""恶"组合具有异曲同工之妙，两部作品在主人公的形象设计上都采用了对称的方式，以此来凸显二元对立思维方式造成的分裂后果。

卡尔维诺将20世纪50年代初的自己称为"精神分裂者"，在选择意共发展道路的问题上是如此，在对政治的看法上如此，在对文学创作的认识上亦是如此……总之，他越是想对以上问题得到唯一正确的答案，事实就越是比预想的要复杂。一种方案永远都不能涵盖全部，这使他很纠结，并因此而陷入精神分裂，像梅达尔多一样，卡尔维诺身上的一半也在反对着另一半。他在《通向蜘蛛巢的小路》

---

① 吕同六等主编：《卡尔维诺文集：我们的祖先》，译林出版社2001年版，第319页。

大获成功后写作活动反而陷入停滞状态，原因在于他因这部小说的成功而为自己今后的写作设定了相似的套路，但这一套路并不能涵盖丰富的现实，反而窒息了现实，也就是说，这一套路杀死了写作朝其他方向发展的可能性。由此可以看出，"半边人"的形象包含了卡尔维诺对模式/突破、单一/多样、分裂/和谐、现实/虚构、理性/非理性等多重矛盾的思考，正如他在1956年接受杂志访问时所说："我最有兴趣讲述的是人追求自身完整性的故事，通过实践的和精神上的同时考验，超越被强加在现代人身上的异化与分裂。"①

三 世界本身的复杂性消解了权力，身体形态得以恢复

经过了艰难的思考之后，卡尔维诺终于从非此即彼的思维中走出来，认识到人性和世界的复杂性，认识到只有包含了各种矛盾、悖论的人性和世界才是真实完整的，因此他让两个变形残缺的身体"半边人"和"盔甲人"都复归完整。从分裂到复归，标志着卡尔维诺思想的成熟。在身体变形残缺的过程中，他突出了权力的强大，而在复归完整的过程中，则突出了身体自身的修复力量。

在《分成两半的子爵》中，是爱情唤起了梅达尔多的善、恶两半进行自我修复的潜能。他们同时爱上了美丽坚强的帕梅拉，由此触发了被压抑的另一面，恶子爵"一见到帕梅拉时就感觉到了血液在异样地流动，他很久没有这种体验了，血流得那么快，冲击着理

---

① Italo Calvino, *Hermit in Paris*, translated by Martin McLaughlin, London: Penguin Books, 2011, p. 10.

智，让他心惊胆战"①，虽然他心中只有恶，但对帕梅拉并没有进行一丝伤害。善子爵一向善良谦让，甚至可以原谅恶子爵的可怕罪行，甘愿避走他乡也不与恶子爵为敌，但为了赢得帕梅拉，竟然和恶子爵横刀相向。就这样，在爱情的激发下，两个半边人正面交锋，结果不是一半消灭另一半，而是合二为一，重新变为既不好也不坏、善恶兼备的完整人，曾经被他们搅得人仰马翻的泰拉尔巴又恢复了往日的平静。

爱情在基督教的话语系统中与人的身体欲望直接相关，因此是被抑制的，《圣经》的作者通过一则则短小的寓言不断地加强这一观念。从伊甸园中的原罪、索多玛城的毁灭到力士参孙、大卫王和拔士巴通奸……反复言说着灵魂和肉体对立的主题。女性被当成欲望和罪恶的代名词，她仅有的功能是传宗接代。托马斯·阿奎那对灵魂和肉体关系的概括极具代表性："首先，使肉体赋有形式的是灵魂；其次，肉体是为灵魂所控制和推动的。"② 奥古斯丁也希望自己弃绝情欲，"主啊，请你不断增加你的恩赐，使我的灵魂摆脱情欲的沾染，随我到你身边，不再自相矛盾，即使在梦寐之中，非但不惑溺于秽影的沾惹，造成肉体的冲动，而且能拒而远之"③。在《上帝之城》中，他严厉地斥责放纵欲望的希腊罗马人，认为只有摆脱各种欲望才能接近真理。这和古希腊的柏拉图、普罗提诺等人的观念

---

① 吕同六等主编：《卡尔维诺文集：我们的祖先》，译林出版社2001年版，第36页。
② [意]托马斯·阿奎那：《阿奎那政治著作选》，马清槐译，商务印书馆1963年版，第81页。
③ [古罗马]奥古斯丁：《忏悔录》，周士良译，商务印书馆1963年版，第211—212页。

具有相通之处,柏拉图将灵魂和理念世界连接起来,将肉体和感性世界连接起来,理念世界是真实的,感性世界是虚假的,因此肉体会阻碍灵魂达到真实的理念世界,理应被压制。

帕梅拉没有渊博的知识、优雅的趣味、良好的教养,她的吸引力来自肉体的活力,作者将她塑造为一个健康丰满、活泼有力的乡间姑娘,梅达尔多正是被她身上的活力所吸引。这个人物颠覆了基督教对女性和身体欲望的成见,她就像一颗炮弹,象征了人的自然本性,和炸开梅达尔多的那一颗炮弹相对应,她向残缺的梅达尔多又开了一炮,把他炸回原样。作者的这种安排让权力和抵抗之间的相互作用昭然若揭,作品因此而具有了"合—分—合"的结构,贯穿整个结构的线索是灵魂和肉体、单一化和复杂性的较量。

更加具有讽刺意义的是,统治者运用基督教作为武器对被统治者进行规训,结果却是作茧自缚。梅达尔多的父亲老子爵阿约尔福,因为女儿与人有私情并生了孩子,就将之赶出家门,女儿最终被疾病夺走生命。作为制度和规范的制定者,他将别人关进自己的笼子,但是在晚年却为自己制造了一个铁笼,同一群鸟儿生活在里面直到死去。梅达尔多被炸成半边人并整天作恶,是促使阿约尔福死去的原因,儿子是自己一手调教出来的继承人,不但没有成长为理想的模样,反而由内到外都残缺变形了。也就是说,夺走老子爵阿约尔福生命的与其说是儿子,不如说是他自己,阿约尔福的命运以及鸟笼因此富有强烈的反讽意义。无独有偶,奶妈塞巴斯蒂娅娜也是权力体系的守护者,她在泰拉尔巴家族的地位特殊,虽是仆人身份,却像母亲一样哺育了这个家族的所有孩子,也像妻子一样和这个家族的所有老一代男主人具有性关系，还像家长一样为逝去的人送行。连她的形象也与这一特殊身份相符，庄严的黑衣、高大的身材、健康的体魄仿佛与城堡合二为一。但她的下场和阿约尔福相似，梅达尔多嫌她总是用老一套教训自己，于是诬陷她得了麻风病，将她送到了布拉托丰阁。

在《不存在的骑士》中，促使阿季卢尔福告别残缺的原因也是爱情，虽然这并不是他本人的爱情。阿季卢尔福依靠一股纯粹精神的支撑而存在，这股精神的内核是"上塞林皮亚"的骑士封号，该封号是他当年保护苏格兰公主索弗罗尼娅的贞洁时获得的，因此他的存在和公主的贞洁息息相关，也就是说索弗罗尼娅必须弃绝爱情才能保证阿季卢尔福的存在。但爱情是每一个正常人都渴望的美好情感，公主也不例外，在阿季卢尔福的干预下她多次失去了获得爱情的机会，人生了无生趣，直到和托里斯蒙多重逢，两人迅速坠入爱河，多年的压抑得到宣泄。这对公主来说是好事，但对阿季卢尔福来说则是毁灭，当得知公主并不贞节时，阿季卢尔福像空气一样消散，只剩下一副洁白的盔甲。在消散之前他将盔甲留给朗巴尔多，穿上盔甲的朗巴尔多象征着阿季卢尔福终于获得了一副肉身，精神和身体合二为一，成为真正的人，朗巴尔多也因此找到了自己的人生方向，并收获了爱情。

和朗巴尔多一样，托里斯蒙多也通过自己的勇气去除了套在身上的盔甲，最终在爱情中获得完整和自由。托里斯蒙多是以科尔诺瓦利亚公爵之子的身份获得的骑士封号，在这个身份的荫庇下来到战场上获得荣誉，获得存在的价值，但他深知这一切都是假的，自己并非公爵的亲生儿子,在经历了痛苦的矛盾彷徨之后,他决定告知众人真相并去寻找生母,即使这一行为会让他失去目前所拥有的一切也在所不惜。托里斯蒙多比朗巴尔多更具有勇气和洞察力,他早已看破了战争和荣誉,认为"权力、等级、排场、名誉。它们都只不过是一道屏风。打仗用的盾牌和卫士们说的话都不是铁打的,是纸做的,你用一个指头就可以捅破"①。在一番追寻之后,他终于获知了自己的真实身份,并对亲生父亲彻底失望,保护他的盔甲被捅破后,他失去了存在下去的支柱。但正在此刻,托里斯蒙多找到了真爱,使他实现了灵肉合一。

20 世纪 50 年代的意大利文坛活跃着两种完全相反的观念:其一是文学应该服务于政治,成为意识形态的一部分;其二是文学必须脱离政治,走独立发展的道路。卡尔维诺也曾经被此困扰,正如被意共的未来道路困扰一样。但很快他就不再执其一端,并认识到这样做无异于将完整的世界一分为二,就像梅达尔多和阿季卢尔福一样,前者肉体残缺,后者肉体消失。在《文学的正确和错误的政治功用》中他讨论了文学和政治的关系,认为文学不能完全服务于政治,否则它会丧失发展空间和自由,同时文学也不可能完全脱离政治,否则将会割断作家与生活的关系,使创作成为空中楼阁。② 他的"许多朋友为自己的作家观念与共产主义观念之间存在矛盾而痛苦纠结,因为他们觉得必须从中选择一个,这种情况在我身上从未发生。

---

① 吕同六等主编:《卡尔维诺文集:我们的祖先》,译林出版社 2001 年版,第 348 页。
② Italo Calvino, *The uses of literature*, translated by Patrick Creagh, New York: Harcourt Brace Jovanovich, 1986, pp. 89 – 100.

任何让我们放弃自身一部分的强迫都是不好的。我按照自己的能力以不同的方式参与政治和文学，它们都是以人为中心的话题，我都感兴趣"①。卡尔维诺去世之后，《纽约时报》上一篇纪念性的文章中摘录了他本人的一段话，表达了类似的观点："我肯定我是一个自己时代的人。我的时代的问题出现在我的故事中。（过去时代的）贵族和骑士展现的是今天的战争。不，我不在真空中写作。"②

第二节 主体转型与新空间的开拓："猴子人"

卡尔维诺在《分成两半的子爵》和《不存在的骑士》中通过主人公从"分裂"到"完整"的经历，表达了自己追求完整和自由的愿望，这一愿望引导着他创造了《树上的男爵》中的柯西莫。梅达尔多和阿季卢尔福最终未能与自己所处的世界决裂，即使是托里斯蒙多这么具有反抗精神的人物，都回避了与整个外部环境为敌，最终在个人的情感世界中得到满足。导致他们变形残缺的空间压迫依然存在，权力体系依然在生产着各种扭曲的人性。柯西莫则超越了以上所有人，他以一己之力向旧世界挥手作别，以强大的意志挣脱了束缚自己的枷锁，开拓了一个全新的生存空间，在这里他真正成

---

① Italo Calvino, *Hermit in Paris*, translated by Martin McLaughlin, London: Penguin Books, 2011, p. 13.
② Herbert Mitgang, "Italo Calvino, the Novelist, Dead at 61", *The New York Times*, September 20, 1985, A20.

为自己的主人。卡尔维诺将柯西莫的反抗与开拓过程寓于他的身体变形中,从温文尔雅的"男爵"到野性难驯的"猴子人",身体形态的巨大转变使柯西莫与空间权力的互动加倍地凸显出来。

一 地上世界的规则与"小男爵"柯西莫

小说叙述的起点是 1767 年 6 月 15 日,从那一日起柯西莫与家庭决裂,开始自己的新生活。这正是欧洲启蒙运动风起云涌和法国大革命的前夕,新旧思想的冲突较量异常尖锐,整个社会的话语模式由以神为中心逐渐转向以人为中心。在政治观念上,"天赋人权"颠覆了"君权神授";在宗教思想上,基督教神学体系逐渐被瓦解;在哲学思想上,对人认识可能性和认识能力的探讨成为哲学家们探讨的核心问题;在对外部世界的看法上,科学理性的解释正在取代神学的解释。柯西莫正是处于这样的时代背景下,他的家庭可以看作以上各领域新旧较量的缩影,在家庭成员之间的较量中,父母亲代表了旧时代旧观念,柯西莫则代表了新时代新观念。

这个背景和卡尔维诺面临的现实处境有相似之处,小说写于 1956—1957 年,苏共二十大召开之后,意共领导人终于决定不再追随苏联走斯大林路线,而是要根据意大利的具体国情走独立发展的路线,正如陶里亚蒂所说:"不能够也不允许再奉行'苏联的模式',各国共产党人都应以本国的传统和条件为出发点,随着发展提出越来越多的独立自主的要求。"① 这一决定促使很多反对斯大林路

---

① 史志钦:《意共的转型与意大利政治变革》,中央编译出版社 2006 年版,第 136 页。

线的人重拾信心，包括维多里尼在内的许多好友都很振奋，卡尔维诺也以百倍的热情期待着意共能带领大家开拓意大利的美好未来。但事与愿违，匈牙利事件爆发之后，面对来自苏联的压力和震慑，以陶里亚蒂为代表的意共领导人畏惧退缩了，意共未来的发展何去何从又陷入悬而不决的状态，这使卡尔维诺深感失望。

另外，当时意共的文艺导向也促使卡尔维诺进一步思考自己未来的人生和写作道路问题。意共的杰出领导人葛兰西提出争取文化领导权的思想，他认为意大利的资产阶级和传统势力过于强大，而无产阶级又相对软弱，要想通过暴力革命的方式获得领导权基本上不可能，因此从思想文化领域入手逐渐掌握领导权才是切实可行的。要达到这一目标，就必须"创建自己的知识分子队伍以行使专政之外的领导权"①。但是他也知道当时意大利的知识分子根本不能完成这个任务，因为他们中的很多人"不是来自人民，……他们不了解人民，不懂得人民的疾苦和愿望，人民的隐蔽的感情；就对人民的关系来说，知识分子像是悬吊在空中的、脱离人民的阶层，而不是人民的组成部分；他们没有担当起应该承担的职能"②。因此他要求作家改变自己，有意识地接近普通大众，深入他们的生活，想他们之所想，创作出适合他们品位的作品，并在这些作品中融入自己的意识形态倾向，潜移默化地将读者争取到自己的阵营当中。

尽管卡尔维诺认为每个作家都无法脱离政治而存在，但他同时也不赞成将文学当作意识形态的工具，这样做会使作家丧失创作的

---

① ［意］葛兰西：《狱中书简》，田时纲译，人民出版社2007年版，第349页。
② ［意］葛兰西：《论文学》，吕同六译，人民文学出版社1983年版，第50页。

自由，从而令文学陷入单一化的泥淖，出现《分成两半的子爵》和《不存在的骑士》中所描述的残缺与变形。他需要的是完整和丰富，因此，突破束缚还是继续被束缚成为此时此刻卡尔维诺必须选择的问题，在经历了此前的深思熟虑之后，他于1957年退出意共，这一举动并不能说明他对意共的排斥或反对，而是标志着他将自己从某种框架中解脱出来，重新获得独立思考的条件和能力。从此以后，卡尔维诺的创作实验进入了一个新阶段，后期作品体现出与前期作品明显的不同。

小说中柯西莫的转型在某种意义上映射了现实中卡尔维诺的转型，故事以他的转型过程为线索分为三个部分：第一部分，1767年6月15日之前的柯西莫，这个阶段的他处于父权之下，个性被遮蔽；第二部分，初步适应树上生活的柯西莫，这个阶段的他摆脱父权独自生活，充分地显示了主体的自由意志；第三部分，建立树上王国的柯西莫，这个阶段的他已经完全开拓出属于自己的新天地，并将主体的本质建立在自由选择的基础上。柯西莫的自由选择使他成为《我们的祖先》三部曲中的转折性人物，他使三部曲对人的探讨进入到一个新的层次，相比于梅达尔多和阿季卢尔福，他代表了作者理想的角色。

卡尔维诺依然选择了空间和主体的互动为切入点来勾勒柯西莫的转型过程，对于第一个阶段的柯西莫，作者主要呈现的是空间对他的压制和规训。隐藏在空间规训中的权力则来自父亲，也就是说空间权力和父权结合在一起。

故事发生在翁布罗萨，这里虽然已经受到启蒙精神的影响，并且是热那亚共和国的一个纳税自由市镇,但权力和土地依然被贵族控制,他们被下层老百姓称为"吃冰激凌的人""住在别墅里的人"。柯西莫的父亲阿米尼奥·皮奥瓦斯科·迪·隆多男爵就是这样的人,他的家族在翁布罗萨不是最有权势的,却也具有举足轻重的地位。与很多新派贵族不同,柯西莫的父亲非常保守,在很多贵族都已经嗅到时代剧变的气味而开始迎合新潮流的情况下,他却依然活在旧世界里,一心关注着家族地位、高贵血统、接近王权以及与当地贵族之间的关系,甚至想要获得翁布罗萨公爵的位置。柯西莫的母亲和父亲一样,也活在过去的时代,她的父亲是二十年前帝国军队的著名将领,曾率领军队占领过翁布罗萨。那时母亲一直跟随她的父亲参加王位继承战争,度过了她一生中最难忘和最富有激情的时代,因此她对世界的认识还停留在贵族、王位、荣誉这些概念中,对眼前耳边发生的新变化不闻不问,因此她对父亲逆潮流而动的行为不但不反对,还积极支持配合。

阿米尼奥·皮奥瓦斯科·迪·隆多男爵夫妇的保守观念可以从他家别墅在翁布罗萨所有贵族别墅中的另类地位中体现出来。当时翁布罗萨的很多贵族已经不愿意住在领地的城堡中,因为城堡的位置一般都是远离人群的,这使他们有种离群索居的感觉。另外由于城堡的维护费用高昂,当时的贵族不再崇尚奢靡之风,而是讲究经济实用,因此他们大多选择在自己喜欢的地段建造舒适实用的别墅来居住。大家住得比较近,靠从祖先那里继承的土地生活,还可以经常相互拜访、游玩、打猎,逐渐形成了以贵族为核心的社交圈,过得富足而惬意。柯西莫一家也搬到了别墅,并且与本地最大的贵族翁达利瓦侯爵比邻而居。照理说应该非常满意，但柯西莫的父亲却总觉得自己应该是当公爵的料，现在低人一等的状况就像暂时被废黜的君主，总有一天会翻身，因此他莫名其妙地瞧不起别人。这使他在当地成为大家的笑柄，并且断绝了和其他贵族的来往，虽然住在别墅里，却也是离群索居的状态。

他家别墅里的规矩和在城堡里一样多，到处都是禁忌，这里不能碰那里不能摸。这使年仅十二岁的柯西莫和他八岁的兄弟彼亚乔在自己家里也不能释放孩童的天性，随心所欲地玩耍，仿佛墙壁和楼梯中都镶嵌着父亲的眼睛在监视他们。小说中重点描述的扶手事件就是这种空间规训的典型例证，柯西莫家的别墅装着光滑的玉石栏杆，兄弟俩经常将栏杆当成滑梯往下滑，给他们平淡的生活增加了很多快乐和刺激，但父母亲却禁止他们这样，不是担心他们摔跤，而是因为父亲为了展示家族的显耀血统在每段楼梯的栏杆上都安放了祖先的雕像，他是害怕孩子们砸碎雕像才下达禁令。尽管如此，柯西莫还是明知故犯，终于砸碎了雕像，这次偶然事件不全是他的错，但父亲却不分青红皂白地惩罚了他，这件事在柯西莫的反叛之路上具有重要意义，"从那时起他在心里产生出对家庭（抑或对社会甚至整个世界）的一种怨恨，后来决定了他在6月15日的行动"①。

直接导致他6月15日反叛的则是餐厅里的规矩，十二岁之前的柯西莫是在小房间里和弟弟彼亚乔、家庭教师福施拉弗勒尔神父一起吃饭的，在这里规矩不多，上第二道菜时兄弟俩就可以随心所欲

---

① 吕同六等主编：《卡尔维诺文集：我们的祖先》，译林出版社2001年版，第81页。

地用手抓食或是互相投掷果核。但是满十二岁之后兄弟俩被允许在大餐室和父母同桌吃饭，他们不能再像以前那样自由，每顿饭都像是要进宫面见皇帝一样郑重其事、中规中矩。首先，穿着打扮必须隆重正式，不能随意将就，柯西莫按照父亲的要求在就餐前全副武装：脸上扑粉、头戴三角帽、身穿燕尾服、腿绑护套、腰佩短剑；其次，在餐桌旁的坐姿要端正大方，不能左摇右摆，胳膊肘也不能触碰桌面；最后，就餐过程中要符合礼仪，吃相要优雅美观，一只火鸡端上桌，大家要按照宫廷的规矩割肉剔骨，细嚼慢咽，否则就是出乖露丑，要被责罚。在整个过程中，父亲的注意力不在食物上，而是在柯西莫兄弟俩身上，他全程监督他们的行为举止，以便随时纠正错误。

在这种情况下，餐厅由吃饭的地方变成了家庭成员行为习惯的训练场，是体现父亲权威的场所。面对压制，每个家庭成员的反应都不同，大家虽然有各种不满，但都选择了服从。福施拉弗勒尔神父是个服从者，他每一个动作都谨小慎微，为了不暴露自己的缺点索性不吃火鸡。律师卡雷加在餐桌上不露声色，却惯于偷偷将鸡腿藏起来，等饭后找个没人的地方随意享用。姐姐巴蒂斯塔是大家的楷模，她能按规矩将鸡腿细致准确地剔骨切割，可这种外科医生般的手法激起了大家的恐惧，连父亲也不敢让她做榜样。柯西莫和彼亚乔也谨小慎微，掩盖了孩童的天性，逐渐适应各种规矩。作为家族的长子和爵位继承人，柯西莫在这种调教下彬彬有礼，贵族派头十足，俨然一副小男爵的样子。

二 树上世界的开拓与"猴子人"柯西莫

但柯西莫作为《树上的男爵》的主人公,作为卡尔维诺思想转折时期创造的典型形象,作为三部曲中唯一一个完整的人,他必然和所有家庭成员都不同,父亲的压制最终激发了柯西莫追求自由的天性,他以彻底的拒绝和离开表示了自己的反抗。他对人生的自由选择发生在1767年6月15日,以对餐厅规则的反抗为标志,当父亲强迫他吃下令人作呕的蜗牛时,他毫不犹豫地拒绝后走出餐厅,爬上一棵圣栎树,开始了匪夷所思的树上生活,至死都未下树。餐厅因此而具有了为柯西莫的人生划界的重要意义,它标志着小男爵时期的柯西莫,代表了生活在父权之下的柯西莫。

促使柯西莫做出以上选择的根本原因并非父亲强迫他吃蜗牛这一件事,而是他性格中天生的叛逆因素。这与启蒙精神中暗含的自由、理性内涵不谋而合,即自己为自己提出准则,不承认任何权威,只相信理性。早在扶手事件中柯西莫就已经体现出强烈的自我意识,当父亲训斥他毁坏祖先雕像时,他回答说:"我才不在乎您的列祖列宗哩,父亲大人!"[①] 卡尔维诺选择18世纪作为故事发生的背景是非常有利于凸显主人公的反抗精神的,这是一个破旧立新的时代,柯西莫可以看作整个欧洲社会的缩影,他的父母男爵夫妇代表了旧时代,在新旧交锋的时代,矛盾异常尖锐,柯西莫的选择也是社会潮流的走向。他与父亲从此变成了平等的关系,"对父亲只有尊敬的义

---

① 吕同六等主编:《卡尔维诺文集:我们的祖先》,译林出版社2001年版,第82页。

务而没有服从的义务,因为报恩只是一种应尽的义务,而不是一种可以强求的权利"①。

既然做出如此选择,他就要承担相应的后果,而这需要比当初反抗时具有更加强大坚忍的意志才能做到,柯西莫通过实际行动证明自己做到了。他是从适应树上生活和开拓树上生存空间开始的,在柯西莫生活的时代,翁布罗萨的植被虽然没有古时候传说中描述的那样茂盛,但是靠近海湾的两个岬角之间以及翁布罗萨两旁的山区地带,树木还是十分繁盛的,繁盛到可以在树上从一个区域穿行到另一个区域,这为柯西莫回归为"自然人"创造了得天独厚的条件。尽管他和弟弟从小就对爬树驾轻就熟,对自家别墅的树木了如指掌,但在宣布永不下地之后,树木才真正成为他要永久栖居的家园。熟悉的环境突然变得陌生起来,他第一次认真地从树上反观自己曾经熟悉的地面世界,发现一切都跟以前不一样了。同时他对树上世界的认知也发生了变化,他必须尽快了解树上的一切情况,包括该地区树木覆盖的范围到底有多大,最远通向哪里,树和树之间由哪些枝条连通,这些空中通道中哪些最牢靠,哪些则暗藏危险。他还需应对自然界的各种挑战,适应室外生活,在这里虽然没有人为法规,但自然法则更为残酷,一朝失败就意味着被淘汰。他也要面对情感上的孤独,习惯没有亲人朋友陪伴的生活。

为了使自己成为自然的主人,柯西莫迈出的第一步是在树上睡觉,但他毕竟不是猴子,这个适应过程是痛苦的。第一夜他用彼亚

---

① [法]卢梭:《论人类不平等的起源和基础》,李常山译,商务印书馆1958年版,第134页。

乔拿来的被子裹在身上保暖，为防止掉下去还要用绳子把身体牢牢地固定在树干上，不能脱衣服也不能翻身，连彼亚乔都替他担心得睡不着觉。很快他就用木板在树枝间搭了一间小房子，房子穿过一棵树的树干，木板上的孔洞用被子堵起来。虽然房子的稳定性和密闭性不强，但好歹能够遮风挡雨，舒适度也很不错，总算不用把自己绑在树上了。随着冬天的到来，天气逐渐变冷，翁布罗萨的冬天虽然不是太冷，但在室外还是很难捱的，柯西莫的小房子四处漏风谈不上保暖，温度和室外一样。于是他发明了皮囊睡袋，他用自己打来的各种动物的皮毛做成一个睡袋，皮在外，毛在内，保暖效果很好。睡袋的口朝上，稍有危险或响动，他能够很方便地探出头来观察和自卫。乃至于时间一长，当地人都传言说柯西莫的眼睛像野兽一样夜里能发光。

随后，柯西莫相继解决了在树上的吃饭、饮水、洗澡、排便等问题，他做了一根杨树皮的管子，利用一棵接近瀑布的橡树把水引到树上获得了水源，这使他喝水洗澡洗衣服都很方便。随着他对各种树木的了解和打猎水平的提高，他能够获得很多果实和猎物，这使他不再依靠彼亚乔的帮助从家里拿食物吃，而是完全凭自己的力量填饱肚子。他甚至和农民们做生意，用自己打到的猎物和他们交换蔬菜水果。他还和一只母山羊和一只母鸡交上了朋友，这使他时常有羊奶和鸡蛋。起初他随处大小便，后来觉得这样不文明，就找到一棵位于排污沟上方的树，在这里直接将粪便排进污水沟里。就这样，柯西莫以一己之力成功地在树上开辟了自己的生存空间，和地上的人们一样文明地生活，家人和邻居们也逐渐接受了他这种另类的生活方式。

一方面，柯西莫以自己的方式对树上空间进行征服和改造；另一方面，他也被树上独特的环境塑造了不同于以往的身体形态。上树之初他穿着漂亮的燕尾服，带着气派的三角帽，腰配短剑，举手投足间都透露出贵族风度，这种风度是在他十二年的地上生活中培养起来的。如今在树上，人为法则变成了自然法则，自然法则促使他发生的最明显变化就是体态的变化：首先，由于长期不能直立行走，只能蹲下或趴着匍匐前进，还要不断地攀爬，他的腿开始罗圈，背部逐渐弯曲，胳膊变得长而有力，皮肤变得粗糙皲裂，动作灵活，反应迅速；其次，他的穿着打扮也从男爵变成了猎人，全身装备都来自他捕获的猎物皮毛，有毛皮帽子、羊毛裤子、兔皮上衣，还有獾皮软鞋，身上时刻都挂着猎枪；最后，他的生活习惯也变得和动物一样，一入冬就通过长期睡眠保存体力，只是偶尔将头伸出睡袋观察一下外面的情形。最终连感觉和灵魂似乎都同动物一样了，从他眼中透出和猴子一样警惕机敏的光，"这些他如此之深地进入的野生生物的境地，可能已经塑造了他的心灵，使他失去了人的一切风貌"①。

柯西莫以自己的切身实践由"文明人"回归为卢梭笔下的"自然人"，在文明人看来，他失去人性蜕化为动物，而站在卢梭的立场上来看，柯西莫通过变成"猴子人"恢复了早已被文明湮没的自然人性。只有这样，主体才能将旧的一切涤除殆尽，才有可能走向新

---

① 吕同六等主编：《卡尔维诺文集：我们的祖先》，译林出版社2001年版，第150页。

生,这正是启蒙精神的应有之意。启蒙主义挑战旧制度、旧思想的最终目的在于建立以人的理性为基础的新世界,而要达到这一目标就得先去除限制理性的基督教意识形态和君主专制的等级体制,柯西莫成功地完成了这一步。

三 主体的自由与全新空间秩序的建构

柯西莫的身体变形仅仅说明他完成了对新环境的适应,种种生活设施的发明也是这种适应的一部分,真正的自由不是适应而是重建和主宰。柯西莫与旧世界分道扬镳后,需要新思想来充实武装自己,否则活着也觉得毫无意义,和飞禽走兽一样。18世纪对年轻人最有吸引力的莫过于启蒙思想,因此当柯西莫进入了渴求知识的年龄时,他立刻迷上了卢梭、伏尔泰、达朗贝、狄德罗、孟德斯鸠等人的著作。他用野兔、野鹿等猎物和兽皮向书商购买书籍,除了打猎维持生活,其他时间全都沉浸在书本里。这种读书的兴趣和习惯从此伴随柯西莫的一生,为他树立了新的宇宙观和价值观,同时也帮助他勾勒了改造树上、地面乃至整个世界的蓝图。

以读书为契机,柯西莫对树上空间的重构中最有特色的莫过于设计各种藏书处,这是自然被人化的标志。这些藏书处有的是树洞,有的是悬挂在树上的架子。在他的各种藏书处中,充满了哲学、法律、政治、自然科学、文学、历史等各类书籍,甚至还有他与伏尔泰等多位名人之间的书信。通过这些书,他首先改变了两个人,这两个人很有典型性,一个是大强盗贾恩·德依·布鲁基,另一个是神父福施拉弗勒尔。贾恩·德依·布鲁基是翁布罗萨最臭名昭著的强盗，在当地居民的眼中他打家劫舍、杀人越货、无恶不作，可是柯西莫在与他面对面的接触中，发现他人性中的另一面，即对善良、爱、家庭温暖、友情的渴望。在现实生活中，他的这些需求长期不能得到满足，只能将它们掩埋遮蔽在心底，直到发现理查森的书，他在这些书中找到了他所需要的一切，于是沉迷其中无法自拔，最终丢弃了凶残狡猾，从强盗变成了凡人。神父福施拉弗勒尔本来是柯西莫的老师，可是他只会拉丁文和神学，对柯西莫想要探知的新知识一无所知，例如天文学、化学、动植物学、物理学、世界各国的文化风俗等。在这种情况下，柯西莫反过来成了神父的老师，他通过自学获得自己想知道的知识，然后再讲授给神父，促使他也开始思考平等、自由、自然法则等观念，并与自己心中根深蒂固的等级、上帝、教会等观念相较量。

除了对人思想的改造，柯西莫还利用自己从《百科全书》。中学来的知识改造树上的环境，这使他获得了极大的满足，并从中感受到自己存在的价值。在他的悬挂式书架中，最大的架子上摆放着狄德罗和达朗贝的《百科全书》，《百科全书》是18世纪的新生事物，是启蒙运动的标志性成果，它用理性和科学的方式去解释人类所面对的各种事物，"试图把自然科学和社会科学统一起来，确定一切科学的谱系，这就极大地提高了人们对科学的兴趣，激发了人们崇尚理性、追求真理和社会进步的精神"[1]。编者都是当时各领域的佼佼者，对读者具有很强的号召力，柯西莫从《百科全书》中获益匪浅。

---

[1] 高九江：《启蒙推动下的欧洲文明》，华夏出版社2000年版，第14页。

对他的树上生活来说，最有用的莫过于其中关于植物和动物的条目。在《百科全书》的指引下，他进一步购买了大量关于植物栽培和修剪技术的教材，这使他成为一个非常出色的修剪专家。柯西莫开始为贵族和农民们修建果园和森林，他的技术比别人都好，工钱却比别人都低，因此受到大家的欢迎。在修建这些树木的过程中，他还使自己在树上行走的道路更加通畅，真正实现了利人利己又利于自然环境的效果。

柯西莫凭借自己非凡的才能、强大的意志力以及平等团结的精神逐渐对树下的世界发挥影响力。首先他领导翁布罗萨居民成功地防止了火灾。干燥炎热的季节是火灾高发期，加上有很多不良分子恶意纵火，翁布罗萨被火灾隐患笼罩着，居民们人心惶惶。但柯西莫却镇定自若，他研究树林中的水源分布，动员叔父卡雷加骑士设计蓄水池和防火装置，并组织私人森林主、伐木工、烧炭工等各方力量进行具体施工，成功地修起了一些用于防火的蓄水池。另外还安排他们在各条线路上值班，进行防火预警，这些办法有效地防止了火灾，让柯西莫在人们心中不再是个疯子，而是个卓越的领导。连父亲都对他改变了看法，主动赠给他一把佩剑；其次，他还成功阻止了蛮族海盗对翁布罗萨商人和船主的偷盗抢劫，并借此机会为贫穷的贝尔加莫老乡们带来了意外福利。从此以后他获得了更大的尊重，被视为具有传奇色彩的英雄；最后，当他身体恶化之际还领导了一次打狼行动，为翁布罗萨人消除了狼群的威胁。人们因此对他充满感激，翁布罗萨市政府甚至出钱替他看病，柯西莫在人们心中的威望也达到顶峰，很多人说他是最伟大的天才。父亲也早已开始与柯西莫平等交往，不再将他的观念强加在儿子身上，这标志着柯西莫在寻找和确立自我的道路上获得了成功。

以上成功为柯西莫实施自己的政治理想奠定了基础。在他大量读书的那个阶段就对政治和哲学产生浓厚兴趣，在与他同时代的政治家和哲学家中，他最为推崇的是伏尔泰，认为平等应该是主宰现代社会的基本原则。他父亲从小就教导他要学会利用自己的贵族头衔对他人发号施令，而他自己却认为只有凭借个人能力获得他人的认可才能担当起领导的责任。因此在获得了翁布罗萨人的认可之后，柯西莫心中逐渐浮现出了一个共和国的蓝图，这里将取消专制，效仿法国的民主共和制度。他还撰写了《一个建立在树上的国家的宪法草案》，"书的结尾应该是这样：作者创立了在树顶上的完善国家，说服全人类在那里定居并且生活得很幸福，他自己却走下树，生活在已经荒芜的大地上"[①]。为了实现这一理想，柯西莫领导葡萄种植者进行了反抗"什一税"的斗争，还写了预备提交当局的《控诉书》来表达普通民众的诉求，甚至在反抗"什一税"行动失败后，帮助共和军去对抗帝国军。

从梅达尔多、阿季卢尔福到柯西莫，卡尔维诺将自己的思想转变完整地表达出来，"半边人""盔甲人""猴子人"这三个身体意象体现出作者对主体空间存在维度的关注。为什么卡尔维诺如此关注主体的身体形态？这与他所处的时代氛围密不可分。

卡尔维诺 1985 年去世之后，他的妻子埃斯特·卡尔维诺把他生

[①] 吕同六等主编：《卡尔维诺文集：我们的祖先》，译林出版社 2001 年版，第 216 页。

前的十几篇文章集结成《巴黎隐士》一书出版，带有明显的自传性质。其中收录了一篇卡尔维诺1983年回忆自己少年时代的文章《领袖像》，文章一开头就说："在我一生中的前二十年，墨索里尼的脸总是萦绕于眼前，他的肖像挂在每一个教室、公共场所和办公室。因此，我能够凭借留存在我记忆中的官方肖像来勾勒出墨索里尼形象的演变轨迹。"① 这段话透露出以下信息：第一，卡尔维诺从小卷入政治，身处墨索里尼像的包围无法不关心政治；第二，墨索里尼的肖像进化史正是他的身体形态进化史，作为一个深谙造型艺术的统治者，墨索里尼巧妙地将权力之手隐含在他的造型变化中，并让这些造型充斥于人们的生活中，对之形成潜移默化的影响。

文章勾勒了墨索里尼各个时期的经典造型：第一，1932年的墨索里尼像主要是侧面像，这个角度充分突出了头颅的立体感。五官和颈背轮廓棱角分明，显得有罗马气势，全然一个古罗马的恺撒，与国王维多里欧·艾马努埃莱三世不相上下。第二，1933—1934年的一座"立体主义"雕像体现了鲜明的"法西斯风格"，同时他在公开讲话的场合，总是拿着一本书和一把枪站在阳台上挥手，造型和动作都极富表演性。他利用这个形象完成对自我的打造，达到了迷惑大众并巩固权力的效果。第三，对埃塞俄比亚的战争胜利后墨索里尼的统治处于鼎盛时代，他戴上了德国式的圆钢盔，颌骨高耸、嘴唇上扬，腹部凸显，作为指挥官的领袖形象取代了作为沉思者的领袖形象。他还通过光头、猎装、骑马、割麦等造型加强这种男子

---

① Italo Calvino, *Hermit in Paris*, translated by Martin McLaughlin, London: Penguin Books, 2011, p. 207.

气概，于是骑马照、割麦照也频频出现在人们的视野中。第四，第二次世界大战期间，墨索里尼改穿意大利皇家军服，挂上帝国元帅的超级军衔。但随着战事吃紧，他健硕的体态开始逐渐消瘦，此前打造出的强大形象看上去显得华而不实，夸张的阅兵变成了蒙蔽百姓的戏码。衣着的样式都是德国式的，尤其是与希特勒在一起时，显示出一副卑躬屈膝的模样，指挥官的形象被颠覆。第五，1943年战败后，人们肆意将他的肖像和雕塑毁坏，英国一位漫画家笔下墨索里尼和希特勒试穿女装准备逃跑的形象从此定格在人们的脑海中。第六，最后的影像是他死于非命。卡尔维诺从青少年时期就身处于这些肖像的包围中，这可能正是他选择以身体形态作为切入点表达自己思想转变的原因所在。

第四章　文本空间：空间探索的高潮

在《树上的男爵》中，柯西莫至死都未下树，最终随着热气球飘向空中。20 世纪 60 年代之后的卡尔维诺也像柯西莫一样，在写作的道路上不断开辟新领域，正如他自己所说："我使读者习惯于从我身上期待看到新东西……他们知道我只能在不断的花样翻新中得到满足。"① 对于一直关注的空间问题，卡尔维诺也有了新的理解和诠释，并在作品中创造了另一种空间形态——文本空间，即完全由文本构成的空间，它失去了物理属性，成为不可触摸的语言和文化意义上的存在。

借助文本空间，卡尔维诺传达出的主要焦虑不再是政治和历史，而是写作的焦虑。1957 年退出意共后他一直刻意保持与现实世界的距离，尽量减少在公开场合露面的次数，甚至连三百万里拉的奖金也不去领取。他认为理想的作家应该仅仅是书皮上的那个名字，古

---

① Italo Calvino, *Hermit in Paris*, translated by Martin McLaughlin, London：Penguin Books，2011，p. 231.

往今来很多最优秀的作家从不在读者眼前露面（例如莎士比亚），他们隐匿在作品后面，在作品文本构成的空间中与读者交流，因此作家是属于作品的人，而不是属于现实生活的人。一旦作家失去了作品的掩护，赤裸裸地将生活中的自己暴露在读者面前时，他将不再是作家。这一时期的卡尔维诺为自己设定的身份是作家，是藏在文本中的隐士，因此他面对的是所有作家都无法避免的创作焦虑。在铺天盖地的文本世界中，作家如何保持独创性、如何找到适合自己的创作方式、如何解决想象力枯竭的问题等，都是卡尔维诺想要表达的主题。和前期作品一样，他依然将这些问题凝结在文本空间和写作主体之间的张力当中，在文本对作家的吞噬中展示文本空间的巨大力量，同时又在作家对文本的驾驭中呈现写作主体的力量，而写作行为的真谛就隐藏在它们彼此的互动之中。当然，他并未把对文本和主体之关系的思考仅仅局限在作家这个狭小的范围内，而是扩展到整个人类主体在 20 世纪的共同焦虑层面上：面对语言的焦虑，在一切皆为文本的理论潮流中，人也成为文本性的存在，这种情况下人应当如何自处，这些问题蕴含在卡尔维诺作品的更深处，使他这一时期的作品充满了哲学家的深度和理论家的思辨色彩。

《命运交叉的城堡》《命运交叉的饭馆》《寒冬夜行人》这三部作品是他以上尝试的代表作，前两部作为姊妹篇创作于 20 世纪 60 年代末。后一部创作于 20 世纪 70 年代末，它们具有明显的相似性，都打造了一个由文学作品构成的文本空间，都在探讨处于文本包围中的主体所面对的各种困惑。因此，可将以上三部作品归为一类，以它们为例证，来阐释卡尔维诺在做"隐士"的十年中所思考的问题。

第一节　文本空间

卡尔维诺之所以会在20世纪60—70年代格外关注作为文本的空间，与他新的生活环境和交往圈子具有密不可分的关系。20世纪60年代以前的卡尔维诺主要生活在意大利，即使在国外有过短暂停留，这段经历也没有在他心中激起太大的涟漪。直到20世纪60年代以后，他将自己的生活空间逐渐拓展到意大利之外，1959—1960年，长达六个月的美国之行可以说是这一系列拓展的开始。1959年11月，他与其他三位作家接受福特基金会的资助搭船来到美国进行为期六个月的访问，在此期间他有机会全方位地了解这个国家，从纽约开始，他游遍了整个美国。他了解的范围几乎无所不包，从美国的艺术、作家的生活和创作、各种出版社的运作方式到各个阶层的生活、不同城市和地域的文化特色、各种高科技成果等应有尽有，这使他远离意大利熟悉而沉闷的环境，在新的刺激下，对很多问题有了新的看法。

随着他的声誉日隆，他在欧洲其他城市停留的时间也越来越长，尤其是巴黎，其浓郁的艺术氛围、良好的理论和创作环境、开放的姿态吸引着卡尔维诺经常住在这里，并将之当作第二故乡。与此同时，对他早期创作观有过重要影响的很多朋友相继离世，例如维多里尼，这使他从生活空间到朋友圈子都逐渐脱离意大利，朝全新的方向发展。值得一提的是他与罗兰·巴特、列维·斯特劳斯等人的交往，以及对符号学、叙事学、结构主义、后结构主义等各种引领潮流的理论思想的关注。他阅读相关的学术杂志并参加罗兰·巴特于1968年组织的关于《萨拉辛》的讨论活动……这一切促使他对世界和自我的认识发生了根本转变，对写作的创新也找到了突破口，因而产生了《命运交叉的城堡》《命运交叉的饭馆》以及《寒冬夜行人》这样令人耳目一新的作品。

一 增殖：无穷无尽的文本空间

卡尔维诺让人物活动在一个由文本构成的世界里，包括神话、传说、文学经典、民间故事等。《命运交叉的城堡》和《命运交叉的饭馆》中所有的人物都失去了说话能力，因此只能借助塔罗牌来讲述自己的遭遇，于是他们在讲述和交流的过程中逐渐脱离现实的世界，进入了文本的丛林。这些文本主要分为两类：第一类是读者耳熟能详的经典，其中出现的人物、情节、意象人们一眼就能辨识出来，例如海伦与特洛伊战争的神话、俄狄浦斯王的神话、浮士德博士出卖灵魂的传说、骑士奥兰多因爱发疯的传说、骑士阿斯托尔福寻找奥尔兰多的传说、哈姆雷特的悲剧、麦克白的悲剧、李尔王的悲剧；第二类虽然不是经典，但故事中包含的基本情节和母题具有普泛性，在很多文学作品中被不断地重复，例如负心汉被惩罚、新娘纵欲而被罚入地狱、盗墓贼下地狱、吸血鬼隐藏身份生活在凡人中。

《寒冬夜行人》也是如此，主人公男读者"你"和女读者柳德米拉、罗塔利亚姐妹因阅读小说而相识，共同在十部小说中穿梭，试图弄清十部小说之间的联系以及每部小说的出处，但是他们并未实现目标，反而迷失在这些文本中难以自拔。作家弗兰奈里、翻译马拉那、出版社的卡维达尼亚博士等人作为以上十部小说的创作者和发行者，从相反的一端进入文本世界，他们希望自己能像故事机一样源源不断地生产文本，但同样被文本的海洋所淹没，淹没于其中，迷失自我。导致读者和作者迷失自我的十部小说很有代表性：有模仿蒸汽时代的谍战小说《如果在冬夜，一个旅人》，有将爱情置于世仇中的现实主义小说《在马尔堡市郊外》，有存在主义风格的悬疑小说《从陡壁悬崖上探出身躯》，有革命间谍小说《不怕寒风，不顾晕眩》，有黑帮凶杀小说《望着黑沉沉的下面》，有描写师生不伦恋的小说《在线条相织的网中》，有描写商业犯罪和绑架的小说《在线条相叉的网中》，有日本情色小说《在月光照耀的落叶上》，有拉美魔幻现实主义小说《在空墓穴的周围》，有幻想小说《最后结局是什么？》，这些作品基本上囊括了19世纪以来流行于文坛的各种小说题材和风格。

　　通过对比可以发现，《寒冬夜行人》中的十部小说跟《命运交叉的城堡》《命运交叉的饭馆》中出现的所有文本一样，都是人们最熟悉的故事类型。为什么作者会采用这些读者最熟悉的故事作为支撑文本空间的框架呢？因为这些故事相对于那些过于特殊的故事而言，其包容性和泛用性更强，有的故事和母题已经沉淀在人们的内心深处，甚至起到了建构主体思维方式和文化结构的作用，每个人都能从中看到自己的思想和情感。例如俄狄浦斯王的神话以及其中蕴含的对命运的恐惧、对人类理性的反思等母题，被无数的作家借用、重写，无论怎样改头换面，我们依然能辨认出俄狄浦斯王的影子。再如浮士德博士的传说中探讨的灵魂和肉体、上帝与魔鬼的关系等问题，也是根植于西方人心中永恒的主题，从这个意义上讲每个人都是浮士德。基于以上原因，这些故事更适合充当支撑整个文本空间的框架，在这个基本框架的基础上，不但作者可以衍生出无穷无尽的故事，而且每个读者都可以从中读出自己的故事。

卡尔维诺的最终意图应该不是用这些基本元素建立一个文本空间的框架，而是要借助这个框架支撑起一座无穷无尽的文本大厦，它包含了古往今来所有的文本，就像博尔赫斯笔下的巴别图书馆一样，居住于其中的人们将失去实存性，变成一个个细小的符号。

为了实现这一目标，就必须使用一些方法令文本具有无限增殖的能力，在《命运交叉的城堡》和《命运交叉的饭馆》中，卡尔维诺使用了以下方法。

第一，利用有增殖功能的叙事结构。在两部小说的后记中卡尔维诺说自己参照了路多维科·阿里奥斯托《疯狂的奥兰多》的结构，并且专门写了《〈疯狂的奥兰多〉的结构》一文分析这一问题。这部史诗通过奥兰多因爱发疯这个主干故事串联起其他所有人物的故事，这些子故事以插曲的形式被嫁接在主干故事上，于是"事件就像树木的枝杈四方伸展，相交后继续岔开"①。子故事之间又由于人物和情节的交集而产生各种关联，这些关联使所有故事形成一个统一体。这使作品具有很强的离心力，从中心力场产生出其他力场，

---

① ［意］卡尔维诺：《疯狂的奥兰多》，赵文伟译，译林出版社2012年版，前言第12页。

再从其他力场产生出更多的力场,它们相互作用,呈现出多中心和共时性的特征,"这一事实也可视为一种时空观,它拒绝托勒密那种封闭的宇宙范式,把自己开放给过去和未来的无限性,开放给众多世界的无穷多样性"①。《命运交叉的城堡》就使用了这种结构,卡尔维诺用塔罗牌组织了奥兰多的故事,将它置于纸牌方阵的交叉中心,其他所有用塔罗牌讲述的故事都与这个中心有关联,同时它们各自又能在不同的排列中产生新的故事。"该网络从任一特定起点向四面八方延伸,具有代达罗斯迷宫般的复杂性"②,他的塔罗牌阵也因此而具有了生产故事文本的强大能力。

第二,利用塔罗牌在牌阵中的不同位置。塔罗牌在很长一段时间中由于被认为是异教的占卜工具而遭到禁止,关于它的起源众说纷纭。有一种观点认为它源于古埃及,取自埃及语中构成"塔罗"的 tar(道)和 ro(王),意为"王道",即国王作为统治者应该通晓世间万物的变化及其运行规律。这些规律隐含在 78 张塔罗牌中,王者通过它们来预知一切,因此塔罗牌中的变化代表了一个神秘的象征系统。后来逐渐演变为占卜命运的工具,被吉普赛人传到欧洲,欧洲人又赋予塔罗牌以游戏功能,例如 14 世纪在意大利流行的一种被称为"tarocco"的扑克游戏,其发音、牌面图画都和塔罗牌很相似。在占卜的过程中,每张塔罗牌的含义会因其前后牌面和解读顺序的变化而发生变化,譬如"爱情"一牌,在有的牌阵中表示浪漫

---

① [意] 卡尔维诺:《为什么读经典》,黄灿然等译,译林出版社 2006 年版,第 72 页。
② [美] J. 希利斯·米勒:《解读叙事》,申丹译,北京大学出版社 2002 年版,第 87 页。

纯洁的精神之爱，在有的牌阵中表示邪恶淫荡的肉体欲望，在有的牌阵中表示人们在爱情面前的两难选择等。再如"月亮"一牌，正向放置表示人的理想，逆向放置却表示人的困惑；"恶魔"一牌，正向放置表示堕落，逆向放置则表示挣脱。占卜者会根据牌面的组合方式来解释问卜人的命运，纸牌的数量虽然有限，但由于其排列方式无穷无尽，所以人们相信变化多端的命运也隐藏其中。

卡尔维诺将这一特点运用到他的小说中，从而使有限的牌面具有了无限增殖的效果。另外，他从保罗·法布里、M. I. 列科姆切娃、B. A. 乌孜潘斯基等人关于占卜纸牌的叙事功能的文章中直接获得灵感，"我从他们的研究中获取的主要是每张牌的含义取决于它在前后牌中的位置这一观念，从这一观念出发，我独立地按照自己文章的需要进行了工作"①。例如"大棒A"，在《犹豫不决者的故事》中指的是一棵巨大的树，而在《复仇的森林的故事》中则指林中女杰手中挥舞的大棒。再如"金币二"，在《吸血鬼王国的故事》中表示从地球到月球的运行轨道，在《两个寻觅又丢失的故事中》表示浮士德和魔鬼的交易，在《我自己的故事》中表示文字符号和蛇形字母。城堡和饭馆中的每个人都像问卜人一样，从纸牌中选择出几张，将它们用特定的方式排列出来讲述自己的命运，"同样的牌出现在另一行不同的序列中往往变换其含义，而同一张塔罗牌又同时从东南西北四个基本方位开始被讲故事的人所使用"②，城堡和饭馆

---

① 吕同六等主编：《卡尔维诺文集：命运交叉的城堡等》，译林出版社2001年版，第125页。

② 同上书，第44页。

因此成为命运交叉的场所。

第三，利用塔罗牌的图画性特征。在模仿论的传统中，绘画一直被当成是对客观现实的再现，因此观者从中看到的是相同的东西。19 世纪以来这种观念发生了巨大转变，绘画成为人们表现心灵的载体，衡量一部作品好坏的标准也不再是能否精准地描摹对象，而是能否传神地表达主体的精神世界。同时，绘画艺术的独立性得到前所未有的重视，人们对作品的研究从内容转移到形式，颜色、线条、构图等绘画艺术所独有的形式成为人们关注的焦点。在这种背景下，绘画作品的多义性特征被凸显出来，20 世纪的很多画家和流派（例如印象主义、超现实主义等）都刻意追求作品意义的丰富性，他们利用各种手法使人们在他们的画作中看到一个无比复杂的世界。在他们的推动下，绘画作品比语言作品具有了更加丰富的表意能力。

卡尔维诺之所以选中塔罗牌作为自己的叙事载体，正是因为牌面图画的表意能力很强大，它逃脱了作者表达意愿的干扰和控制，每张牌都是一个生产意义的场所，其中蕴含着各种叙事的可能性。解释牌面的权力从作者转移到观者身上，每位林中过客都从自己的经历出发对这些图画进行了各具特色的解读，例如哈姆雷特从中认出了来丹麦王宫演出的戏班，李尔王从中认出了流落荒野的自己。这种特征满足了所有叙述者的需要，与两部小说的总体结构相得益彰，共同加强了叙事的增殖效果。

《寒冬夜行人》在叙事结构上和前两部小说采取了相同的方式，它们都借鉴了《疯狂的奥兰多》，将许多子故事串联在主干故事上，同时使每个子故事也具有向外扩展新故事的功能。除此之外，这部小说在具体的叙事策略上还采用了其他方法实现文本不断增殖的效果：第一，只有开端没有结尾。由男读者的阅读引出的十部小说只有开头，在刚刚勾起读者阅读兴趣的地方戛然而止，这使每部小说都呈现出未完成的状态，促使读者参与，通过主动的想象来完成文本。在这种情况下，不同读者想象的结局肯定大相径庭，即使是同一位读者在不同语境下设想的结局也会不尽相同，一部小说因此而变为多部小说，也就是说有多少个读者就会有多少部小说；第二，叙述人对叙事过程和叙事意图的暴露。在主干故事和每一个子故事中，叙述人都采用了元小说暴露叙事过程的策略，这割裂了文本与现实之间的同一关系，文本不再是反映现实的工具，而是具有自主性和独立性的东西。因此，作者不用再为真实负责，这为多重叙事奠定了基础，反之如果将文本当作反映现实的工具，那么叙事将是单一的；第三，凸显人物、情节、背景等各种因素的虚构性。在主干故事中，女读者柳德米拉、翻译马拉那、非读者伊尔内里奥、作家弗兰奈里、苏丹王妃等很多角色都让人捉摸不透，显得飘忽不定，似有若无。作者旨在通过这种方式凸显人物的非真实性，他们只是存在于虚构世界里的一个个符号而已，因此他们可以不受真实人物的制约，幻化成多种面孔。

二 命运交叉的树林：互文的世界

通过以上方法，作者成功地建构了一个不断增殖的文本世界，在这个世界中，文本与文本之间相互交叉，呈现为互文关系，《命运交叉的城堡》和《命运交叉的饭馆》中的核心意象"树林"正是这种关系的象征，它的混乱无序、相互交错、纠缠不清和互文世界的特征高度吻合，因此"树林"是卡尔维诺这一阶段创造的空间形态的直观比喻。

首先，树林构成了小说的整体背景，故事发生的场所"城堡"和"饭馆"都处于密林中，所有人物都是在密林中经历了奇遇之后相聚在"城堡"和"饭馆"中。在这里他们又进入由塔罗牌构成的密林，每个人由于失语不得不用塔罗牌来讲述自己的故事，每一种讲述都构成一条线索，各条线索随着叙述的增加而交织在一起，我中有你，你中有我。城堡和饭馆的主人"监视着林中每片枝叶的动静、这副塔罗牌每张抽出的牌、这些相互交织的故事中的每个戏剧性的场面，直到整个游戏终了"[1]。在各条线索的交叉点最易引起叙述者的焦虑和混乱，因为在这里很多人共用同一张纸牌，稍有不慎就会将自己想要表达的意思引入歧途。

其次，树林构成了所有子故事的背景，每个讲述者的故事几乎都离不开树林，并且他们故事中的关键情节都是在树林中发生，可以说树林是他们改变命运的地点，这些都赋予树林以神秘感。以《因爱而发疯的奥兰多的故事》为例，奥兰多本是战场上的英雄，却爱上了异族女骑士安杰丽卡，于是他在林中追逐安杰丽卡，被拒绝后发疯，树林是他的伤心之地、丧失理智和自我之地。在《受惩罚的负心人的故事》中，主人公刚刚继承了父亲的遗产，正准备在事业上大展拳脚、在婚姻上觅得一位高贵伴侣时，一切却在漫游途中

---

[1] 吕同六等主编：《卡尔维诺文集：命运交叉的城堡等》，译林出版社2001年版，第52页。

的树林里被改变。他在林中被歹徒袭击,并因此和林中少女结缘生子,很快,他背叛少女另行娶妻,最终受到少女和复仇女神的惩罚而痛苦万分。在《浮士德博士的故事》中,浮士德在树林中遇见了林中女巫,女巫和他做了出卖灵魂换取黄金的交易,从此以后居住在黄金城里,命运发生了翻天覆地的变化。在《吸血鬼王国的故事》中,阴暗可怕的树林和光鲜亮丽的城市形成了强烈反差,国王在这里看到了王国中腐败黑暗的一面,从而使他彻底改变了以往的观念。

《寒冬夜行人》中虽然没有出现塔罗牌,也没有树林,但小说勾勒的文本世界完全可以比作"树林",并且其中文本之间的关系也呈现出"交叉"和"分岔"的特征。主干故事的主人公男读者在一本本小说中迷失,如同在文本的丛林中一样举步维艰,这些文本相互交叉关联在一起,给人一种枝叶交错纠缠的感觉。子故事中的主人公们仿佛也行走在文本的丛林中,尤其是叙述者刻意暴露小说虚构性的时候,这如同将主人公置于一个通向多条道路的岔口,每种叙述都会为他带来一种命运。如果把各种叙述的可能性都考虑进来,那么这个岔口就相当于"命运交叉的城堡"或者"命运交叉的饭馆"。所有的子故事都因男读者的追寻行动而被串接在主干故事上,他们共同形成了一个类似于前两部小说中所叙述的牌阵,这个牌阵就像生产文本的机器,生产出文本的森林。

在两副塔罗牌中,"大棒"牌代表树林,其牌面图画由数量不同的树枝构成的,只有"大棒一"是一根较粗的树枝,其他的从"大棒二"到"大棒十"都是由相应数量的较细树枝交叉在一起构成的。树枝的数量越多越能让人联想到树木繁茂的密林,"那张牌上,在一片散布着绿叶、林中小花的稀疏的植物上,一些伸长的树枝相互纠缠,这让我们想起了不久前刚刚穿过的那片树林"①,尤其是牌面边缘上绘制的藤蔓花草更是让密林增色不少。除"大棒一"外,所有"大棒"牌最突出的特征是"交叉"和"分岔",即树枝不是并列排放或是胡乱堆在一起,而是左右两排数量相等的树枝相互交叉摆放的。

"交叉"和"分岔"是卡尔维诺小说中文本空间的基本特征,它准确地描述了文本和文本之间的关系,也就是说所有的文本不是胡乱堆放在一起,而是相互交叉关联在一起的。那么小说中究竟出现了哪些文本?它们之间是如何相互交叉和产生关联的?这些交叉和关联是有规律可循还是完全随机产生的?要想更加深入地分析以上问题,就有必要对《命运交叉的城堡》《命运交叉的饭馆》《寒冬夜行人》这三部小说中出现的所有文本先进行一个分类,然后再去研究它们之间的关系和关系产生的机制。

在《寒冬夜行人》中,按照文学创作的不同层面可以将其中的文本分为三类:第一类是由十个小说开头构成的文本,它们处于文学创作中作品的层面,是作者和读者产生交集的地方;第二类是由作者、译者、故事之父等构成的文本,它们处于文学创作中作者的层面,是作品产生的源头;第三类是由读者、研究者等构成的文本,它们处于文学创作中读者的层面,是接受和阐释作品的终端。将作者和读者都看作文本,源自20世纪以来的主体观,即主体存在于语

---

① 吕同六等主编:《卡尔维诺文集:命运交叉的城堡等》,译林出版社2001年版,第12页。

言中，他失去了对语言的控制能力，反过来被语言所控制，笛卡尔式的具有强大认识能力的主体死了。卡尔维诺塑造的作者和读者也是这样，作者失去了独创力，在文学文本的世界中难以分辨自己的面貌，读者亦失去了判断力，在其他阅读观念和小说文本的影响下改变了自我。从这个意义上看，他们都存在于文本中，因此这里把他们分别列为第二类和第三类文本。

首先，卡尔维诺通过嫁接法让第一类文本之间产生交叉和关联。男读者看的第一本小说是《如果在冬夜，一个旅人》，但是由于页码排错，每次看到第32页会重复第17页的内容，因此他到出版社要求调换排版正确的小说，却被告知自己正在看的小说并不是意大利作家卡尔维诺的《寒冬夜行人》，而是波兰作家塔齐奥·巴扎克巴尔的《在马尔堡市郊外》，两部书在出版社印刷的时候装订乱了。可男读者已经对《在马尔堡市郊外》产生了浓厚兴趣，所以他并没有调换《寒冬夜行人》来看，而是换了一本《在马尔堡市郊外》来看，但这部书也出现了类似问题，两页有字的中间夹着两页没字的，情节、人物、时间、地点都和开头对不上号了。男读者通过查阅百科全书和地图册，发现这本书中出现的人名和地名并非出自波兰，而是来自现已消失的辛梅里亚国，为此他找到专门研究辛梅里亚语的教授乌齐·图齐，乌齐·图齐告诉他这本书并不是《在马尔堡市郊外》，而是辛梅里亚作家乌科·阿蒂的小说《从陡壁悬崖上探出身躯》。乌齐·图齐找出小说原本朗读，可是这部小说也只有开头，据说是作者写完开头后就自杀了，所以这是个残本。正在这时，另一位研究钦布里文学的教授加利干尼突然出现，告诉他说这部书实际上完成了，只不过后半部分改了名字，叫作《不怕寒风，不顾眩晕》，作者也用了另一个笔名沃尔茨·维利安第，使用的语言也变成了钦布里语。于是男读者去听罗塔利亚朗读《不怕寒风，不顾眩晕》，故事又在精彩处戛然而止。这次男读者直接去出版社寻找答案，得到的结果是以上几本书的混乱都是由一个叫马拉那的翻译制造的。他把贝尔特朗·汪德尔维尔德的一本法文小说《望着黑沉沉的下面》中的专有名词改成了辛梅里亚语或者钦布里语，并且冒充波兰小说寄给出版社。男读者向出版社的卡维达尼亚博士要了《望着黑沉沉的下面》，读着读着又出现了问题，就这样他一路追寻，总共引出了十本小说的开头。最后终于在图书馆的书单里同时发现了这十本小说，可是他一本都没借到，这些书不是外借，就是丢失或是取不出来，男读者的追寻无果而终。

其次，卡尔维诺通过马拉那的翻译使第二类文本之间的交叉关系浮现出来。马拉那在小说中自始至终都没有露面，所有关于他的情况都是通过信件和他人转述得来的，但他却是一个非常关键的人物。作为翻译，马拉那承担了各种文学作品中转站的功能，因此他跟很多作家和文学生产机构都有联系，男读者正是从他的信件中获知了作家弗兰奈里的下落、故事之父的轶事、文学作品均一化公司的运作方式、各种影子作家的创作等情况。在他的叙述中可以发现，以上貌似互不相干的各种创作个人和创作机构之间，事实上存在千丝万缕的联系。对创作个人来说，每个作家都是通过阅读其他文学文本学会写作的，因此他们无法摆脱其他作家的影响独立创作，尤其是文学史上的经典作家和同时代最受欢迎作家的影响。他会不自觉地借鉴其他作家的风格、人物、情节，即使不是抄袭，但却依然能看出作品之间的相似性，在这种情况下作家之间产生交集是必然的。对文学生产机构来说，他们雇佣一批影子作家专门模仿知名作家的作品获取丰厚利润，这些影子作家与知名作家之间的关系就是赤裸裸的抄袭。对于马拉那这样的翻译来说，他们把各种作品通过翻译改头换面出版，他们的译作本身就成为各种作品的交汇点。因此马拉那认为文学不存在独创，所有的作品都是模仿和抄袭，作为实体的作者都会死去，作者也只能存在于文本中，与其他作者混在一起无法辨认。

最后，卡尔维诺通过阅读和恋爱将第三类文本联系在一起。小说中出现了几位典型的读者：男读者"你"、女读者"柳德米拉"、柳德米拉的姐姐罗塔里娅、最后在图书馆中相遇的七位读者。他们本来互不相识，却通过阅读小说和恋爱而结缘，在彼此的交往中改变着阅读观念。男读者"你"第一次在书店调换印错了的《寒冬夜行人》时，认识了遇到同样问题的柳德米拉，被柳德米拉读书的姿态吸引并爱上了她，因此男读者对小说下落的探寻很大程度上是因为想和柳德米拉保持某种联系。卡尔维诺描写他们之间的关系进展，绝不是为了单纯写爱情，而是要呈现两种截然相反的阅读理念之间互相磨合的过程。果然在男女主人公的交流中，男读者"你"逐渐放弃了对清晰逻辑和明确结果的追求，转而接受了含混暧昧、有头无尾的作品，由对结局的重视转向对过程的陶醉。在对同一些书的阅读和追寻过程中，其他读者也被串接在这条线索上，例如罗塔里娅，她采用的是典型的先入为主式阅读，也就是说将某种理论套用在作品上，从而使作品成为该理论的脚注，因此她不是为了研究文学作品而阅读，是为了阐释某种理论而阅读。男读者最后在图书馆遇见的七位读者也是各不相同，第一位是通过阅读来刺激自己思考书本之外的问题；第二位则是围绕所读文本发掘其中蕴含的奥秘；第三位认为要不断重读同一本书来获得更深入的理解；第四位认为要将自己的阅读变成一种积累，最后所有的书会形成一本关于世界的统一的书；第五位读书是为了寻找童年时的记忆；第六位只对开头感兴趣，认为一本书的关键之处都隐藏在开头；第七位则对结尾感兴趣。以上几类读者的阅读观各不相同，这些观念在对同一些作品阅读的过程中交叉碰撞，也形成了一个文本的丛林。

以上三类文本不但在各自的序列中相互交叉，而且这三个序列之间也是交叉在一起的，也就是说作者、作品、读者之间也呈现为互文关系，这一层互文关系形成的纽带是作品。读者通过阅读作品而对作者产生兴趣，如果男读者不读《如果在冬夜，一个旅人》《在马尔堡市郊外》《从陡壁悬崖上探出身躯》等作品，就不会和卡尔维诺、乌科·阿蒂、沃尔茨·维利安第等作家扯上关系，更不会千里迢迢去寻找远在安第斯山脉的作家弗兰奈里。作者也是通过作品与读者产生联系，他们写作的最终目的是让读者阅读，因此不得不观察研究读者的阅读趣味和欣赏习惯。弗兰奈里天天在望远镜里观察对面的女读者，其目的就是想通过观察她来写出受人欢迎的作品。

在《命运交叉的城堡》和《命运交叉的饭馆》中，也存在三类文本：讲述者、讲述内容、听众。这三类文本跟《寒冬夜行人》中的作者、文本、读者相对应，只是范围不局限在文学创作和接受领域，而是涵盖了所有人之间的交流沟通过程。讲述者与听众之间的交流和作者与读者之间的交流其实质是一样的，每个讲述者都相当于作者，听众则充当了他们的读者，二者交流的内容以文本的形式存在，这些文本相当于文学作品。第二类和第三类文本分别是讲述者和听众，他们的自我都是在文化传统中建构起来的，从这个意义上来说他们也是文本性的存在。因此，《命运交叉的城堡》和《命运交叉的饭馆》也是三类文本相互交叉在一起，形成互文关系。小说通过林中相遇这一情节让讲述者和听众这两类文本产生交叉关系，一群互不相识的人不约而同地经过一片密林来到城堡和饭馆，共同就餐互相倾诉，因此，城堡和饭馆是他们命运的交叉点。另外，卡尔维诺又通过纸牌方阵中的关键牌使第一类文本（讲述内容）产生交叉，例如"高塔"牌、"命运"牌等，它们被不同的人在不同的讲述中反复使用，于是在这些点上衍生出了很多分叉。

第二节　主体在文本空间中的迷失与焦虑

卡尔维诺在这三部小说中打造了一个与现实空间迥然相异的文本空间，主体在这个空间中的核心体验是迷失自我，无论是在城堡和饭馆中相遇的陌路人，还是以创作为生的作家，抑或是阅读成瘾的读者，都感觉岌岌可危。他们置身于其中的文本世界犹如一座没有出口的迷宫,自我被符号所吞没。在这种情况下肉体消失了,变成一个个跃然纸上的符号,"一如蜘蛛叠化于蛛网这极富创造性的分泌物内"①。他们感到焦虑,并通过各种努力试图走出迷宫,恢复那个完满实存的自我,但发现所有努力都是徒劳,最终只能像《寒冬夜行人》中的男读者一样,认同现状并改变自我。卡尔维诺之所以会思考主体在文本空间中的焦虑,与他这一时期对语言和文本的认识有紧密关系,他接受了一切皆为文本和主体存在于语言中的观念,并将他对这些问题的反思凝结在自己的文学作品中。

一 文本空间中的权力与主体的失语

既然卡尔维诺这三部小说中主体的失语和焦虑是文本空间造成的,那么隐藏在文本空间中的强大力量究竟是什么?由于文本是语言构成的文本,因此隐藏在文本中的力量自然是语言的力量。20世纪以来语言的力量受到前所未有的重视,人们对主体的看法也随之发生巨大变化,语言的威胁是每个主体都面临的现状。与前两章中提到的几部作品相比,这三部作品中思考的主体焦虑更具普泛性。因此要深入理解卡尔维诺小说中的主体焦虑,必须先廓清这一时期语言观的转变及其带来的影响。

自古希腊以来,语言一直被当作记录现实的符号,它自身没有独立性,只有在为所记录的内容服务时才有价值,正如亚里士多德所说:"口语是内心经验的符号,文字是口语的符号。正如所有民族

---

① [法]罗兰·巴特:《文之悦》,屠友祥译,上海人民出版社2002年版,第76页。

并没有共同的文字,所有的民族也没有相同的口语。但是语言只是内心经验的符号,内心经验自身,对整个人类来说都是相同的,而且由这种内心经验所表现的类似的对象也是相同的。"① 由此可以看出,在亚里士多德的观念中内心经验才是真正的现实,它通过口语和文字被表达和传递。口语和文字被看作无个性和透明的载体,不会对内心经验产生任何歪曲变形,因此即使不同民族的语言不同,但经由语言所表现的经验却是相同的。柏拉图在《斐德诺篇》中也表达了类似的看法,他认为口语和文字都是为表达人类心灵服务的。与口语相比,文字是更拙劣的记录工具,因为它割裂了心灵与符号的同一性,使心灵不能直接呈现,口语则优于文字,因为它可以直接呈现心灵。在借助文字传播的过程中,作者的原意被歪曲掩盖,因此柏拉图认为最好的沟通是省略了语言中介的沟通,最好的书是写在读者心灵上的书。

从以上两位哲学家的论述中可以看出,语言最大的恶就是不能与它记录的现实保持完全一致,在这种观念基础上人们衡量语言的标准是它能否精确地表现内容。在语言和内容的关系中,内容是主导,语言仅仅是工具没有独立价值,即使有也是应该被消灭的。这种语言观直到19世纪依然占据着主流,正如索绪尔所指出的,语言"不外乎是一种分类命名集,即一份跟同样多的事物相当的名词术语表"②。它的功能主要是指称,因此语言学研究的重心一直集中在语

---

① 苗力田主编:《亚里士多德全集》(第1卷),中国人民大学出版社1990年版,第49页。
② [瑞士]费尔迪南·德·索绪尔:《普通语言学教程》,高名凯译,商务印书馆1980年版,第100页。

言外部，并未关注语言自身的构成机制和规律。

20世纪以来人们对语言的看法发生了根本转变，无论是哲学领域还是语言学领域，都不再把语言当作被动地服务于内容的工具，而是将之当作具有自身价值和独立性的存在。哲学领域经历了从认识论向语言论的转向，哲学家探讨的核心问题从主体的认识能力和认识结构转向了主体如何表达自我和世界的本质。早在两千多年前，柏拉图就已经认识到了主体必须借助语言表达自我，但他不承认语言的独立价值，直到两千多年之后语言才被他的后继者们充分重视。海德格尔、伽达默尔等哲学家都从本体论的意义上肯定了人是语言性的存在，哲学释义学更是不遗余力地研究人在语言中的理解行为。在语言学领域，研究者们也把目光转向了语言的内在结构，索绪尔是这个转折时期的代表人物，他认为语言是独立于所指内容的一套自足系统，内容不能决定语言，反而是语言决定了内容。所有的内容都要被语言的结构重新编码，因此语言学应该研究语言符号自身的内在结构和变化规律，这种研究被称为内部语言学，反之则是外部语言学。

与此同时，文学批评也表现出对语言的充分关注，俄国形式主义、新批评、结构主义文论都从研究"文学写什么"转向研究"文学怎么写"。研究者们将文学文本作为研究的本体，探寻它的内在结构和规律，试图对文学现象做出一劳永逸的解释。其他并未被冠以"形式主义"的文学理论也体现出对语言文本的重视，例如读者接受理论就是对读者、作品、作者之间互文关系的研究。文学创作领域也转向开发文学自身的价值，从19世纪后半期开始这种倾向愈演愈烈，唯美主义就是其中的典型代表，戈蒂耶、波德莱尔、王尔德等作家不约而同地将形式美作为衡量作品好坏的标准。进入20世纪以后，作家们对语言的思考逐渐脱离了唯美主义的肤浅，进入更深的层面，并将之与人类的处境联系在一起。卡夫卡、萨特、博尔赫斯等作家从各自的人生体验和哲学理念出发，表达了存在于语言中的主体的焦虑和困境。文学界对这一问题的思考和表达一直持续至今。

　　在以上背景下，人们对主体的认识也转向了语言层面，彼得·毕尔格在《主体的退隐》一书中将现代以来的主体研究归结为两种范式，一种是语言范式，一种是主体范式："语言范式坚持世界总是通过语言来开启的观点，并因此让行动中的人在语言中消失；主体范式则坚持人的行动是开启世界的力量的主张，认为语言只是媒介。"[①] 第二种范式的代表人物之一是笛卡尔，他肯定主体的认识能力，认为理性为主体认识世界奠定了先天基础，在他的思想体系中主体是积极主动的，他将世界纳入自我之中。德国古典哲学家的研究将主体的力量推向极致，康德对主体先天认识结构的分析堪称完美，这些研究成果是对主体认识能力的更大肯定。在他和费希特、谢林、黑格尔等哲学家的推动下，德国的浪漫主义文学取得了巨大成就，对整个欧洲浪漫主义文学产生了深远影响。浪漫主义文学的基本特征是高扬主体力量，读者在诺瓦利斯、拜伦、雨果等作家的笔下看到了一个个独立自主、鲜活有力、无所不能的主人公，他们有能力选择和决定自己的人生。

[①] ［德］彼得·毕尔格：《主体的退隐》，陈良梅等译，南京大学出版社2004年版，第3页。

20世纪以来，人们对主体的认识转向了第一种范式。主体失去了确定不变的本质，本质其实是人为建构物，被认为是虚假的。以海德格尔、萨特等为代表的存在主义哲学家在推进这一观念的过程中起到了不容忽视的作用，他们都想通过某种方式使主体穿透这层外壳回归到本真状态。但是越来越多的人认识到回归本真只是一种幻想，主体不可能逃脱语言的罗网，他只能通过语言来认识世界、表达自我、相互沟通，而语言以其自身的逻辑控制了主体，言说着主体，使其感到失去了自由和选择的能力，语言的非现实性使主体也成为非现实的存在。在这种状况下，"从19世纪以来，文学在某一天恢复了语言的存在"[①]，语言成为文学关注的主题，处于语言中的主体所面临的各种境遇成为文学家致力于表现的对象，卡尔维诺正是这些作家之一。

究竟是语言的何种特性导致了主体的焦虑，使其行走于语言中有如行走在迷宫中呢？首先，是语言与现实的非同一性，也即语言符号的任意性特征。古希腊时期人们在对语言起源问题的探究中就蕴含了对语言任意性特征的思考，当时关于语言起源的说法主要有两种：一种是约定俗成论，一种是自然起源论。坚持约定俗成论的学者认为语言符号和事物之间并没有理据性，两者只是被约定俗成的力量紧密地结合在一起；坚持自然起源论的学者则认为语言能够抓住事物的本质，是对该事物本质的呈现，象声词就是最好的例证。还有一些人对语言起源问题态度不清晰，例如柏拉图，在《克拉底

---

① [法]福柯：《词与物——人文科学考古学》，莫伟民译，上海三联书店2001年版，第60页。

鲁篇》中,他一方面肯定词和事物的名称是按事物的本质创造的,另一方面又认识到"词的'按本质的正确性'是在实际存在的语言当中根本找不到的,压根儿就不存在"①。

不管这些学者之间有怎样的分歧,但他们都认识到了语言符号是不同于现实的东西,它是用彼物来代替此物。因此要使语言更好地履行指称功能,就必须保证它和现实的牢固关系,减少各种歧义。这种观念在两千多年之后依然被普遍认同,索绪尔关于语言任意性的论述众所周知,但他同时也强调语言符号的不变性,称之为"强制的牌"②,一旦符号和事物的关系确定下来,就不能轻易改变,即使这种确定是任意的。

由此看出,虽然人们认识到了语言的任意性特征,但是却力图克服任意性导致的语言和事物、能指和所指不一致的后果。这种情况在20世纪发生了根本改变,越来越多的研究者不再强调语言和事物、能指和所指之间关系的牢固性,而是强调任意性带来的以上关系的分裂,以及语言和能指的主动性,拉康对索绪尔"能指/所指"关系的改造很有代表性。索绪尔肯定了语言的任意性特征,但是他认为这种任意性是相对的,因此能指和所指之间的关系很稳定,如同一张纸的正反面一样结合紧密,并且用"s/s"这一图式来表示。拉康却认为能指比所指处于更优先的地位,是能指决定了所指,而非所指决定能指,并把索绪尔的图式改成了"S/s",用大写的S这

---

① [丹麦]威廉·汤姆逊:《十九世纪末以前的语言学史》,黄振华译,科学出版社1960年版,第11页。
② [瑞士]费尔迪南·德·索绪尔:《普通语言学教程》,高名凯译,商务印书馆1980年版,107页。

种直观明了的方式来表示能指的突出地位。德里达也是最大限度地开发了能指的潜力，在他看来能指指向的不是确定的所指，而是另一些能指，这些能指又指向新一层的能指……如此推延下去的语言世界其实是一个能指的世界。把主体放在以上研究者的理论框架中，他将失去与生俱来的本质，成为语言的对象，在能指的无限延异中否定自我。

其次，语言的修辞性特征是导致主体焦虑的另一个原因。自古希腊以来，语言的修辞性特征一直饱受诟病，它能够颠覆语言的逻辑性和语法性，导致语义暧昧不清，从而干扰主体的表达和交流，更重要的是会掩盖和歪曲真理，因此哲学家尽量使自己的语言合乎逻辑和语法，从而避免表意混乱。反之，文学家则善于利用修辞性，通过隐喻、转喻等修辞技巧使作品的语言更优美并富于内涵。但是他们对语言修辞性的肯定和利用被看作无用的装饰因为修辞性的语言让人关注语言的外表而忽视其内容，"修饰过的话语就像举止轻浮、涂脂抹粉的女人。应该欣赏自然美，欣赏纯洁的肉体，也就是不要修辞"[①]。因此修辞学长期以来仅仅局限于对各种辞格的研究，修辞带给语言的力量一直都没有被挖掘出来。

直到20世纪以来，随着人们语言观的根本转变，语言的修辞性才得到了充分重视，甚至被当作语言最重要的特性，有些研究领域甚至在这里找到了新的生长点。耶鲁解构主义批评的代表人物保尔·德·曼认为修辞性是语言最重要的性质，如果说逻辑和语法保

---

① ［法］茨维坦·托多罗夫：《象征理论》，王国卿译，商务印书馆2004年版，第76页。

证了能指和所指的同一，那么修辞性则可以轻而易举地颠覆这种同一，它使语言永远都具有言外之意。不单是文学语言，所有语言都是如此，"被宣告（或被赋予特权）说是永远最精确的语言，而结果却是最不可靠的语言，人类正是按照这个最不可靠的语言来称呼和改变自己"①，从这个意义上来讲一切都是文学。语言的言外之意主要取决于语境，不同的语境会使同一个词产生完全不同的含义，因此语言的意义呈现出不确定的特征。

卡尔维诺用失语这种感性直观的身体症状来隐喻主体在文本丛林中的迷失，《命运交叉的城堡》和《命运交叉的饭馆》中所有叙述人在经过一片密林后集体失语，因此密林是他们失语的原因。密林在这里具有很强的象征意义，它并不是指现实中茂密的树林，而是指文本的丛林。叙述者、听众、作者、读者的自我都是在语言文本中形成的，密林正是暗指建构了主体的语言文本。他们在这些文本中努力地想要返回自我，却发现无力做到，"他们带着宽厚的容忍表情，默默地动着嘴唇：显然，穿越这个树林让我们每个人付出的代价就是失去说话的能力"②。

在这种情况下他们不能直接表达自我，只能借助两副塔罗牌，这两副塔罗牌也象征了语言，在塔罗牌的世界里，主体彻底失去了实存性，变成了一幅幅牌面图画。在这些图画上，他们不再是张三、李四、王五，而是大棒女王、宝杯骑士、教皇、隐士、宝

---

① [美]保尔·德·曼：《阅读的寓言》，沈勇译，天津人民出版社2008年版，第21页。
② 品同六等主编：《卡尔维诺文集：命运交叉的城堡等》，译林出版社2001年版，第9页。

剑女王、大棒骑士、疯子、宝杯女王、宝剑男仆、宝杯国王、女教皇……在叙述的过程中，他们逐渐混淆了真实的自我和纸牌上的人物，最终将纸牌上的人物等同于真实的自我。通过大棒女王、宝杯骑士、教皇、隐士等图画，叙述人被悄然置换成文学文本中的典型形象：有民间传说和歌德长诗中的浮士德，有杀父娶母的俄狄浦斯，有弑杀君主的麦克白，有为父报仇的哈姆雷特……主体将自己放置在由这些形象构成的文化传统中，成为一个个狭长的符号，像福柯所说的堂吉诃德一样："这个细长的字体，作为字母，刚从打开的书本中露出来。他的整个存在只是语言、文本、印刷纸张和已被记录的故事。"① 随着每个人叙述的结束，他们也完成了自我建构的过程。

二 三种主体与三种迷失

这三部小说包含了很多故事，出现了很多人物，但归纳起来可以发现，每个主人公身上都隐含着一个迷失自我的故事。浮士德、哈姆雷特、麦克白、奥兰多、男读者、翻译、作者、非读者、大学教授等形象也不是卡尔维诺信手拈来的。而是经过甄别和筛选的，他们大致可以分为三类：理性主体、男性主体、写作主体。卡尔维诺对主体问题的思考正是通过这三类人物来传达的，其中蕴含了他对理性主义、男性中心和作家权威等观念的怀疑与颠覆。

---

① ［法］福柯：《词与物——人文科学考古学》，莫伟民译，上海三联书店2001年版，第61页。

（一）理性主体

理性主体在三部小说中处于很突出的地位，作者通过描写这些主体失去理性的故事来反思理性及理性与非理性的关系。《命运交叉的城堡》就以奥兰多失去理性作为整部小说的核心故事，他本是查理大帝手下最出色的骑士，在传说中的十二圣骑士中排名首位，能有此成就不单是因为他在战场上英勇无敌，更是他远超常人的理性和判断力，使他能在生死存亡的关键时刻做出正确选择。但是这么一个人物却因为爱情而失去理性，陷入癫狂和黑暗中，从外形到精神都变成一个彻头彻尾的疯子："现在的奥兰多已经降到了各种事物的混乱的中心点，在塔罗牌的方形的中心和世界的中心，处在一切可能顺序的交叉点上。"①

因此，另一名骑士阿斯托尔福奉查理大帝之命去寻找奥兰多的理智。他受到隐士的指点去月球，因为月球上汇集了一切事物尚未形成时的最初元素（包括理智在内），如果能找到构成理智的元素，那就能为奥兰多重组理智，帮他走出混乱的状态。但是真正登上月球之后，连他自己也要失去理智了，他发现世界的本来面目就是非理性的。一切原本无法用理性解释清楚，所有元素都毫无章法地混杂在一起，没有任何秩序可言，"在那上面，驴子是国王，人是四条腿的，少年统治着老人，梦游者掌舵"②。在这个原初世界的中心位

---

① 吕同六等主编：《卡尔维诺文集：命运交叉的城堡等》，译林出版社 2001 年版，第 36 页。
② 同上书，第 41 页。

置，坐着一位诗人，阿斯托尔福希望从他口中得知月球是不是一个有意义的世界，他告诉阿斯托尔福在月球上是找不到意义的，因为它是意义形成之前的世界，它的中心是一个空洞。

在阿斯托尔福寻找理智的故事中，地球和月球这两个空间场所分别具有重要的象征意义：地球象征理性形成之后的世界，一切事物都被赋予了某种形态和定义，它们都遵循一定的规范和秩序运行。月球则象征理性形成之前的世界，一切事物都没有特定的形态和本质，它们以混乱无序的方式存在。如果以地球上的标准来衡量奥兰多的行为，他失去理性陷入疯狂是非正常的状态，但是如果以月球上的标准来衡量，他的行为其实是回归到了人的本来面目，无所谓正常与非正常的区分，因为区分正常与非正常的标准都尚未形成。

古希腊人对理性的认识来自对自我的反思，在这种反思中，自我被分为灵魂和肉体两部分，灵魂是人身上完美的部分，是不死的，而肉体则是不完美的部分，它不但是可死的，而且还会影响灵魂的纯净和正确。灵魂又分为理智和感觉，其中理智高于感觉，能够帮助人获得正确的认识。毕达哥拉斯、柏拉图等不同的哲学家对灵魂、理智、感觉做出了不尽相同的阐释，但他们都肯定灵魂和理智，贬斥肉体和感觉。因此，依靠理智去思考本体世界的哲学家受到了肯定，而凭借感觉去描摹现象世界的作家受到了否定。在中世纪基督教神学时代，人们对灵魂和理性的肯定得到进一步加强，上帝是宇宙的中心真理的来源，只有灵魂能与之沟通，而理性则是灵魂中最核心的能力。在认识论哲学的理论框架中，理性被推到了至高无上的地位，成为人类认识世界的基础和判断一切的标准，乃至于启蒙思想家的政治理想就是建立一个理性王国。连本应充满想象力的文学也以理性作为衡量其价值的标准，符合理性的才是有价值的文学，作品中的情节和人物都必须经得起理性的推敲，否则就应该摒弃。这种对理性的崇拜在19世纪达到了无以复加的程度，自然科学获得的巨大成就成为理性崇拜的助推器，作家们纷纷将自然科学的思维方式和研究方法运用到文学创作中，现实主义文学在这种创作潮流中应运而生。就这样，主体和世界都被分成理性和非理性两部分，理性代表了光明、正确、秩序，非理性则代表了黑暗、谬误、混乱。

在奥兰多失去理智和寻找理智的过程中，卡尔维诺表明了一种态度——对理性世界的颠覆和对非理性世界的认可。从文学创作的角度来讲，理性与非理性写作之间的区别体现在各个方面：首先，从事理性创作的作家在写作过程中理性大于感觉，逻辑推理大于自由想象，而从事非理性创作的作家则是感觉大于理性，想象大于推理；其次，理性作家写出的文本清晰明确，非理性作家写出的文本则含混暧昧；最后，理性作家致力于呈现有序的世界，非理性作家则致力于呈现无序的世界。阿斯托尔福在月球上遇到的诗人其实是卡尔维诺本人的象征，他处于小说文本世界的中心，暗中操纵着一切，他的写作态度可以用小说中的一句话概括："从这个干燥的球体产生了各种论说和各种诗歌；而任何穿越森林、战斗、宝库、盛宴和洞房的旅行都把我们带到这里，这个空洞的视野的中心。"[①] 这三

[①] 吕同六等主编：《卡尔维诺文集：命运交叉的城堡等》，译林出版社2001年版，第42页。

部小说正是卡尔维诺进行非理性创作的尝试,在其构建的文本世界中没有中心,只有一个空洞,留给读者无尽的遐想空间。

(二) 男性主体

这三部小说中的男性主体可以说是理性主体的同义词,从古至今,男性一直是理性的代名词,他们善于思考,逻辑思辨能力强,能够很好地控制自己的情感。而女性正好相反,她们是非理性的代名词,她们不善于思考,缺乏逻辑思辨能力,常常陷入个人情感中无法自拔。在古希腊的神话中,女性形象就被赋予疯狂和非理性的特征,她们是酒神狄奥尼索斯的追随者,常常同宣泄情绪、放纵欲望、疯狂无理等行为联系在一起。中世纪男性对女性的统治地位被加强,最典型的例证莫过于《圣经》,它颠倒了女性作为母体的自然规律,将男性看作一切的始源。不但造物主是男性,而且他造的第一个人也是男人,女人从男人的肋骨而出,这就从发生学的角度确定了女性对男性的从属地位。男人的属性也被认为优于女性,女性代表了堕落和诱惑,她们能够使男性失去理性,这种男性中心的思想将女性从文化传统中一步步驱逐出去。

可是卡尔维诺却描绘了男性被女性同化,失去理性自我的过程,几部小说中无论是主干故事还是子故事都包含了这一主题,上文所述《命运交叉的城堡》中核心故事的主人公奥兰多就是在追逐女人的过程中失去了理智。而在子故事中也不断出现男性被女性征服的情节,于是女人和树林之间具有了某种相似性,她们阴暗潮湿,错综复杂,充满不确定性,男人一旦涉足其中,必然迷失方向。例如

《受惩罚的负心人的故事》中身份高贵的骑士由于背叛林中少女,最终被复仇女神追赶,并被树林所吞没,失去了原来的自我,加入了疯狂的狄奥尼索斯的追随者的行列。在《幸存的骑士的故事》中,负责送信的副官在途中受到女骑士的吸引,立刻忘记了自己的重要使命,陶醉在美好的肉体中无法自拔,而正在此时,"复仇女战士的军队击溃并屠戮各个军团与帝国,……所有女人都拿起武器加入复仇大军。……我们男性高傲自豪的堡垒被一个接一个地摧垮"①。

在所有同类故事中,《寒冬夜行人》中男读者的故事最有代表性,他在寻书过程中与女读者柳德米拉相识,本想将柳德米拉纳入自己的阅读趣味和爱情轨道,但结果却是被柳德米拉影响和同化。伊萨克·迪尼森的小说《空白之页》中讲述了葡萄牙某所修道院里的修女用自制的亚麻布送给国王当作新婚床单,新婚之夜过后床单上的血迹成为王后贞洁的证据,于是这些床单像艺术品一样被装裱起来挂在展览室作为所有妇女的表率。人们对有血迹的床单已经失去了兴趣,却在一块没有血迹的空白床单前驻足不前,猜测不已。为什么观者会对这个"空白之页"产生兴趣?因为只有空白才能留给人足够的想象空间。如果把男读者当作观者,那么柳德米拉就是那一张"空白之页",她的阅读趣味、性格取向、身份背景时时都在发生变化,这对男读者产生了巨大的吸引力。

首先,柳德米拉的阅读趣味让人捉摸不定。和男读者在书店初次见面的时候,她说喜欢情节清晰明确的小说,不喜欢模棱两可,

---

① 吕同六等主编:《卡尔维诺文集:命运交叉的城堡等》,译林出版社2001年版,第78页。

男读者心中窃喜，觉得柳德米拉和自己一样，认为找到了知音，于是满心欢喜地希望与她共享阅读的快乐。但是当小说再次出现问题时，他打电话给柳德米拉希望和对方一起寻找该书下落，却遭到她的拒绝，这一次她又说自己不喜欢那种什么都讲清楚的小说，模棱两可、含糊不清的作品对她来说更有吸引力。当男读者邀请她同去出版社搞清《不怕寒风，不顾眩晕》的下落时，柳德米拉再次改变了兴趣，她说自己喜欢那种像《一千零一夜》一样只管叙事的小说，这种书的目的是叙事本身，而不是给读者灌输某种思想，通过读这样的书，她可以看到整个叙事行为的展开过程。当男读者请她和自己一起去寻访小说作者时，她又表示自己只想做个读者，真正的读者只会通过作品去认识作者，而不会越过作品与现实中的作者直接交流，这会破坏读者和作者之间的理想关系。

其次，柳德米拉对爱情的态度让男读者捉摸不透。他们初次见面时，柳德米拉对男读者的主动接近积极回应，并热烈地与男读者讨论自己读过的小说，让后者以为两人有更进一步发展的可能性。可是当男读者迫不及待地打电话联系她时，她却爱理不理，表现冷淡甚至沉默，这时男读者才察觉到"柳德米拉外表虽然温柔，却喜欢操纵局势，自己决定一切；你只好顺从她"[①]。两人在电话里约好要一起找乌齐·图奇教授，男读者早早就到达目的地，柳德米拉却姗姗来迟。在进一步的交往中，柳德米拉将房间的钥匙交给男读者，让男读者误以为自己和她的关系已经发展到了很亲近的地步，但是

---

① 吕同六等主编：《卡尔维诺文集：寒冬夜行人等》，译林出版社2001年版，第43页。

到了那里才知道很多男人都可以随意出入这里，男读者感到既意外又受伤。即使是他们发生性关系后，柳德米拉依然保持自己的独立和神秘，男读者并没有因此而更进一步了解和控制柳德米拉，这时的柳德米拉仿佛离自己更远了。总之，柳德米拉让男读者永远都感到出乎意料，也正是因为这个原因，男读者对柳德米拉永远保持着好奇心，总想一探究竟。

最后，柳德米拉的真实身份和生活经历也让男读者捉摸不透。她像小说中的人物一样幻化为各种角色，时而是马拉纳信件中的苏丹王后，时而是印度洋海边阅读小说的神秘女人，时而是非洲机场上心无旁骛沉浸在阅读中的女读者，时而是作家弗兰奈里阳台对面读书的女人……她们出现在不同的场合，拥有不同的身份，但相同之处是都热爱阅读，这让男读者觉得所有这些女读者都是柳德米拉，他把一个形象从心里排除出去，立刻又有另一个形象随后进入。究竟哪一个是自己真正的柳德米拉，他也拿不准，因为柳德米拉的行踪不定，有时会突然消失，你不知道她去了哪里、和谁在一起，有时又会突然出现，让你感到始料不及，在与她的交往中，男读者自始至终都是被动的一方。

小说还塑造了另一个女性形象：柳德米拉的姐姐罗塔里娅。她对男人没有任何吸引力，小说中出现的所有男性，包括男读者、弗兰奈里、马拉纳、伊尔内里奥都对柳德米拉感兴趣，对罗塔里娅则充满反感和厌恶。相对于柳德米拉的"空白"和捉摸不定，罗塔里娅是充实和明确的，她有着明确的阅读目的，并将所有小说都当作某种理论和意识形态的注解，阅读小说不是为了获得快乐，而是为了证明某种观点。在她的解读中,作品被残酷地肢解,丧失了隐含在整体中的无穷魅力。这种女性已经被异化,失去了女性应有的魅力,呈现为直线的、封闭的、枯竭的状态。

在柳德米拉的影响下,男读者逐渐改变了原来的自我。首先,他的阅读观发生了变化,在读第一本小说的时候,他喜欢有头有尾、线索清晰、结构完整、语义明确的作品,不喜欢有头无尾、线索不清,结构残缺、语义含混的作品。他认为阅读应该能给人带来安全感和满足感,而不是焦虑感和欠缺感,因此他孜孜不倦地去追寻小说的下落,想给自己一个交代。但他最终却接受了柳德米拉的阅读方式,在图书馆终止了寻书活动,不再执着于结局如何,而是和柳德米拉一起沉浸在阅读的过程中,体验这个过程带来的乐趣;其次,他的爱情观也发生了变化。一开始他总想控制柳德米拉,在彼此的关系中掌握主动权,排斥柳德米拉和其他男性的交往,不能接受柳德米拉保留隐私。后来他发现只能放弃自己的控制欲,才能与柳德米拉继续相处,否则将会失去她,同时也失去爱情中那种让人充满激情的东西,于是他不再犹豫,果断地与柳德米拉结婚;最后,他的理性主义思维方式也发生了变化。男读者最初的阅读观和爱情观都和理性主义的思维方式密切相关,理性不能容忍不确定性,随着阅读观和爱情观的改变,男读者其实已经潜移默化地接受了非理性的世界。

从以上分析可以看出,奥兰多故事中的"月球"和男读者故事中的"女性、母体"之间具有很大的相似性。女性作为孕育人类生命的母体,她的子宫是每个个体最初的生存空间,在这里人的身体从混沌不分到逐渐成形，在这里个体处于前语言的阶段，还没有进入人类的文化体系，总之他的身体和心理都呈现出混乱无序的状态，一切皆有可能。这和阿斯托尔福抵达的月球如出一辙，月球也是一切尚未分离时的原初空间，也是一样的混乱无序，从这个意义上来说，月球也是母体，是阴性的。卡尔维诺让这两个故事作为主干故事，让男性主体回归母体，在母体中失去已经成型的一切，重新体会世界的本来面目，因此男性主体丧失自我的主题和理性主体丧失自我的主题合二为一，它们都旨在破除人们业已形成的思维框架，开启一个充满可能性的世界。

（三）写作主体

几部小说中出现的第三类典型主体是写作主体，这一类主体面临的焦虑是失去独创性。在古希腊和中世纪，人们普遍认为作家的创造力来自神，例如，在柏拉图在《伊安篇》中所述，像荷马那样优秀的诗人是受到诗神眷顾，在灵感勃发的时刻创造力大爆发，方能写下不朽诗篇；圣·托马斯·阿奎那在《政治学》中也明确指出艺术来自人的心灵，而人的心灵和心灵表现的对象都是上帝创造的，因此艺术创造的源泉归根结底来自上帝，人的创造活动是在模仿上帝的创造活动。

18世纪以来，随着主体论哲学对人认识能力的肯定，随着以人为中心的文化模式逐步确立，作家创造力的来源也从神转移到人身上，并且独创性成为衡量作家好坏的重要标准，优秀的作家总能言人所未言，拙劣的作家却只会模仿抄袭，拾人牙慧。杨格的《论独创性的写作》集中表达了这一思想,他将作品分为独创性和模仿性两类,独创性的作品能够"扩大文艺之国,给它的版图添加新的省份。模仿者只是将早已存在的远比它好的作品给我们复写一下,所增加的不过是一些书籍的残渣"①。天才的头脑是孕育独创性作品的花园,他们的作品就是这个花园里开出的花朵,而模仿者只懂得从天才的花园里移植树木花草,被移植的植物离开原来的生长地后大多会死亡。杨格进而分析了独创性作品在他所生活的时代日渐减少的原因,"为什么现在独创性的作品这样少呢?……因为辉煌的经典著作夺去了我们的时间,使我们产生成见,而且威吓着我们。它们占据了我们的注意力,使我们不能适当地了解我们自己的能力,我们的判断力蒙上偏见,因而偏袒他们的才能而降低了自己的意义"②。想要走出模仿他人的困局,就需要作家充分运用自己的判断力,将他人的思想关在门外,勇于发出和经典作家不同的声音,越是跟他们不同就越能显示出自己的价值。

  杨格敏锐地认识到随着人类文明的发展和文学创作成果的积累,很多作家陷入模仿的窠臼,因此想利用此文来提倡作家进行独创性的写作。他乐观地认为天才能够做到这一点,但两百年之后,独创的可能性以及天才的概念受到普遍怀疑。人是文化的建构物这一事实决定了作家无法将自己和他人的文本完全割裂,因此要达到杨格所说的运用自己的判断力并将他人影响排除在外的创作是不可能的。

---

① 杨格:《论独创性的写作》,伍蠡甫主编《西方文论选》(上卷),上海译文出版社1979年版,第496页。
② 同上。

任何一个作家都是在他人的文本中塑造了自己的思想、情感、审美观念,"某一种文本,绝不是它自己孤立地存在着的,过去被写成的文本,和现在正在创作的文本是相互关联的"①。随着独创性被质疑,作家在写作过程中的权威也被质疑,到底是自己在操控着笔,还是他人在无形中操控着笔,这个疑问让作家失去了对作品的独立控制,所谓的独创性作品其实也是集体创作的产物。

卡尔维诺也面临这样的危机,他把这种危机通过小说中的作家传达出来。在《命运交叉的城堡》和《命运交叉的饭馆》中,作家和其他叙述人一样也失去了语言能力,必须借助纸牌才能讲述,这种安排正是作家失去独创性的象征。他用"大棒国王"一牌来表示年轻时的自己,手中的大棒是写作的笔,也是作家的权杖,时刻准备用手中的笔创作出独一无二的作品,为此他周游世界寻找真理和写作的奥秘,并且不惜和魔鬼做交易。在饱经风霜之后,中年时期的作家回到书斋,希望通过阅读各种典籍来增加自己的智慧,结果却迷失在典籍中失去了创造力。身心俱疲的他步入老年后,放弃了传达真理的希望和追求独创的理想,在文本的世界中玩弄着排列组合的游戏,就像占卜者或变戏法的人一样,将手里的纸牌颠来倒去,这时他用"隐士"牌和"巴尕托"牌代表自己。在后记中,卡尔维诺回顾了自己创作这两部小说的过程,他不断地改变两部塔罗牌的排列方式,试图找到一种能将所有故事都囊括进去的叙事框架,在《命运交叉的城堡》中他的希望勉强实现,可是在《命运交叉的饭

---

① [日]西川直子:《克里斯托娃:多元逻辑》,王青等译,河北教育出版社2002年版,第51页。

馆》中却以失败而告终，他构建了上百种框架，没有一种完全合乎要求，"一次又一次，经过长短不同的间隔，我这几年在这个迷宫里捕猎，而迷宫很快就吞噬了我"① 这样的卡尔维诺和小说中变戏法的作者几乎完全一样。

在《寒冬夜行人》中，卡尔维诺通过作家弗兰奈里这个人物更直接地探讨了作家由于失去独创性而带来的写作危机。弗兰奈里是个深受读者欢迎的作家，因此他的书成为出版社的宠儿和影子作家争相模仿的范本，弗兰奈里从这种地位中获得了极大满足，认为自己具有主宰文本和读者口味的权力。可不知从哪一天开始弗兰奈里的写作陷入停滞状态，原因是他发现自己失去了独创性，只要一提笔写的都是别人已经写过的东西，甚至会产生强烈的抄袭欲望。此外，自己业已形成的创作模式也深深地束缚着他产生新的想法，因此他一方面想要摆脱他人的影响，另一方面想要摆脱过去的自己的影响。同时，弗兰奈里还深受读者趣味的困扰，他一心想创作出被读者喜爱的作品，这样就不能随心所欲，想怎么写就怎么写，而是必须揣摩读者口味和市场需求，这些顾虑使他的创作活动更加不自由。

在经过反复思考后，弗兰奈里认为想要排除一切干扰，最好的途径就是排除构成过去的自我的所有文化背景，包括个人经历、思想倾向、文化结构、哲学思想、文学观念、创作风格，以及各种现有的文学风格、写作技巧等，达到完全"无我"的状态，才能重新

---

① 吕同六等主编：《卡尔维诺文集：命运交叉的城堡等》，译林出版社2001年版，第128页。

找到灵感恢复独创性。但事实上他根本没办法达到这种"无我"境界，弗兰奈里陷入了更大的痛苦，造成这种结果的原因是他找错了解决问题的方法。通过达到"无我"状态来走出危机的方式，其实依然是在独创性的围栏中打转，要走出危机，必须改变传统的创作观，改变以独创性衡量作家好坏的标准，不再将作品当作作家的个人创造物。

最终弗兰奈里没有通过自己的冥思苦想解决问题，而是通过马拉纳、柳德米拉、男读者、第二政权组织激进青年、出版商、广告公司经纪人等人物的到访走出了写作危机，并决定了新书的写作计划。他们对写作的看法颠覆了弗兰奈里的原有认识：在他看来是独创性的写作，对马拉纳来说不过是和影子作家一样的模仿和复制过程；在他看来是属于自己风格和文字，对柳德米拉来说早已存在并被其他作家反复写过；在他看来是无法割裂的作品，对罗塔里娅来说则是一些能够分门别类的词汇群；在他看来写作是自我灵魂的表达，对第二政权组织的成员来说则是在接收外星人信号；在他看来无功利的艺术，对出版商和广告公司来说则是赚钱的工具。在同以上各种观念的碰撞中，弗兰奈里终于走出了困境，认识到所有的焦虑都源于自我中心，源于对独创性和作家权威的执着追求，只有放弃这一切，才能真正走出束缚，回到一种轻松的写作状态。

真正的"无我"状态应该理解为改变以作者为中心的文学观，不再将作者视为文本的主人，而应将作者视为文本的产物，因为"我们依赖于教育我们的语言和意识形态来看待自己的社会身份，来成为一个主体，我们对自我的看法不是由我们自己产生的，而是由文化赋予的"①。作家的思想来自别处，因此完全脱离其他文本影响的独创性是不存在的，文学创作的实质是作家将存在于自己思想中的前文本重新排列组合。这个过程类似于《命运交叉的城堡》中作家所做的工作，他将自己手中的纸牌洗了又洗，重新排列一番就能构成一个新的故事。如果将纸牌看作存在于作家思想中的语言符号和文本，那么创作就是对这些语言符号和文本的打乱与重组，重组文本的方式是无穷无尽的，因此创作永远不会枯竭。弗兰奈里最终认识到这一点，并且走出了困境。

由此可以看出，作家主体的焦虑主要是文本世界造成的，他想控制文本，发现控制不了，于是觉得失去了自我而痛苦万分，在二者的较量中，文本吞噬了他，他也认识到真正的自我就是处在文本中，于是开始接受现实，自由地在文本的世界中游戏。如果将理性主体、男性主体、作家主体放在一起，就能发现他们的焦虑是相通的，都是无法接受失去现有秩序而造成的。对理性主体而言，他无法接受失去理性的非理性世界；对男性主体而言，他无法接受消除男权的女性世界；对作家主体而言，他无法接受失去作家控制的文本世界。非理性世界、女性世界、文本世界之间也是相通的，它们都具有颠覆现有秩序的特征，因此对那些习惯于现有秩序的主体来说，它们是混乱无序的世界，是一切尚未形成时的空间，就像月球和子宫一样。无论是月球、子宫还是文本，它们都统一在树林这个核心意象之中，树林集中了这三种空间的所有特征，成为卡尔维诺

---

① 罗钢、刘象愚：《文化研究的历史、理论与方法》，罗钢、刘象愚主编《文化研究读本》，中国社会科学出版社2000年版，前言第12页。

这三部小说中空间的代名词。

在《命运交叉的饭馆》中有两张牌格外引人注目，一张"高塔"，其牌面图画是一座即将倒塌的高塔，人们从塔中坠落；另一张是"巨轮"，其牌面图画是一个趴着三只怪兽的巨轮。这两张牌具有非常重要的叙事功能，每当出现"高塔"时就表示旧秩序的坍塌，"高塔"之后紧接着出现"巨轮"，表示原有世界陷入混乱无序之中。这让人很自然地联想到《圣经》中的"巴别塔"，人类想要通过修建高塔来实现统一，从而更好地沟通交流，变得更加强大，这引起了上帝的忌惮，于是上帝来到人间变乱了人类的语言，从此人类陷入误解、猜忌和矛盾当中，再也无法凝聚力量继续修建高塔，统一和沟通的愿望宣告破灭，世界从此一片喧嚣纷扰，因此"巴别"为"变乱"之意。卡尔维诺将这两张牌的寓意同他在三部小说中想要表达的主题联系起来，营造了一种坍塌的整体氛围，主体们面对着旧秩序的坍塌，一方面感到茫然无助，另一方面又感受到自由和放纵。卡尔维诺本人在这一时期也经历着这种矛盾的体验，究竟应该坚守规则和秩序，还是应该认可混乱无序，在《看不见的城市》和《帕洛马尔》中他对这一问题做出了回答。

第五章　宇宙空间——空间探索的延伸

从 20 世纪 60 年代到去世前夕，卡尔维诺还写了一系列关于宇宙演变和生命进化的短篇小说。它们有的被集结成册出版，例如 1965 年由埃伊纳乌迪出版社出版的《宇宙奇趣》。有的在报刊上作为单篇故事发表，这些作品在他的整个创作中显得很独特，为了论述方便，姑且将它们称为"宇宙系列故事"。在这些故事中，卡尔维诺建构了一个现代科学理论模型中的宇宙空间，将"大爆炸""弯曲时空""奇点""光年"等概念以具体可感的方式呈现出来。与前几章中讨论过的《通向蜘蛛巢的小路》《我们的祖先》三部曲、《命运交叉的城堡》等作品相比，"宇宙系列故事"中的空间是宏观的。

在这个无限广阔的宇宙空间中，人类仅仅占据了一个微不足道的位置，决定一切的当然不再是某种人为力量（例如《通向蜘蛛巢的小路》中决定小镇格局的各方政治势力）或是语言的力量（例如《命运交叉的城堡》中让作者焦虑不已的文本世界），而是导致整个宇宙生灭变化的力量。面对这种裹挟一切的力量，文学家与科学家的态度截然不同，文学家怀着对它的恐惧与崇拜创造了神话，科学家却怀着征服的雄心探索着宇宙演变的规律，二者都成果卓著。卡尔维诺绝不是借文学实现科普的目的，而是通过文学对科学的戏仿来呈现文学家和科学家面对宇宙空间时的不同态度，并试图去寻找沟通二者的途径。

第一节　现代科学理论模型中的宇宙空间

20世纪是西方人对宇宙的认识发生根本改变的世纪，一系列观测结果的获得和理论模型的创建都标志着自古希腊以来人们认定的那个宇宙被颠覆，取而代之的是一个前所未见的全新宇宙。一是对宇宙起源的重新认识，以大爆炸为代表的诸多理论取代了希腊神话中一切都从卡俄斯中脱胎而出的说法和基督教的上帝创始说；二是对宇宙存在状态的重新认识，建立在埃德文·P. 哈勃等人实际观测基础上的宇宙膨胀说取代了人们长期坚信的静态宇宙观；三是对宇宙空间和时间的重新认识，以相对论为基础的相对时空观颠覆了绝对时空观；四是对宇宙边界的认识，宇宙无边界说逐渐成为被人普遍接受的观念；五是对宇宙未来的认识，宇宙最终会由膨胀相转为收缩相还是会继续膨胀下去或是保持基本稳定，这些问题取代世界末日说成为科学界对宇宙未来的争论焦点；六是对导致宇宙空间变化的各种力的研究，无论是大尺度范围内星体之间引力的研究还是小尺度范围内粒子之间相互作用的研究都突破了传统观念……

生活在科学之家的卡尔维诺对新的宇宙观并不陌生,虽然当初为了当作家而有意逃避科学,但科学思想对他的影响深入骨髓,因此,20世纪60年代,当他逐渐淡出意大利的社会现实和政治生活后,又开始关注科学,尤其是天文学。他在埃尔内斯托·费雷罗的采访中说:"我的专业是植物学……我成为一名作家或许是为了逃避科学……当然后来我又回去了,就像一个环形跑道。我通过天文学又接近了科学,有些东西我小时候就读过,比如爱丁顿,但更加系统化的阅读是在五九年到六〇年左右开始的。"① 在阿尔弗莱多·巴尔贝里斯的采访中,他还透露了自己的写作方式:"我是这样开始的:我养成了一边读书,一边把我想到的形象画下来的习惯,比如说读一本关于宇宙起源学说的书,也就是说从一个距离我通常的想象过程很遥远的话题出发。但即使在那里也不时地会冒出一些形象,一些故事的灵感。我只要记下一些笔记,找到一定数量的开始,出发的主题,通常是故事的前几页就足够了。剩下的就是展开这些故事。"②

因此他在1965年出版的小说集《宇宙奇趣》中的每篇故事都是以一个宇宙学方面的科学理论作为引子,引子后面的故事则在此科学理论的基础上展开。随后的二十年中卡尔维诺又陆续写出了一些新故事,例如《太阳风暴》《内向爆炸》等,甚至在去世前一年还出版了《新老宇宙奇趣》。所有这些故事共同搭建起了一个现代科学

---

① [意]卡尔维诺:《宇宙奇趣全集》,张密等译,译林出版社2012年版,第345页。
② 同上书,第347页。

理论模型中的宇宙空间,人们如果对"弯曲空间""奇点""黑洞"这样的艰涩概念很难理解的话,去读卡尔维诺的宇宙故事就会一目了然。

一 宇宙的产生

西方文化传统中关于宇宙开端的观念主要来自希腊神话和圣经,希腊神话中的描述是:"最先产生的确实是卡俄斯(混沌),其次便产生该亚——宽胸的大地,所有一切(以冰雪覆盖的奥林波斯山峰为家的神灵)的永远牢靠的根基,以及在道路宽阔的大地深处的幽暗的塔尔塔罗斯。"① 圣经的描述是:"起初,神创造天地。地是空虚混沌,渊面黑暗;神的灵运行其上。""神说:'要有光',就有了光。神看光是好的,就把光和暗分开了。神称光为昼,称暗为夜。""神说:'天下的水要聚在一起,使旱地露出来。'""神说:'天上要有光体,可以分昼夜,做记号,定节令、日子、年岁,并要发光在天空,普照在地上。'事就这样成了。"② 尤其是圣经中的上帝创世说,自从基督教成为精神权威之后就一直被人们坚信不疑,尽管近代以来哥白尼、伽利略等人对宇宙的中心提出异议,但对于宇宙开端的问题还没有人能推翻上帝创世说。

直到牛顿发现了万有引力,这种创世说才出现松动的可能。牛顿认为事物运动的原因是力,天体并非像托勒密所说的那样由天球

---

① [古希腊]赫西俄德:《工作与时日 神谱》,张竹明等译,商务印书馆1991年版,第29页。
② 《圣经》(中文和合本)创世纪第1章,中国基督教两会2015年版,第1页。

负载着运行，而是在引力的作用下运行，并且引力和质量成正比，和距离成反比。按照引力理论可以推测出宇宙中的天体不应该像古代哲学家设想的那样保持静止不动，而是应该互相接近或者远离。尽管如此，牛顿依然没有注意他的引力理论可能会推出"宇宙要么膨胀，要么收缩"的结论，他还是相信宇宙的基本稳定和天体在宇宙中的均匀分布，并且将第一推动力归为上帝。可以看出，17世纪的人们还是无法接受没有上帝并且变动不居的世界，当理论和这种观念相互矛盾时，他们会设法修正理论而不是改变固有观念。

在接下来的两百多年里，部分科学家虽然在理论的层面构想了宇宙处于变动中的可能性，但静态宇宙的观念在20世纪才得到根本改变，在此基础上人们关于宇宙起源的观念也随之更新。相对论从理论上奠定了动态宇宙观的基础。从爱因斯坦的广义相对论出发，可以推出时间和空间产生于一个奇点，在这个点上任何理论都会失效。奇点处的大爆炸导致宇宙诞生并不断膨胀，当能量消耗到不足以抵抗引力时，时空又会由于引力而收缩，最终挤压为一个奇点。由于静态宇宙的观念根深蒂固，所以爱因斯坦最初是不愿承认这个推测的，甚至不惜修正自己的理论，直到天文观测证实了该推测的正确性。

美国科学家埃德文·P. 哈勃长期致力于河外星系的研究，在一系列的观测中他发现了遥远的星系红移现象明显，这意味着它们正在离我们而去，并且距离越远的星系远离的速度越快。1929年他做了一个著名的观测实验并将观测结果公之于众，这使科学家和普通人都不得不承认宇宙正在膨胀的事实。既然宇宙在加速膨胀，那么就很容易反推出它在很久远的过去可能存在一个无限质密的状态，在这一状态下所有的科学理论都将失效，这个无限质密的东西由于某种原因爆炸，巨大的能量促使一切都分离。在这个分离的过程中形成了无数新物质，地球、月球和太阳可能都是在这个过程中才形成的。这一观念颠覆了稳定宇宙的观念，刷新了宇宙起源论，甚至天主教会都承认这种起源论，因为它跟上帝创世说不谋而合，几乎可以看作对上帝创始说的科学证明。

卡尔维诺在"宇宙系列故事"中正是按照上述的大爆炸理论搭建起自己的宇宙模型的，《一切于一点》这篇故事详细地描述了宇宙还未爆炸时的情形，那时一切都集中于一点上。为了和大爆炸模型严格对应，在故事开头的引子中，卡尔维诺直接陈述了埃德文·P. 哈勃取得的成果："经过埃德文·P. 哈勃对银河系偏远速度的初步运算，可以确定整个宇宙物质在开始向太空扩展之前曾经集中于一点。造成宇宙之始的大爆炸发生在约一百五十亿到二百亿年前。"[①]故事中的场景正是科学家设想中大爆炸前的那一点，这里不是我们通常理解的能容纳人活动的场所，严格来说这是空间和时间还未产生的状态，所有人和物品都挤在这一点上无法活动。正因如此，这一点上生活的老 Qfwfq、Pber^{l}Pber^{d}先生等人之间充满了争吵，他们唯一向往的就是有朝一日能吃到 Ph（i）NK$_0$夫人亲手做的鸡蛋面条。一碗普通的鸡蛋面条承载了这一点上的所有人对空间的向往，他们由一碗面联想到 Ph（i）NK$_0$夫人挥动擀面杖做面条时的样子、

[①] ［意］卡尔维诺：《宇宙奇趣全集》，张密等译，译林出版社2012年版，第35页。

想到麦子和麦地、想到浇灌麦田的山上的流水、想到牛肉和牧场、想到麦田和牛羊生长所需的太阳、想到其他星星。正在他们纵情想象的时候,大爆炸发生了,一点上的所有事物都四散飞离,Ph(i)NK$_0$ 夫人也被爆炸产生的巨大能量分解了,他们向往的分离实现了,宇宙空间就这样产生了。

在1984年完成的《无与少》中,卡尔维诺进一步将故事聚焦在大爆炸的瞬间。关于这个瞬间的长度,他引用了斯坦福直线加速器中心的物理学家阿兰·古斯的研究成果,即大约十的几十次方分之一秒,宇宙在这么短的时间里完成了从无到有的变化。卡尔维诺将无和有之间的临界称为"门槛",当一股无与伦比的力量促使"无"跨向"有"时,随之产生的粒子就像在一碗炽热浓汤里波动,紧接着它们就开始喷发:"从一个一无所有的光溜溜的无穷小的小疙瘩,闪电般地膨胀为一个质子的大小,然后是一个原子,然后是一个针尖、一枚大头针、一把勺子、一顶帽子、一把伞……"[1]

几乎所有的大爆炸理论都具有一个相似的模式:早期宇宙密度无限大,随着大爆炸而膨胀,在膨胀过程中密度逐渐变小,当能量耗尽时又开始收缩,就像一个气球被吹胀后又收缩一样。在《光年》这篇故事中,卡尔维诺通过描述不同星系中观察员相互对话的困难说明了星系之间的距离和它们彼此远离的事实。A 星系的一个观察员发出某个信号,该信号要经过一亿光年才能到达 B 星系,它还要再等一亿光年才能收到 B 星系观察员的反馈信息,如果再算上星系

---

[1] [意]卡尔维诺:《宇宙奇趣全集》,张密等译,译林出版社2012年版,第316页。

彼此远离这个因素，所用的时间将更长。随着更多星系观察员的介入，这种交流将无比困难，反馈信息的准确性也会大大降低。造成它们之间交流困难的原因是距离，无限的距离使我们认为很简单的事情变得无比复杂，日益膨胀的宇宙和飞逝而去的星系终将使这种交流变得不可能。

　　除了大爆炸理论，卡尔维诺还借用了稳态理论来为他的宇宙空间勾勒出另一幅起源时的图景。稳态理论是由赫曼·邦迪和托马斯·戈尔德等人提出的，该理论与大爆炸理论相反，它认为宇宙虽然在膨胀，但不会膨胀到极限然后再收缩。膨胀固然会使宇宙的密度降低，但新形成的物质会不断填补空白，增加宇宙的密度，这样宇宙的平均密度会保持稳定。从这个意义上来说宇宙处在不断创生的状态中，因此是无始无终的，这样就可以解释为什么从任何一个角度观测宇宙都是大体一致的。在《没有结束的游戏》中，卡尔维诺就引用了稳态理论："如果银河系偏远运行，那么宇宙的稀薄化会得到新创造的物质构成新银河系的补偿。为了保持宇宙的平均密度，只要每四十立方厘米太空中每二亿五千万年创造一个氢原子就足够了（这个理论被称作'稳定状态论'，是与宇宙起源于某一时刻的巨大爆炸之说相悖的）。"[①] 这篇故事以滑稽有趣的方式将以上理论具体化，描述了新原子和新星系的产生过程，呈现了一个无始无终不断创生的宇宙。

　　这几篇故事在时间上虽然不是卡尔维诺在宇宙系列中最早写成

---

① ［意］卡尔维诺：《宇宙奇趣全集》，张密等译，译林出版社2012年版，第50页。

的，也没有在最早出版的《宇宙奇趣》中被排在前几篇的位置，但是它们对卡尔维诺的虚构宇宙来说却有着非常重要的意义，即给这个宇宙提供了一个开端。如果没有《一切于一点》《无与少》《没有结束的游戏》，这个宇宙将缺乏来龙去脉，"宇宙系列故事"也会失去一个完整统一的背景。

二 宇宙的演变

卡尔维诺不但借用大爆炸理论和稳态理论展现了宇宙空间的诞生，而且还在大爆炸的基本模型中描述了宇宙的演变过程。首先是星系的形成和演变，大爆炸的瞬间宇宙体积无限小但温度无限高，大爆炸发生后的一两分钟之内温度就下降到十亿度，这相当于最热恒星的内部温度。宇宙在这个阶段只包含一些极小的微粒，例如光子、电子、质子、中子等，因为巨大的能量使这些微粒能够逃脱引力的作用而相互分离，它们彼此碰撞、湮灭、分离，处于积极的活动状态。当温度降到十亿度时，质子和中子具有的能量也下降到无法逃脱引力，于是它们开始结合成为原子核。随着宇宙继续膨胀，它的温度也继续降低，当温度降低到几千度的时候，电子和原子核开始结合成原子。当温度进一步降低时，有的区域就达到了膨胀的临界值而开始坍缩，在坍缩的同时由于来自区域外的物质引力而旋转，当旋转稳定下来之后碟状星系就形成了，另外一些没有旋转的坍缩区域则形成了椭圆星系。在这些星系中，一些由气体和尘埃等物质构成的星云由于温度降低、能量减小和引力的作用而进一步坍缩，最终物质相互结合，形成了星球。

"宇宙系列故事"并没有按照宇宙演变的时间顺序来排列次序，卡尔维诺写这些故事的目的也不是要让它们成为宇宙演变的注解，但不同的读者却可以按照他们的意图重新排列故事，使之呈现出不同的结构和意义。将这些故事按照笔者的研究目标（分析卡尔维诺作品中的空间形态）重新排列组合之后，它们就显示为一幅宇宙空间诞生、演变的历史画卷。

这部历史首先讲述了银河系的形成，讲述人是《太空中的一个标志》中的 Qfwfq，它是早期太阳系中的某种物质，既随着太阳系的自转而旋转，又绕着银河系公转。在它的描述中完成银河系的全部旋转需要两亿年，旋转的过程既像旋转木马游戏，又像在柔软空洞的河床上流动。早期的银河系是简单的、稀疏的、空洞的、辽阔的，可以将它看作一个很宽敞的场所，其中只有少量的星体、云团、尘埃在旋转，因此在银河系的外围做了一个标记居然清晰可见，并且在绕银河系一圈（至少两亿年）后都能辨别出来。但是随着时间流逝，银河系中的事物越来越多，它失去了往日的宽敞和空洞，到处都是新产生的星体和其他物质，它们充满了宇宙，导致银河系的空间不再是星体和云团运动的场所，而是所有物质胶黏在一起的总厚度，Qfwfq 的标志混在其中，再也认不出来了。从标志的清晰可见到混淆不清，从空间的空旷到充实，可以看出银河系的演化过程在卡尔维诺眼中就是一个从有序到混乱的过程。

除了银河系之外，卡尔维诺还讲述了与地球息息相关的太阳系和太阳的形成，在这一部分中他借鉴了著名的星云假说。早在 18 世纪，伊曼努尔·康德、伊曼纽·斯威登堡、皮埃尔·西蒙·拉普拉斯等人就提出该假说，其主要内容为：大约在46亿年前，银河系中的一个云团由于内部引力的作用发生坍缩，在其中心形成了一个气体星球——太阳，在太阳周围形成了地球等其他星体。由于这个模型无法解释一些难题，所以并未得到广泛认可，直到20世纪相关问题的解决才使得它重新被人们接受。太阳的构成元素主要是氢和氦，其核心区域不断地进行着核反应并向外释放光和热，大约50亿年之后太阳会因能量消耗殆尽而分崩离析。在《天亮的时候》这篇故事中卡尔维诺引用了以上理论："G. P. 库帕解释说，由于一种不定型的星云似的流体的收缩，太阳系的星球系开始在茫茫黑夜中凝固。一切都又冷又暗，最后是太阳，它也开始收缩，直到缩小成现在的大小模样，在这个收缩凝固的过程中，温度升啊升啊，提高了数千度，于是便向茫茫太空发出了辐射！"① 故事主角并不是人，而是星云中的某种物质，它们被拟人化，成为这个关键时刻的见证者。在变化发生之前，它们窝在软绵绵的云团中睡觉，周围是无尽的黑暗。在变化发生时，它们觉得云团不再舒适，到处是硬块。当它们意识到身下的云团变成固体时，地球形成了，而它们则成为地球上的居民。

如果说太阳和太阳系展现了宇宙中稳定的星体与星系，那么活动星系或曰活动星系核则展现了宇宙中急剧变动的部分，卡尔维诺在《内向爆炸》中就讲述了活动星系的剧烈活动。20世纪后半期以来，科学家日益认识到宇宙并不是平静的，存在一些非常活跃的部

---

① [意]卡尔维诺：《宇宙奇趣全集》，张密等译，译林出版社2012年版，第16页。

分，例如活动星系。它的中心是个质量很大的黑洞，不断有星系当中的物质甚至是恒星落入其中，由此而释放出巨大能量，使之发出明亮的光和超强辐射，并且还伴随着喷流，这个中心被称为活动星系核。《内向爆炸》以一种近乎诗意的方式表述了宇宙中两种基本的运动形式：外向爆炸和内向爆炸，前者代表了宇宙的诞生和扩张，后者则代表了宇宙的衰老和坍缩。活动星系的中央黑洞中进行的活动正是内向爆炸，叙述者认为内向爆炸使一切被吞噬，被吞噬的宇宙物质可以摆脱不断燃烧自身并最终走向分崩离析的命运，它们在黑洞中实现了一种真正的自由。对于一个星体来说，外向爆炸的命运是确定的，而被吸入黑洞或变成黑洞其命运却不确定，因为人类对黑洞内部还一无所知，这种不确定使黑洞充满神秘性和无限可能，也许它能使落入其中的物质进入另一个时空。从这个意义上来看，黑洞、白矮星或者中子星好像比生命力旺盛的年轻星体更加具有优越性。但在故事的结尾，叙述人对内向爆炸和外向爆炸经过一番比较之后，认为内向爆炸也不能给物质带来希望，因为黑洞也许能带着它进入另一个时空，但在这个时空中它依然要走向死亡，黑洞仅仅延迟了厄运，却不能避免厄运的到来。宇宙就是在外向爆炸与内向爆炸的不断转换中进行着自身的生灭变化。

卡尔维诺还借用了爱因斯坦的广义相对论等理论为自己的宇宙空间赋予了弯曲的性质，从而彻底抛弃了欧几里得几何学模型中的空间形态。欧几里得几何学认为空间是平坦的，长期以来人们从未怀疑过空间的这一性质，在这种平坦的空间中画出的直线一定是直的，但随着20世纪科学的大爆炸，这种观念受到怀疑。爱因斯坦等科学家将空间和质量、引力联系在一起，引力可以折弯空间，物理的质量越大，引力越大，而引力越大，空间扭曲的程度越大。引力不但能折弯空间，还能使时间弯曲，甚至改变光线的路线。在《太空的形状》中卡尔维诺重述了以上理论："因为物质对空间能引起一种弯曲和张力，迫使这个空间内在的线条都弯曲或伸张开，于是我们所在的每条路线都只是在明朗空虚的太空才是直线，当经过被物质充斥的空间时就会改变路线，或者说会绕着这个成为疙瘩或肉赘或瘤子的宇宙在太空里旋转。"① 他虚构了三个在太空中飘浮的主人公，它们彼此平行运动，渴望着相交在一点，如果这个空间是欧几里得式的，那它们就永远不能相交，但若是弯曲的，那就有可能相交。

三 地球、太阳、月球的空间形态

卡尔维诺除了在大尺度上建构整个宇宙空间的模型，还在小尺度上勾勒了与人类息息相关的地球、太阳、月球的空间形态及其相互关系。地球、太阳、月球的诞生和其他星体相似，都是在宇宙膨胀后部分区域坍缩时形成的，前文已提及的《天亮的时候》讲述了太阳和地球如何在云团的收缩中形成。但卡尔维诺并未将过多笔墨放在它们的诞生上，而是将注意力集中在它们诞生之后的形态演变过程以及地球与太阳、月亮的关系上。

为什么卡尔维诺对以上问题如此关注呢？首先，这些问题和人

---

① ［意］卡尔维诺：《宇宙奇趣全集》，张宓等译，译林出版社2012年版，第96页。

的关系最为密切,早期地球温度极高,到处是有毒气体,没有大气层,如果不经历几十亿年的形态演变,绝不可能产生生命,更不可能有人类,太阳和月亮如果不经历演变也不会与地球形成现在这样相对稳定的关系;其次,古往今来的作家在将目光投向宇宙时,关注最多的依然是太阳和月亮,尤其是月亮。月明星稀的夜空似乎格外能激发艺术家的想象力,因此在作家眼中月亮的实在意义淡化,象征意义增强。它的象征意义可能是所有星体中最为丰富的,因此歌颂月亮的诗人也是最多的,诗人们常常把它跟夜晚、神秘、含混、纯洁、爱情等义项联系在一起。欧洲文学和意大利文学中不乏歌颂月亮的诗人,卡尔维诺浸淫在这样的文学传统中自然也会对月亮怀有特殊的感情,因此在他的宇宙系列中关于月亮的故事数量最多,并且在最早集结成册的短篇集《宇宙奇趣》中他也把《月亮的距离》放在第一篇。在1968年为苏黎世举办的文选阅读而作的打字稿中,他明确表达了自己这样安排的用意:"我从月亮开始,以此向意大利文学中描写月亮的诗人致敬,从但丁到阿里奥斯托,以及莱奥帕蒂。"①

在地球外部形态的演变中,卡尔维诺主要关注了地球体积和外部形态的变化过程以及大气层的形成。首先是地球体积和外部形态的变化,最初形成的地球体积并没有现在这么大,其温度和结构也很不稳定,既容易与来自外部的陨石和流星尘等相结合,又容易将自身的一部分抛进太空。随着外来物质与地球的结合,地球的体积

---

① [意] 卡尔维诺:《宇宙奇趣全集》,张密等译,译林出版社2012年版,第348页。

和质量越来越大,引力也越来越大,因此地球上的物质不再像先前那样很容易就被抛入太空。卡尔维诺在《陨石》中还原了地球的这段历史,每天都会有大量的陨石和太空垃圾落在地球上,生活在这里的一对夫妻不断打扫,要么把它们掩埋起来,要么把它们再抛回太空,想要使地球保持纯粹和清洁的状态。最后,地球吞噬的外来物越来越多,引力使夫妻俩再也无力将垃圾抛出去,最初由那些外来物带来的混乱也逐渐融入地球,同原来的部分形成了一种新的秩序。

其次,是地球大气层的形成过程和它造成的后果。对于大气层的形成,卡尔维诺虽然没有过多描述,但却将这个过程写得让人感同身受:"我同 Ayl 继续玩着球,发现一层气体正在地球表面蔓延散开,就像慢慢升起的薄雾:开始还不到脚跟,一会便升到膝盖,接着到了腰部……一个流动的巨大气泡在地球周围越胀越大,把一切都罩了进去。"① 卡尔维诺在《无色》中重点讲述的是大气层造成的后果,但他并不想介绍所有后果。与抵挡太阳辐射、为地球保温、为生物提供氧气和二氧化碳、防止地球被碰撞等后果相比,他关注的是大气层如何使地球由无色世界变成了有色世界。卡尔维诺之所以如此关注地球的颜色,可能跟他的作家身份有关,作家对美和丑具有敏锐的感受,不同颜色可以带来不同的审美体验,地球颜色的变化可以刺激作家的想象力。因此这篇故事以大气层的形成为界分为两个部分:前一部分主要讲作为无色世界的地球,后一部分则讲

---

① [意] 卡尔维诺:《宇宙奇趣全集》,张密等译,译林出版社 2012 年版,第 45—46 页。

作为有色世界的地球。

除了外部形态，卡尔维诺还在《石头的天空》《另一个欧律狄刻》中描述了地球的内部形态。20世纪初科学家通过地震波发现地球内部由外到内分为地壳、地幔和地核几个圈层，地壳和地幔之间的分界面被称为霍莫面，地幔和地核之间的分界面被称为古登堡面。地壳按照构成成分可分为硅铝层和硅镁层，其厚度分布很不均匀，海底区域地壳薄，高原高山区域地壳厚。地幔分为上、下地幔，上地幔上部是软流层，有高温的熔融物流动，被认为是火山的源头。地核也分为内地核和外地核，内地核是地球的核心区域，其内部密度、压力、温度极高，组成物质可能是固态的铁和镍，外地核中可能具有大量液态物质。卡尔维诺通过生活在地球内部的Qfwfq之口将以上结构形象地呈现出来，对它来说"地"是自己脚下的圈层，"天"是头顶的圈层，构成天的也是石头，因此它的天是"石头的天空"。Qfwfq认为真正的地球应该是由岩石、熔岩、地下河流等构成的内部，而不是外部，外部不过是内部排放的垃圾构成的，是消极和虚无缥缈的，只有内部才是积极充实的。

月亮是地球的天然卫星，是所有星体中与地球关系最亲近的，人类用月亮的运动周期来计时，古今中外以月亮为题材的文学作品也最多。科学家关于月亮的起源及其与地球的关系，有分裂说、同源说、俘获说、撞击成因说几种假设。卡尔维诺写月亮的诞生时首先借用了分裂说，这种假设认为月亮是从地球中分离出去的，早期地球的表面充满了熔融物质，在地球高速旋转的时候这些物质被甩到太空中凝聚成了月亮，由于月亮的逃逸而空出来的地球表面产生一个大坑，积满水后就成了太平洋。在《月亮像蘑菇》中卡尔维诺把月亮比作从水里长出的蘑菇，这个蘑菇其实是在太阳的潮汐作用下鼓起来的一块陆地，这块陆地像球一样滚动，越滚越大，逐渐从地面上飞离。从此以后，"地球上留下了一个大裂缝，全球的水都像瀑布一样倒了进去，这样岛屿、半岛和高原就都浮现了出来"①。

在《软月亮》中卡尔维诺又借用了俘获说来解释月亮和地球之间的关系，俘获说认为月球并非从地球中脱离出的一部分，它与地球一样是太阳系的星云团发生坍缩而形成的，是一个独立的行星。在太阳系星体轨道还不稳定的时代，地球与月球在偶然靠近时以其强大的引力俘获了月球，迫使其围绕自己旋转并形成了稳定的轨道。Qfwfq 和 Siby 见证了地球俘获月球的时刻，那一刻月球离地球如此之近，月亮上的碎片落在地球上，包裹在地球上，形成了地球的表面。之后月球又远离地球，在远与近的反复中逐渐稳定下来，成为属于地球的星星。月亮刚成为地球的卫星时，其轨道距离地球很近。卡尔维诺查阅了很多资料后发现："所有关于天文学的书，所有百科全书中'月亮'这个词条，告诉我们的第一件事就是月亮以前离地球很近，后来慢慢远离的这个理论。"② 因此，他在《月亮的距离》中夸张地讲述了月亮离地球最近的时刻，在这个时刻地球上的人可以搭着梯子到月球上去采月乳。

经过很长时间的磨合，月亮和地球才形成今天这样和谐的关系，人们早就认识到这颗与地球相伴相生的星球对地球和地球生命有着

---

① ［意］卡尔维诺：《宇宙奇趣全集》，张密等译，译林出版社2012年版，第252页。
② 同上书，第348页。

极其重要的作用，地球上很多动植物的生命周期都和月亮的运行周期有关。但是月亮没有足够的引力将气体保留在自己周围，所以它没有大气层，因此只能暴露在太阳光的辐射和陨星的撞击下，部分科学家们认为它终有一天会消耗殆尽。《月亮的女儿们》就描述了月亮千疮百孔行将死亡的时刻，"她光秃秃地在天空中打滚，消耗殆尽，瘦得像一块榨干的骨头"[1]。当它失去所有能量，被人类捕获时，就是一块难看的大石头。在月亮陨落的过程中，人类和整个地球也处于极其反常、动荡不安的状态中。

太阳和月亮一样，也是跟地球关系最密切的星体，卡尔维诺当然也关注过太阳的诞生、性质和生命周期，在《太阳能坚持到什么时候》中他通过主人公Eggg来讲述恒星的生命周期。Eggg对宇宙的描述和最新的科学理论一致，他认为所有的恒星都经过相似的聚合过程而形成，又经过相似的能量消耗而死亡，整个宇宙就是在能量的转移和元素的分离聚合中发生变化的。太阳与其他星体相比，是一颗拥有中等能量的恒星，它已经活了五十亿年，并且还有五十亿年的寿命，现在的它正处于生命的中点，性质是比较稳定的。太阳对地球有着巨大影响，一方面地球生命离不开太阳；另一方面太阳内部的剧烈活动也会给地球带来灾难，《太阳风暴》就描述了太阳喷射的带电气体云攻击地球时产生的磁暴。

"宇宙系列故事"是零散的，本书的解读似乎很主观地对它们进行了重新排序，在新序列中按照既定的研究目标去分析阐释，但事

---

[1] ［意］卡尔维诺：《宇宙奇趣全集》，张密等译，译林出版社2012年版，第254页。

实上，卡尔维诺在临终前一年的写作计划中表明他有着和笔者相似的意图：为读者讲述一部完整的宇宙史，搭建一个现代科学理论描述下的宇宙空间。1984年卡尔维诺应卡尔臧地出版社的要求，要在短期内准备一本虚构小说集，由于新的作品和写作计划都不成熟，所以他决定把《宇宙奇趣》重新整理后交付出版。在重新整理《宇宙奇趣》的三个方案中，有一个是这样的："再写一些故事，与之前的故事收集在一起做一本书，这样根据最近几年天文学的最新成就——类星体，黑洞等等'修订'一些故事的主题，来补充和平衡各个不同的部分。这是一个我之前已经想好的计划：为建立'卢克莱修式'的有机联系，但我一直没有坚持完成这份计划。也许再写五六篇我就可以把宇宙学的系统理论补充完整。"① 虽然由于时间紧迫，卡尔维诺没有选择这个方案，但是从上述计划中我们可以清楚地看到他想为读者讲述一部完整的宇宙史。事实上，从上文的分析中可以看出，他已有的作品已经大致建立起了这部宇宙史，只不过还没达到他所说的"卢克莱修式"的完备统一。

第二节　两类主体的双重叙述

在宇宙空间中，人失去了自信和安全感，宇宙的巨大力量和这种力量的不可知使人充满焦虑。为了摆脱焦虑，人们不断地探索宇

---

① ［意］卡尔维诺：《宇宙奇趣全集》，张密等译，译林出版社2012年版，第364—365页。

宙，在各种自成体系、自圆其说的解释中恢复自信并建立安全感。人类对宇宙的解释大致分为两类：第一类是科学的解释，其主体为科学家和哲学家；第二类是神话的解释，其主体为文学家，包括古代的诗人和现代的作家等。科学家解释宇宙依靠的是理性，他们通过观察、归纳、分析得出关于宇宙的认识；文学家解释宇宙依靠的是非理性，他们通过体验、想象、直觉得出关于宇宙的认识。前者被称为知识，后者被称为神话。很长一段时间中，由于科学水平的低下，人们一直以神话的方式描述和解释宇宙，随着科学水平的进步，神话被科学悄无声息地取代了。尤其是20世纪以来，科学对宇宙的描述达到了空前精细和正确的程度，神话被当成无稽之谈，只能在艺术作品中找到容身之处。

究竟哪种方式能够使人摆脱焦虑？科学家果真具有如此强大的力量以至于能够穷尽宇宙的本质吗？知识果真比神话更真实吗？卡尔维诺在他的故事中通过两类主体的双重叙述思考了以上问题，从而使这些看似轻松滑稽的故事充满了深沉严肃的内涵。第一类主体是科学家，他们的宇宙学理论构成了第一重叙述，即每篇故事的引子；第二类主体是故事叙述者（大部分故事的叙述者都是Qfwfq），它们讲述的奇趣故事构成了第二重叙述。后者在对前者的戏仿中颠覆了以下观念：科学家优于文学家，科学优于神话。首先，科学家探究宇宙的原动力和作家一样，也是要摆脱无知带来的焦虑；其次，科学和神话一样，也具有假设性和不完善性，二者殊途同归。这种设计清楚地表明了卡尔维诺写作"宇宙系列故事"的初衷："我打算说的与今天的科学没有很大的关系，而是要说说在我们心中已经埋葬了的、远古先民们具有神话色彩的想象……让受到最新理论滋养的宇宙起源学说以神话的方式自由成长。"① 他以这种方式把古老的神话与现代的科学打通，让读者感受到原始先民和现代科学家面对神秘宇宙时的共同渴望和共同焦虑。

一 科学家的叙述

在第一重叙述中，科学家是主体，卡尔维诺直接提及和影射到的科学家很多，有埃德文·P. 哈勃②、乔治·H. 达尔文③、阿尔伯特·爱因斯坦等等。人们相信他们提出的"大爆炸理论""稳定状态论""弯曲时空论""类星体""控制论""潮汐分裂说"等各种关于宇宙空间的理论，也正是这些理论勾勒出今天人们心中的宇宙图景。

但这些理论并不是一朝一夕提出的，历代科学家经历了漫长的探索才达到如此成就，这个过程与其说是逐渐接近真相，倒不如说是对过去认识的不断修正，也就是说，科学家是在不断修正错误理论的过程中提高认识的。从这个意义上来说，科学史并不是真理史，而是一部充满谬误的历史，这与科学家探索真理的初衷背道而驰。

在古希腊哲学的全盛时期，人们已经逐渐摆脱神话的影响，试图对宇宙做出科学的解释。公元前 584 年哲学家泰勒斯在对天文现

---

① ［意］卡尔维诺：《宇宙奇趣全集》，张密等译，译林出版社 2012 年版，第 348 页。
② Edwin Powell Hubble，美国天文学家，对河外星系的研究成果卓著，观测到星系的原理，对大爆炸理论提供了有力证据。
③ George Howard Darwin，英国天文学家，主要研究地球、太阳、月球之间的潮汐力，认为月球是从地球中分裂出去的。

象长期观察的基础上首次预报了日全食，引起了世人震惊。之后毕达哥拉斯等人进一步提出了中心火的宇宙模型，他们认为宇宙的中心是一团永不熄灭的火，即中心火，中心火外面是十个同心的透明天球，每个天球负载着一个天体（例如地球、月亮等），这些天体都围绕着中心火运动。毕达哥拉斯之所以将中心火看作宇宙的中心，可能是因为希腊哲学家常常将火看作最圣洁的东西，后世科学家则把它理解为太阳，并把这个模型称为最早的日心说。牛顿就是这样认为的，他提到中心火模型时说："太阳，作为温暖整个宇宙的公共的火，被安置在宇宙的中心。这是过去被菲洛劳斯、萨姆斯的阿里斯塔克斯、柏拉图以及整个毕达哥拉斯学派教导的哲学，这也是更早的阿那克西曼德的判断。"①

古希腊最著名的宇宙模型是亚里士多德提出的，他认为位于宇宙中心的是地球，它被若干透明的同心球包裹，每一层同心球上都镶嵌着星体，例如离地球最近的天球上镶嵌着月亮，神作为宇宙的创造者和推动者居住在所有天球的外面，即原动天。地球是不动的，其他天体围绕着穿过地心和南北极的轴线做圆周运动。公元2世纪的天文学家托勒密将亚里士多德的模型进一步完善，他依然把地球当作宇宙的中心，认为8个天球包裹着地球，它们分别负载着月亮、水星、金星、太阳、火星、木星、土星和恒星，处于所有天球之外的广阔空间神秘莫测，是属于造物主的。这种模型与基督教"地狱—天堂"的空间结构高度契合，因此得到教会的承认，成为中世

---

① ［英］牛顿：《论宇宙的体系》，赵振江译，商务印书馆2012年版，第1页。

纪基督教世界人们普遍接受的空间模型，但丁《神曲》中"地狱""炼狱""天堂"的空间结构是这种模型的集中体现。

　　直到15世纪，托勒密的宇宙模型才受到挑战，哥白尼发现用地心说的理论很难解释天体的实际运动，而承认日心说和地球绕日运动则能使这些问题迎刃而解。在《天体运行论》中，他首先对托勒密在天文学方面达到的成就表达了敬意，但转而又说："可是我们察觉到，还有非常多的事实与从他的体系应当得出的结论并不相符。此外，还发现了一些他所不知道的运动。"① 对于这些无法用托勒密模型说明的问题，哥白尼的解决方式是让太阳位于宇宙中心："如果这从一种太阳运动转换为一种地球运动，而认为太阳静止不动，则黄道各宫和恒星都会以相同方式在早晨和晚上显现出东升西落……最后，我们认识到太阳位于宇宙的中心。"② 布鲁诺发展了哥白尼的理论，并且认为宇宙是无限的，在恒星天之外还有很大的空间，还有很多像太阳一样的恒星。之后伽利略、开普勒等人不但对日心说进行了完善，而且对星体的运动和宇宙的秩序进行了更加精确的观测，使理论与观测数据更加吻合。他们之所以能取得如此成就，跟观测水平的提高有很大关系。作为自制天文望远镜的第一人，伽利略在《关于托勒密和哥白尼两大世界体系的对话》中表达了对自己观测结果的高度自信："亚里士多德承认，由于距离太远很难看见天体上的情形，而且承认哪一个人的眼睛能更清楚地描绘它们，就能更有把握地从哲学上论述它们。现在多谢有了望远镜，我们已经能

---

① ［波兰］哥白尼：《天体运行论》，叶式辉译，北京大学出版社2006年版，第4页。
② 同上书，第12页。

够使天体离我们比离亚里士多德近三四十倍,因此能够辨别出天体上的许多事情,这都是亚里士多德所没有看见的。"①

17世纪的天文学在笛卡尔、牛顿等人的推动下取得了辉煌成就,尤其是牛顿,他的好友埃德蒙·哈雷在诗中这样称赞牛顿:"你们,啊!饮天神美酒的人,来与我一起歌唱牛顿的名字,他打开了隐藏真理的宝匣,牛顿,缪斯垂青的人,阿波罗居住在他纯洁的心中,他充满了神力,比任何一个凡人更接近神。"② 埃德蒙·哈雷的评价真实地体现了17世纪时期牛顿在人们心中的地位,人们认为牛顿解开了上帝隐藏在暗处的奥秘,宇宙间的一切都豁然开朗,从此人们将活在光明中。

牛顿最大的成就是用力学规律解释了整个宇宙,包括地球上的存在物和地球之外的星体。在对星体运动原因的理解上,他批评了古代哲学家将天球作为星体运动之动力的说法,也否定了同时代的笛卡尔的物质旋涡推动星体运动的说法,他认为星体运动的原因是引力,引力之间的平衡使宇宙处于目前的稳定状态。在对星体运动轨迹的理解上,他否定了简单的圆形或椭圆形轨道的说法,运用几何学和数学的方法精确地计算出了太阳系行星和卫星运行的轨道,并且解释了古人无法解释的彗星运动以及潮汐现象。在何为宇宙中心的问题上,虽然他仍然承认宇宙有一个中心,但他所说的中心已经不是地球或者太阳,而是地球、太阳和所有行星的重力的公共中

---

① [意]伽利略:《关于托勒密和哥白尼两大世界体系的对话》,周煦良等译,北京大学出版社2006年版,第1页。
② 参见牛顿《自然哲学的数学原理》商务印书馆2006年版,篇首序诗。

心。这种对中心的解释来自他的科学计算,而不是来自感觉、常识和宗教信仰。建立在牛顿力学基础上的宇宙图景应该是从中心到外围星体的密度由大变小,直到极远处的无限稀薄,正如爱因斯坦所说:"牛顿理论要求宇宙具有某种中心,中心处的星群密度最大,从中心往外走,星群密度逐渐减小,直至在极远处成为一个无限的空虚区域。"① 由于牛顿崇尚实证精神,因此对力的初始原因并不想妄加揣测,但若不对这一问题做出解释,势必会影响他理论的完美性,因此他最终将第一推动力归于上帝。

  20 世纪以来,随着天文观测水平的提高和相对论等新理论的提出,牛顿时空观和宇宙观中的瑕疵也暴露出来,人们对宇宙和时空又有了新的认识。首先是天文观测水平的提高,作为使用天文望远镜观测宇宙的鼻祖,伽利略看到太阳的黑子、月球表面的凹凸不平就足以颠覆亚里士多德和托勒密的宇宙观。几百年后埃德文·P.哈勃的望远镜能看到河外星系,他的观测证明了宇宙的膨胀,颠覆了其稳定不变的观念;其次,各种宇宙中心论也随着科学家观测范围的日益扩大而不攻自破,人们认识到所谓的中心仅仅是局部区域的中心,例如太阳系的中心或银河系的中心;最后,相对论使人们不再相信绝对时空,而是将时间和空间同物质、速度等因素联系起来,"根据广义相对论,空间的几何性质并不是独立的,而是由物质决定的。因此,只有已知物质的状态并以此为基础进行思考,才能对宇

---

① [美]阿尔伯特·爱因斯坦:《狭义与广义相对论浅说》,张卜天译,商务印书馆 2013 年版,第 66 页。

宙的几何结构做出论断"①。

可以看出，科学绝不能揭示永恒真理，科学家对自己的缺陷有着清醒的认识。霍金对科学的反思很有代表性，他认为"科学的终极目的是提供描述整个宇宙的单一理论"②。所谓的"单一理论"就是能解释宇宙中所有自然现象的理论，它由一些规则构成，这些规则既能被所有的观测数据所证明，又能预测尚未发生的事件。这意味着人类理性的终极胜利，但截至目前这还只是个理想，因此科学家只能将问题分成小块，研究宇宙的局部，在有限的范围内设计出若干部分理论，而部分理论永远都不能对宇宙的整体做出正确描述。鉴于此，科学家和哲学家在上帝面前都很谦虚，因为科学和哲学都不能对宇宙做出终极解释。

科学家为什么不能对宇宙做出终极解释？根本原因在于人类认识的有限性，即人类希望通过有限的认识能力达到对无限世界的认识，这是不可能的。17世纪及其以后的两百多年，西方哲学的主题就是思考人类认识的方式和可能性，无论是唯理论、经验论，还是对二者的综合，大都认为人类虽然能够认识世界，但这种认识是有限度的，对于超出人类认识能力的对象，只能求助于上帝。

以笛卡尔、斯宾诺莎、莱布尼茨为代表的法国唯理论哲学家认为人的知识来自某些先天的确定不变的观念，例如笛卡尔所说的"天赋观念"，这是人类思维的形式，所有知识都以这些观念为起点，

---

① [美] 阿尔伯特·爱因斯坦：《狭义与广义相对论浅说》，张卜天译，商务印书馆2013年版，第71页。
② [英] 史蒂芬·霍金：《时间简史》（插图版），许明贤等译，湖南科学技术出版社2017年版，第17页。

经由演绎和推理获得。这种研究注重演绎和分析，其展开过程逻辑严密，很难找出漏洞，但其致命缺陷在于所有演绎赖以存在的起点，如果起点是错误的，那么由此推导出的整个知识体系都将不攻自破，而区区几个哲学家又怎么能保证这个起点的正确性呢？并且，从有限的起点出发形成的知识只能在一个封闭的系统中重复自身，并不能突破系统形成新的知识。

以培根、霍布斯、洛克等人为代表的英国经验论哲学家则认为人的知识来自经验，他们反对"天赋观念"，认为"天赋观念"并非天赋，而是后天形成的。洛克的《人类理解论》正是在对唯理论的批判中阐述自己的观点的，"由我们获得知识的方式来看，足以证明知识不是天赋——据一些人们的确定意见说：理解中有一些天赋的原则，原始的意念同记号，仿佛就如印在人心上似的。……我希望我在这部论文的下几部分可以给人指示出，……不用那一类的原始意念或原则，就可以达到知识的确实性"[1]。他们推崇实验的方法，主张通过对实验结果的归纳和综合得出正确的知识。建立在实验基础上的认识避免了唯理论的缺陷，虽然能发现新知识，但难免挂一漏万，不能保证其完全正确。

牛顿也是一个经验论者，他认为人类对事物性质的发现均来源于实验："因为物体的性质不能被知道，除非通过实验，且因此普遍的性质是任何与实验普遍符合的性质；且它们不能被减小亦不能被去除。"[2] 同时他也清楚地认识到，由实验获得的知识只有在反例出

---

[1] ［英］洛克：《人类理解论》，关文运译，商务印书馆2012年版，第6—7页。
[2] ［英］牛顿：《自然哲学的数学原理》，商务印书馆2006年版，第477页。

现之前才能被认为是真实的,"在实验哲学中,由现象通过归纳推出的命题,在其他现象使这些命题更为精确或者出现例外之前,不管相反的假设,应被认为是完全真实的,或者是非常接近于真实的"①。如果新的实验和观测结果与现有理论不相符,即使数量很少,也足以让该理论为此做出必要的限定和修改。虽然他以常人难以企及的智慧解释了宇宙运行的规律,但依然无法对这些规律做出发生学上的解释,最终只能将之归于上帝。

霍金在《时间简史》的第一章就讨论了科学家的目标和实现这一目标的困境,他指出科学的最终目的是找到一个适用于整个宇宙的统一理论。科学家要回答以下问题:宇宙是怎样的?它为什么会是这样的?虽然该目标的实现并不会为我们的生活带来改变,但与生俱来的求知欲促使我们不断地追问这些问题。霍金认为在追求这一目标的过程中存在一个基本矛盾:科学家如果能发现这个完整统一的理论,就说明人类的智慧已经超出了这个理论;但如果这个理论果真能囊括一切的话,人自身也应该被该理论所决定,人怎么能对决定自己的东西施加影响呢?正如他自己所说:"如果真有一个完整的统一理论,它将决定我们的行动。这样,理论本身就决定了我们对之探索的结果!那么为什么它保证我们从证据得到正确的结论?难道它也可以同样地保证我们引出错误的结论吗?或者根本没有结论?"②霍金对以上矛盾采用了达尔文的自然选择学说加以解释,他

---

① [英]牛顿:《自然哲学的数学原理》,商务印书馆2006年版,第478页。
② [英]史蒂芬·霍金:《时间简史》(插图版),许明贤等译,湖南科学技术出版社2017年版,第20—21页。

认为既然人类在自然选择的过程中发展了智慧，并且运用智慧对自然做出了正确的认识，那么"自然选择赋予我们的推理能力在探索完整统一理论时仍然有效，并因此不会导致我们得到错误的理论"①。

霍金的理想是美好的，但人类截至目前距离这个理想还很遥远，理性对上帝的胜利依然无法实现，科学家只能继续建立和完善诸多部分理论，而任何部分理论永远是临时的。"不管多少回实验的结果和某个理论相一致，你永远不可能断定下一次结果不和它矛盾。另一方面，哪怕你只要找到一个和理论预言不一致的观测事实，即可证伪之。"② 从这个意义上来说，亚里士多德的地心说、哥白尼的日心说、笛卡尔的施涡论、牛顿的绝对空间等，都是那些被证伪或部分被证伪的理论，它们最终都由真理变成了神话。在这个意义上科学与文学殊途同归，虽然二者的出发点和思维方式完全不同，但世界的不可知使它们都成为假说。

二 文学家的戏仿

与科学相反，文学一直和谬误联系在一起，自古希腊开始这种观念就根深蒂固，之所以会这样，主要原因是本质主义的思维方式。当古希腊哲学家开始追问"存在是什么"的时候，世界就被割裂成了本质和现象两部分，本质是思维的对象，现象是感觉的对象，重理智而轻感觉的形而上学大行其道。人们认为文学家凭借感觉描摹

---

① ［英］史蒂芬·霍金：《时间简史》（插图版），许明贤等译，湖南科学技术出版社2017年版，第21页。
② 同上书，第17页。

现象世界，因此文学家备受蔑视，而哲学家则凭借理智揭示本体世界，自然受人推崇。众所周知，柏拉图把世界分成了三层：现象、规律和理式。理式构成了本体世界，规律是对理式的模仿，现象是对规律的模仿，哲学家思考的是本体世界，因此他们最接近真实，应当在理想国里为王。掌握了事物内在规律的人（例如工匠、医生等）看到了次一级的真实，在理想国里也受到欢迎。而文学家模仿现象，他们只看到事物变化不定的一面，会带给人错误的认识，所以应当被逐出理想国。即使是赫西奥德和荷马这样广受欢迎的诗人也被他否定："我指的是赫西奥德、荷马，以及其他诗人所讲的那些故事。这些人编造了假故事，讲给人们听，……它们是虚假的，这是首先应当痛加谴责的，尤其是撒谎还撒不圆。"①

　　本质主义的思维方式还导致了人们对语言文字的否定，相对于思想，语言是第二性的，是记录思想的工具，因此好的语言能忠实地呈现思想，坏的语言则会歪曲思想造成误解。在这种观念的影响下，人们不喜欢修辞性的语言，"到昆体良时，这种道德上的贬斥达到了登峰造极的地步。他认为：话语是男性的，因此修饰过的话语便是男妓：阴阳颠倒的恶癖外加贪恋的性欲。从这种斥骂中，大家只可能看到一个开脸扑粉的相公的形象。"② 文学是语言的艺术，如果一味贬低语言并且取消语言自身的价值，文学就会失去生命力。在很长时间内文学一直处在这种困境中，发掘语言自身价值的作家

---

① 《柏拉图全集》（第2卷），王晓朝译，人民出版社2012年版，第338页。
② ［法］茨维坦·托多罗夫：《象征理论》，王国卿译，商务印书馆2004年版，第77页。

不但得不到尊重，反而会受到嘲笑，被斥为昆体良笔下好打扮的相公。

  与此相应，职业作家的地位常常不被重视，甚至是极其低下，收入与付出不成正比。究其原因，还是文学被认为是无用之物，不但不会推动社会进步，改善人们生活，而且还会使人面临道德败坏的危险。古希腊最著名的诗人荷马相传是个奴隶，他居无定所，四处为人吟诵诗歌，生活之艰辛可想而知。中世纪生活境况较好的作家都不是职业作家，像荷马一样的游吟诗人也是收入微薄生活困苦，一些受到恩主赞助的作家虽然能维持生活，但其创作自由却受到所服务的恩主的限制。18世纪之后随着印刷技术和出版行业的发展，出现了职业作家，他们以写作为生，具有较大的独立性，却要服从读者的趣味和市场的风向标，其收入与律师、医生等实用性很强的职业相差很多。文学史上的很多作家都具有相似经历，父母帮他们选择了收入丰厚、社会地位高的其他职业，但他们自己却拒绝父母的安排并选择投身职业作家的行列，生活常常入不敷出，难以为继。例如巴尔扎克，他拒绝律师职业选择以写作为生，一生创作了91部小说，其写作的速度和著作的数量是很多作家难以企及的，但他的生活依然没有保障。

  直到19世纪末20世纪初，随着西方思想界对形而上学传统的反思，人们对本质和现象、思想和语言的关系产生了新的认识。一切在语言中的观念被普遍接受，真理成为一种叙述，这使哲学、历史等备受尊重的学科被拉下神坛，降格成和文学一样的人为建构物。在这种背景下，文学研究者将寻找文学自身的价值作为研究重心，他们不约而同地把文学的独特价值锁定在形式层面，对语言结构和叙事方式等问题的研究成为热点。

虽然文学的地位由于哲学等学科地位的下降而得到改善，但文学不被重视的处境依然没有得到根本改变，这是实用主义的思维模式决定的。大多数人只看到科学改造自然的力量，却漠视文学塑造心灵的力量。在两次世界大战中，科学破坏性的一面展露无遗，人们认识到如果缺乏正确的价值观引导，科学不但不会造福于人，还会毁灭世界。卡尔维诺经历了第一次世界大战后的创伤和第二次世界大战的全过程，深恶于第二次世界大战后两极世界的畸形竞赛，对人类在宇宙面前的盲目自信感到无奈，这促使他开始重新思考科学。

卡尔维诺对科学的反思并非一时冲动，他生在科学之家，父亲是农学家，母亲是植物学家，弟弟是地质学家，舅舅是化学家，舅母也是化学家，他们都希望他能成为科学家。这样的家庭环境使卡尔维诺从小就对科学毫不陌生，但也许正是这种环境反而使他对科学生出了逆反之心，而对能够滋养想象力的文学情有独钟，因此在大学期间由农学专业改为文学专业，并且一生从事文学创作。卡尔维诺虽然以文学背叛科学，但在他的内心深处一直有一个愿望，就是沟通文学与科学，找到它们之间的共通之处。

1959年年底卡尔维诺赴美访问，在和乔治·德·桑提拉那的交往中开始重新接触科学，尤其是天文学。乔治·德·桑提拉那本是意大利人，后来长期生活在美国，是科学史和哲学教授，1959年年底卡尔维诺访问美国时与他有较多接触，在此期间他开始更加系统地阅读很多天文学著作。1963年乔治·德·桑提拉那受邀参加"意大利文化联合会"的年会,在意大利多地发表《古老的命运与现代的命运》的演讲,卡尔维诺听后深受启发:"听着他在一九六三年做的讲座,我觉得好像一个思想之结解开了……我记得他的一次讲座给我留下了深刻的印象……就是从那时起我开始写作《宇宙奇趣》。"① 乔治·德·桑提拉那的讲座是个契机,使他对长期思考的问题豁然开朗。如果说家庭熏陶只是在卡尔维诺心中埋下了一颗以科学家的眼睛看世界的种子的话,那么朋友的影响则是促成这粒种子开花结果的直接诱因。

在"宇宙系列故事"中卡尔维诺尝试了文学与科学的对话,这种对话是通过文学对科学的戏仿实现的。在前文所说的第二重叙述中,卡尔维诺将严肃的科学文本变成了文学文本。他是如何对最新的宇宙理论进行戏仿的呢?

首先是通过转换视角的方式。在第一重叙述中,讲述宇宙演变的是科学家,在第二重叙述中,讲述这个过程的则是亲身经历了科学家理论假设的微粒、原子、尘埃、星体、太阳风暴、单细胞生物、贝壳、鱼、恐龙、人。也就是说,卡尔维诺赋予那些在科学文本中缄默不语的物质以生命,让它们开口说话,在它们的讲述中,科学家创造的理论呈现出完全不同的面目。大部分的叙述者是一个叫Qfwfq的家伙,它经历了以上理论中描述的宇宙演化的全过程,伴随着这个过程,它的形态也由大爆炸之前一切都集中在一点时的某种微

---

① [意]卡尔维诺:《宇宙奇趣全集》,张密等译,译林出版社2012年版,第346—347页。

粒演变为原子、尘埃、单细胞生物、贝壳、鱼、恐龙、人。卡尔维诺通过 Qfwfq 之口将引子中的科学理论偷梁换柱，变成了稀奇古怪的文学。面对宇宙中隐藏的巨大力量，科学家和 Qfwfq 们采取了截然不同的态度：前者认为宇宙演变的规律是可以凭借理性被认识的，当所有规律都被揭示出来的时候，人类将摆脱焦虑实现自由，因此他们积极主动地探索宇宙，并且在很多领域都取得了丰硕成果。后者则只能被动地适应每一次变迁，它们不去主动地探索宇宙奥秘，它们只能表达自己的情感，却不能改变自身命运。卡尔维诺果真能洞悉一个原子或恐龙的焦虑吗？肯定不能，Qfwfq 们的焦虑归根结底是他自己的焦虑。

其次，伴随着讲述者和叙述视角的变化，故事的内容也脱离了引子的规定，主要呈现 Qfwfq 在宇宙空间变化的过程中经历的生离死别与喜怒哀乐。卡尔维诺认为它们的经历中蕴含了以下主题：第一，主体在宇宙强力面前的无奈。所有故事中的人物都有一个特征，就是面对突如其来的宇宙变迁，它们只能接受，却无力改变；第二，主体在空间巨变中的选择困境。卡尔维诺虽然没有赋予他的主人公们改变宇宙的力量，却给了它们选择的权力，它们可以在有限的条件下选择自己生存的空间。在面临各种选择时，第一类主人公追求新奇，对空间的变化充满渴望，例如《太阳能坚持到什么时候》中的奶奶 Ggge，她不喜欢一成不变的环境，总是喜欢到新产生的星体上去居住，对宇宙的爆炸、膨胀、收缩毫不厌烦。第二类主人公追求稳定，喜欢自己已经熟悉的环境，对空间的变化充满焦虑，例如《水族舅老爷》中 Qfwfq 的舅姥爷，它是一条老鱼，处在水生生物向陆地生物进化的过渡期，它的家族和很多同类都离开海洋湖泊去陆地上生活，在陆地生活已成为当时的潮流，但它却固执地选择留在水里永不上岸。第三类主人公对于选择很迷茫，它们想要找到一条通往永恒的道路，经过尝试后却发现所有道路都不能实现自己的愿望。例如《内向爆炸》中的 Qfwfq，它是一个星体，对它来说内向爆炸还是外向爆炸是一个类似于"to be or not to be"的两难选择，选择外向爆炸无疑会将自己消耗殆尽，选择内向爆炸似乎也只是延缓了死亡，二者都无法让自己在变化的力量面前保持永恒；第三，主体为适应新环境而进行自我改变的痛苦。例如《恐龙》中最后的那条龙，它虽然在种族灭绝的过程中幸免于难，却要时时改变自己以适应新环境，在痛苦的自我改造中消灭恐龙的特征，变成其他的物种。

最后，在叙述方式上，故事部分充满了科学文本最为忌讳的含混和错乱。第一是时空错乱，在完成于1966年的《血，海》中，时空背景时而是现代都市，时而是地球生命诞生之初的古老海洋，人物也在现代都市人和原始微生物之间自由切换；第二是逻辑混乱，许多作品的情节发展并非建立在逻辑关系的基础上。而是建立在某个主题或某种情绪的基础上，例如《月亮的女儿们》中"城市的反常""少女的发疯""月亮在汽车公墓的陨落""麦迪逊广场的游行""月亮在海上重生"这些情节都是为了烘托一种混乱和狂躁的氛围，表现月亮发生变化时给地球带来的疯狂这一主题；第三是人物关系的错乱，叙述人 Qfwfq 随意穿梭在宇宙时空当中，形态变幻不定，因此围绕其所形成的人物关系也常常让人感到费解。

通过戏仿的方式，卡尔维诺将同一宇宙模型的科学版本和文学版本同时呈现出来，凸显了科学和文学的差别，让读者从中感受到科学的冰冷和文学的温情，从而唤起对科学工具化的反思。《月亮像蘑菇》的引子中以科学的方式描述月亮脱离地球这一事件："乔治·达尔文认为，月亮应该是由于太阳的潮汐作用而脱离地球的。"① 正文中则以文学的方式描述："月亮挣脱了，升到天上，轻柔得像一片树叶。"② 前者是以一种客观的语气陈述事实，在这种陈述中读者不会对月亮产生任何情感关怀。后者则赋予月亮以生命，将它与地球的分离看成是女儿挣脱母亲怀抱去独立生活的行为，这使客观事实具有了某种忧伤、兴奋、无奈、憧憬的情感色彩，让人像关心亲人、朋友一样去牵挂月亮。同样，《太空的形状》的引子部分介绍了"弯曲时空"的理论："使太空的曲率与物质的分布发生相应关系的万有引力场的方程式正在具有普遍意义。"③ 而在故事部分则将太空的弯曲与在太空中飘浮的微粒的幸福联系在一起，恋爱中的两个微粒因为空间的凹陷而获得了相逢的机会："明白了太空的这种形态，就可以发现一些像吊床一样柔软的凹陷，我可以和 Ursula H'x 一起待在那里，紧紧贴着身子，互相亲吻着，摇晃着。"④

科学家应当从文学中汲取的是对宇宙的敬畏和对人类情感的尊重，如果科学家在研究宇宙尤其是将研究成果应用于实践时能够具有更多的人文关怀，才会使科学产生积极的作用，否则科学终将毁

---

① ［意］卡尔维诺：《宇宙奇趣全集》，张密等译，译林出版社2012年版，第245页。
② 同上书，第252页。
③ 同上书，第91页。
④ 同上书，第97页。

灭人类并使宇宙失去应有的秩序。文学家则从科学中发现世界和生命的新形式，并从中汲取故事的素材和灵感，让最新的科学理论滋养自己的想象力。可以说，科学呈现的是一个化繁为简的宇宙，我们从中看到了宇宙的骨架，文学呈现的则是一个化简为繁的宇宙，我们从中看到了宇宙的血肉。卡尔维诺在"宇宙系列故事"中试图让最新的科学理论焕发出古老神话的色彩，让读者在新与老、简与繁、真实与虚构、严肃与滑稽之间的对话中找到自己的阐释空间。

"宇宙系列故事"在卡尔维诺的整个空间探索中具有重要意义，它们标志着卡尔维诺不再以单一视角描述空间。无论是《通向蜘蛛巢的小路》《树上的男爵》还是《命运交叉的城堡》，都呈现了某种单一视角下的一维空间，例如皮恩眼中的意大利小镇、柯西莫开辟的树上世界、纸牌人物迷失的文本世界。"宇宙系列故事"则借助引子和故事的双重叙述，呈现了科学家和文学家眼中的两种宇宙。卡尔维诺的最终理想是打破一维空间的局限，创造一个多维空间，这些故事已经具备了多维空间的特征。在下一章将要讨论的《看不见的城市》和《帕洛马尔》中，卡尔维诺继续践行着以多视角观察空间的原则。为什么卡尔维诺对多维空间情有独钟呢？因为在他看来，差异才是现实本身，文学家和科学家各自描绘出不同的宇宙，也许这才是宇宙的真实面目。

第六章　空间的空间：对空间观念的反思

　　从《通向蜘蛛巢的小路》到《命运交叉的城堡》再到《宇宙奇趣》，卡尔维诺主要是在探索和塑造全新的空间形态，因此每看到一部作品都会让人产生耳目一新的感觉，但卡尔维诺本人的空间观到底是怎样的，他并没有在这些作品中直接展露出来。虽然《命运交叉的城堡》《命运交叉的饭馆》《寒冬夜行人》三部作品对作者的空间观念稍有涉及，但都隐含在对写作观、阅读观、文本观等其他问题的讨论中，空间观因此而显得晦暗不明。

　　《看不见的城市》和《帕洛马尔》同以上作品的最大区别在于，卡尔维诺在这两部作品中直接探讨了空间问题。他将不同的空间形态和空间观念并置在一起，凸显它们之间的差异感，借此来颠覆一元空间观，传达自己的多元空间立场。在《看不见的城市》中，他通过忽必烈汗和马可·波罗二人截然不同的空间观来实现这一目标，在《帕洛马尔》中则通过帕洛马尔先生一生中不同阶段观察世界的几种方式来达到同样的目的。因此，可以将卡尔维诺这两部小说中的空间命名为"空间的空间",意为从某种具体的空间形态中抽身而出,思考空间的本质。作家对主体问题的思考也发生了根本转变,即从展现主体在某种具体空间形态中的焦虑转向探讨主体认识空间的可能性,以及他该以何种方式认识空间。这些转变标志着卡尔维诺的空间观念走向成熟,《帕洛马尔》是他的最后一部小说,也是他一生关于空间问题思考和实验的总结。

第一节 《看不见的城市》中的两种城市观

《看不见的城市》出版于 1972 年,当时他的生活场所早已不仅仅局限于意大利,而是在巴黎、纽约、罗马、都灵、米兰等城市之间频繁地切换,这种频繁切换中产生的差异感对于他空间观念的改变来说是至关重要的。与 1959 年年初访问美国时相比,那时的他对于世界的理解局限在苏联和美国两个模式之间,所思考的是意大利该选择哪一个模式,而这一时期的他已经从二元思考走向多元。

在《巴黎隐士》中收录了一篇卡尔维诺在 1974 年接受瓦雷里欧·利瓦(Valerio Riva)访问时的文章,这篇文章主要谈到了卡尔维诺对城市和空间的感受,其中有几点和此处我们要谈论的问题密切相关:首先,城市之间的差异日渐消失。很多人去过不同的国家和城市,但在哪里都感觉差不多,雷同的建筑、雷同的街道、雷同的服装,甚至是雷同的面孔,世界越来越成为一个均一化的整体;其次,城市之间的距离感正在被抹去。他住在巴黎机场附近,坐飞机去意大利的都灵和米兰不过一小时,比堵车时去香榭丽舍大街还要快。这一方面使他感受到了方便快捷,另一方面也感到孤立城市的消失,这种情况加速了世界的均一化;最后,城市内部的差异性与多元性也正在消失。他很喜欢巴黎,因为巴黎与很多城市相比,是充满丰富内涵的。它像一座博物馆,历史与文化隐藏在角角落落,哪里都有故事;它又像一部百科全书,在任何一个地方你都可以发现一种知识;它还像一部梦幻之书,收集了人们的记忆和梦想……在巴黎的街头徜徉,你的梦和超现实主义者的梦交叠在一起。这样一个城市是卡尔维诺所喜欢的,所以他长期生活在巴黎,并以"巴黎隐士"的身份自居。

从《看不见的城市》中可以感受到卡尔维诺对均一化空间的排斥,以及对城市之间差异、城市内部差异逐渐消失的担忧,《看不见的城市》正是这种担忧的产物。他说:"《看不见的城市》的创作初衷来自当下许多人的生活方式:我们不断地从一个机场辗转到另一个机场,过着在任何城市都相互雷同的生活。"① 这句话的关键词是"雷同",因此,卡尔维诺在《看不见的城市》中竭力打造了一个差异的世界来对抗雷同。

小说中的差异感是通过两种空间观的对弈来实现的,一种是忽必烈汗,另一种是马可·波罗。马可·波罗描述城市的态度是后现

---

① Italo Calvino, *Hermit in Paris*, translated by Martin McLaughlin, London: Penguin Books, 2011, p. 169.

代的，忽必烈汗却是后现代之前的。忽必烈汗认为所有城市都可以化约为一个固定模式，只要掌握了这个模式，就能从中推演出所有城市；马可·波罗则认为城市千差万别，它们正是因彼此的差别才获得自身存在的价值，不可能将它们囊括在某个统一模式中。小说的主干是忽必烈汗和马可·波罗在木兰花园中的对话，在他们貌似平静的对话中，其实充满着紧张的对峙。忽必烈汗想将自己对空间的理解套用在马可·波罗描述的城市中，而马可·波罗却在波澜不惊的叙述中消解了忽必烈汗的意图。他们之间的对弈没有结果，卡尔维诺的用意不在于让两人决出胜负，从而肯定其中一人的空间观，而是要凸显他们的差异，因为其中任何一方的存在都必须以对方的存在为前提。

一 忽必烈汗的城市观

作为元朝的开国皇帝，忽必烈汗既是一个威名赫赫的征服者，又是一个善于安邦治国的统治者，这种特殊的身份决定了他思考空间问题的角度和方式。在对外扩张的征战中，城市对他来说最初是地图上的一个点，随后是将自己的旗帜插上对方城楼的荣耀，紧接着是短暂的占领、谈判、委托，最后是离去。整个过程以领土和财富的占有为目的，对于城市的历史文化、风土人情、生活方式等具体入微的情况他没有时间也没有兴趣了解。因此随着他的离去，这个城市又恢复为地图上的那个点，所不同的仅仅是它变成了属于自己的一个点，时不时地会从那里发出微弱信号来保持某种联系。在稳定下来的统治中，城市对他来说是一连串的文书和数字，他的大臣们和各个被征服国家的使节们每隔一段时间都要来向忽必烈汗汇报各种消息：有这一年征收的赋税和进贡的礼品清单，有各地官吏们变动的名单，有各种基础设施修建情况的汇报，有灾区请求援助的申请，有前方战场传来的消息，有敌人的求和书，有幕僚们的各种建议……这些文书和数字决定了他对城市的看法，对能按时足额缴纳赋税的城市他认为是富足的，对灾难频发的城市他认为是贫穷的，对反叛的城市他认为是棘手的……虽然忽必烈汗看待这些城市的方式各不相同，但有一点没有改变，就是他依然没有深入到城市内部，去体验城市的真实生命，去感受它变化律动的脉搏，他还是在城市的外部观察城市。

由此看出，忽必烈汗思考空间问题的出发点不是一点一滴地了解空间，而是拥有和控制空间，在这个基本目标的指引下，他希望掌握城市的内在结构和组合规律，这样就能一劳永逸地将它控制在自己手里，即使足不出户，也能够通过抽象的推演思辨来解决问题。建立在这种洞悉之上的帝国将固若金汤、牢不可破，他形象地将之比喻为金刚石帝国："我的帝国是用水晶材料建筑的，它的分子结构是排列完美的。正是元素的激荡才产生出坚实无比、绝妙无伦的金刚石，产生整座有许多切面的透明的大山。"[1]

忽必烈汗通过以下步骤勾勒出他掌握城市内在规律的过程：首先，将城市还原为一个个基本的构成元素，这些元素就像是构成水

---

[1] 吕同六等主编：《卡尔维诺文集：命运交叉的城堡等》，译林出版社2001年版，第179页。

晶的分子一样。他通过倾听马可·波罗的讲述，了解了很多他未曾到过也不曾了解的城市，但他的关注点和马可·波罗不一样，马可·波罗在描述这些城市的时候旨在突出它们之间的差异和变化，而忽必烈汗却试图发现隐藏在这些差异和变化中的不变因素。经过一段时间的倾听和思考之后，他终于有了收获。他认为马可·波罗叙述的城市不外乎由以下几类元素按不同比例混合而成：充满异域风情的人物和风景、一些独特的风俗和生活习惯、各不相同的城市布局，再加上一种情绪和基调，例如幸福、悲伤、惋惜、追忆等。在这种发现的基础上，他开始自己想象城市，例如"一座台阶上的城市"，在这座城市中有半月形海湾、玻璃水池、燕鱼、能发出竖琴声的棕榈树、大理石桌子、大理石食品等，这座城市虽然充满了各种奇异的事物，却缺乏灵魂。再如"一座港口城市"，这座城市有港口、码头、黑色的海水、亲人和旅客告别的场面。忽必烈汗用离别的哀愁将这些元素统一起来，突出了城市的悲伤氛围，但这种氛围人为痕迹太明显，反而让人觉得不够真实自然。有了自己对城市的想象之后，忽必烈汗一改倾听的习惯，转为由自己讲述想象中的城市，由马可·波罗在现实中寻找这些城市，以此来验证自己的设想是否正确。

其次，掌握这些构成元素之间的组合规律。这个过程类似于下棋，如果他能够将棋局变化的内在规律烂熟于胸，那么棋子就会失去意义，仅仅充当标记的作用，"忽略了棋子的不同形状，就能领会在一个格子上的棋子对于其他棋子的作用与地位。……假如每个城市就是一局棋，我掌握各种规则的那天，就是我终于掌握整个帝国之日,即使我还没能认识它所包含的所有城市"①。于是,忽必烈汗对构成城市的元素不再充满兴趣,转而一心关注这些元素的组合规律,并且希望通过足不出户地观察棋局来实现这一目标。他不再让马可·波罗到处旅行,通过旅行中获得的信息总结规律,而是让他跟自己下棋,他自己则密切关注着每一盘棋的局势,总结造成每一种变化的原因。

如果以上设想都成立,那么就能构建一个样板城市,这个样板城市将"包含一切符合常规的东西。鉴于现有的城市都多少有些偏离常规,我就只需预先料想到常规的种种例外,便能计算出它们最可能的组合形式来"②。也就是说,忽必烈汗只需通过在样板中添加或减少若干例外,就能演化出所有城市,也就能彻底掌握他的帝国。可是每当他感觉即将抓住棋局变化规律的时候,规律总是会出其不意地溜走,因为任何一步棋都可以不按固定套路走,很多意想不到的原因会影响整个棋局,不确定的因素总会颠覆那些确定的规则,这使忽必烈汗很苦恼。

这些不合规则的意外让忽必烈汗陷入矛盾和痛苦中,他一方面幻想着帝国符合规则时的完美状态,另一方面也清楚地意识到他的设想不可能实现,帝国永远存在不完美。每当这时,他就会感到很忧郁,这是"征服的骄傲(人的认识能力可以无限发展)和达不到终极之美的沮丧"③。尽管他占领了众多城市,拥有辽阔的疆域,势

---

① 吕同六等主编:《卡尔维诺文集:命运交叉的城堡等》,译林出版社2001年版,第235页。
② 同上书,第188页。
③ 残雪:《精读〈看不见的城市〉》,《红岩》2006年第6期。

力范围遍及亚欧大陆，可是他对这些城市的拥有仅仅体现在占领的那一刻，当他班师回朝后这些城市还是原来的样子，不会因为他而改变什么。忽必烈汗怎样才能走出矛盾，让心情恢复满足和平静？是继续执着于探寻城市的组合规则，还是去反思自己的认识方式，换一种思路去看待城市和帝国？在与马可·波罗的对话中，他逐渐找到了答案。马可·波罗的城市观颠覆了他的金刚石帝国，让他认识到问题出在自己身上，只要稍稍调整一下看问题的思路，一切矛盾都会迎刃而解。

二 马可·波罗的城市观

马可·波罗既是一个阅历丰富的旅行家，又是一个成功的商人，这种特殊的身份和常年漂泊在外的生活方式决定了他看待空间的方式与忽必烈汗截然不同。作为旅行家，马可·波罗跋山涉水的目的不是控制自己途经的城市，而是去了解它们并增长见识。这一目的决定了他每当进入一座陌生的城市之后，首先关注的是这座城市区别于其他城市的特征。在这种关注方式下，旅行家马可·波罗培养了一双善于发现差异的眼睛，这使每一座城市都个性鲜明，它们在彼此的差异中存在。而对那些想要掌握和控制城市的人来说，城市的差异仅仅是掩饰其共通性的装饰，他们善于从异中提取同，因此所有城市都是千篇一律的。作为商人，马可·波罗来到陌生城市的目的是赚钱，在这一目标的指引下，他必须尽快地了解该城的市场行情。市场行情会受到多方面因素的影响：首先是供求关系。商人千里迢迢地从远方带来某种货品，却发现这里货源很充足，根本卖不出去,这就需要他提前了解供求关系;其次是当地市场的运行规则。每个国家都有自己独特的经济制度,外国商人必须掌握和适应当地的游戏规则才能进入市场,否则会因水土不服而失败;最后是当地人的生活方式和购物习惯。每个城市的居民都会因历史地理等差异形成不同的生活方式和思维方式,这使他们具有相对稳定的购物习惯,如果不了解这些也会事倍功半;另外商人还必须了解当地同行的信息,看看竞争对手实力如何,自己当如何与之相处,一着不慎很可能导致满盘皆输。在长期应对这些复杂因素的情况下,商人马可·波罗培养了一双善于发现变化的眼睛,这双眼睛将每座城市都当成一个瞬息万变的场所,在其波澜不惊的表面之下隐藏着源源不断的分化组合。城市不再是僵化不变的无生命体,而是不断生长变化的生命体。

基于以上原因,马可·波罗和忽必烈汗的城市观处处都显示出不一致,忽必烈汗将城市分解为固定不变的元素,马可·波罗却不主张这样。他认为城市不应当是由某些不变元素构成,因为它一直在变化,此时此刻它可以拆分成这些元素,彼时彼刻它又可以拆分成另一些元素。例如毛利里亚城,多年之前的旧毛利里亚充满优雅与闲适,美丽的小姐与演奏音乐的阳台交相辉映,让人浮想联翩。今日的新毛利里亚却早已失去了这些气质,小姐和阳台变成了火药厂和拱桥,因此同一个名字下活动着的其实是两个完全不同的灵魂。不同的城市更不能拆分成相同的元素,每个城市都有其独特性,因此不同的城市可以由不同的元素构成。例如阿尔米拉是建立在管道上的城市,奥塔维亚则是建立在绳索上的城市,斯麦拉尔迪纳以其独特的水陆交通网络而著称,菲利德却以各种桥梁给人留下深刻印象……另外,每个观察者由于其愿望、经历等的不同,都会对同一座城市有不同的理解,因此不同的观察者可以将同一个城市拆分成不同的元素,例如菲朵拉城,在这里有很多玻璃球,每个玻璃球中都封存着一种符合某个市民愿望的城市。城市应当是发问者,而不是某种城市观的脚注,它能引发人的思考,"就像底比斯通过斯芬克斯之口提问一样"①。

忽必烈汗苦心孤诣地总结元素的构成规则,马可·波罗则轻而易举地颠覆这些规则。忽必烈汗下棋的目的是观察棋局的变化,从而发现其中隐含的规律,通过掌握这些规律来控制棋局。棋子对他来说是自己统治的城市,他认为只要能掌握棋局就能掌握所有城市。马可·波罗下棋不但关注棋局,同时更关注棋盘和棋子。他会提醒忽必烈汗他们使用的棋盘是乌木和枫木两种材质制作的,具有不同的质地和美感,忽必烈汗目光停留的那一块方格子是从干旱年份生长的树干上截取下来的,棋盘上的一个树结是早春的霜导致的,一个孔是蛴螬幼虫吃过的痕迹,一个边上留下了木匠精心打磨的痕迹……听到马可·波罗如此这般的解释后,忽必烈汗大为震惊,对他来说下棋最在乎的是输赢,对马可·波罗来说在乎的却是乌木、枫木、树结、孔洞。对他来说谈论城市是为了终有一天得以控制它,对马可·波罗来说谈论城市只是为了回忆那里的树木、水池、街道、女人。忽必烈汗沮丧地发现以他的方

---

① 吕同六等主编:《卡尔维诺文集:命运交叉的城堡等》,译林出版社2001年版,第168页。

式下棋，最终结果竟然是虚无："终局擒王时，胜方拿掉了国王，棋盘上余下的就是黑白两色的方格子，此外什么也没有。"①他在战场上征服城市也是同样的结局，当班师回朝后，城市又变回了地图上的一个点和一连串的汇报，除此之外什么都没有。而马可·波罗虽然不是城市的所有者，但他却真正把城市装在了自己的心里，即使离开之后依然感到充实。

因此，马可·波罗的样板城市和忽必烈汗的样板城市完全相反，"它是由各种例外、障碍、矛盾、不合逻辑与自相冲突构成的"②。在按照这个样板演化的过程中，只要稍稍去掉一些过于例外的因素，就能得出任何一个城市。他认为按照这个样板演化出的城市其特征是复杂性和多元性，这才符合城市的真实情况。反之，按忽必烈汗的样板演化出的城市，会让共性凌驾于差异性之上，从而使城市失去了真实，变得面目全非。

在这种观念的基础上，马可·波罗给忽必烈汗织就了一个多元的、变动的城市网络。这些城市分别被安排在"记忆、愿望、标志、细小、贸易、眼睛、名字、死者、天空、连绵、隐蔽"十一个小标题之下，这十一个标题构成了十一个意义生长点。它们都从城市这个根部生发出来，同时又以各自为基础生发出其他更小的枝丫，使马可·波罗的城市呈不断生长的态势。在"城市与记忆"中，马可·波罗将城市比作阅历丰富的老人，在构成他躯体的每一个角落

---

① 吕同六等主编：《卡尔维诺文集：命运交叉的城堡等》，译林出版社2001年版，第236页。
② 同上书，第188页。

都隐藏着过去的回忆。这些回忆不断涌现出来，城市也因此而丰富起来；在"城市与欲望"中，马可·波罗将城市置于观察者的主观愿望之下，不同观者的不同的愿望让城市的形象由一个变为多个；在"城市与符号"中，马可·波罗先描述城市在人们心中的固定形象，这些形象通常体现为某些典型的标志。看到某个标志就会想到某个城市，然后他再揭示标志并不能囊括全部城市的事实，真正的城市远远超出了标志所能涵盖的范围；在"城市与眼睛"中，马可·波罗凸显了视角的重要性，不同的观察视角下城市会呈现为不同的样貌；在"城市与贸易"中，马可·波罗揭示了商业贸易外的另一种贸易，即人和人之间的精神交流。人们互相交换着自己在城市中的故事，这些故事无形中改变了城市的形状；在"城市与死者"中，马可·波罗展现了一个在过去、现在、未来的时间维度中纵向生长着的城市；在"连绵的城市"中，马可·波罗描述了城市之间距离的消失，它们逐渐连成一片，分不清彼此；"隐蔽的城市"是最后一个标题，是马可·波罗城市观的总结。他认为在所有显性的城市背后都藏着很多隐蔽的城市，只要你撕裂包裹它们的外衣，这些隐蔽的城市就会涌现出来。从以上分析可以看出，马可·波罗的城市是复数的，是不断增值的，它类似于乔纳森·拉邦对后现代城市的描述，"该城的形象是一部'百科全书'，或者说是'各种风格的大百货商场'，一切等级感甚或价值的同质化在其中都处于消解的过程中"①。

---

① ［美］戴维·哈维：《后现代的状况》，阎嘉译，商务印书馆 2003 年版，第 9 页。

马可·波罗的表述方式正好与他的城市相辅相成，由于语言不通，他与忽必烈汗最初的交流只能通过肢体语言和展示实物进行，或者是夸张的手势和叫声，或者是鸵鸟毛、投石枪、石英。每一种动作和器物都会构成一出哑剧，引起很多种解释的可能性。虽然这种表达方式增加了交流的难度，但却具有语言所无法比拟的涵盖力，让忽必烈汗不得不赋予一座城市许多种形象。忽必烈汗逐渐迷上了马可·波罗的哑剧，以至于后来马可·波罗已经能熟练运用语言来表达自己思想的时候，他还要求用最初的方式相互交流。

三 对弈与差异

在木兰花园的对话中，忽必烈汗和马可·波罗各自表达着关于城市的看法，描述着自己眼中的城市，虽然语气平缓，但却充满着相互较量的紧张气氛。这种较量如同下棋，但卡尔维诺并不想让他们分出胜负，通过胜负来认可其中一种城市观，否定另一种城市观，而是刻意突出对弈的过程，在对弈中呈现两种城市观的差异，进而揭示每种城市观赖以存在的前提正是其他城市观的存在，因为一切事物都是在与他者的对比中显现的，如果抹杀了他者，自己也将消失。

卡尔维诺主张多元的城市观，反对单一的城市观，他通过忽必烈汗的矛盾体现了单一城市观的弊端。忽必烈汗虽然是权倾天下的皇帝，但他也有自己的矛盾和隐忧：一方面他认为城市可以被拆分成元素，只要掌握元素的组合规律就能掌握城市。另一方面他又认识到这种理想状态不可能实现，总会有各种意外出现打破自己的设想；一方面陶醉于征服的快乐，另一方面却会因失去对这些地方的深入了解而苦恼；一方面对疆域的扩大而欣慰，另一方面又会因承袭了被征服地区的原有祸患而痛苦；一方面满足于在挥手之间就能建造或毁灭一座城市，另一方面又惋惜在这个过程中失去的东西……

忽必烈汗纠结于这些矛盾，他手下众多的贤臣良将都无法替他分忧，因为这些臣属们看问题的基本思路和忽必烈汗是一致的，他们提出的解决方案也不可能解决隐忧，反而会加深他的隐忧。例如忽必烈汗想要发现城市的内在规律，他们会配合他去做具体的工作，不会提出异议。忽必烈汗喜欢征服，他们就帮助他实现愿望，不会顾及征服带来的损失。总之在忽必烈汗面前他们不会发出不同的声音，这让忽必烈汗找不到摆脱困境的出路。因此尽管马可·波罗与忽必烈汗的城市观迥然相异，但忽必烈汗依然会沉迷于马可·波罗的叙述中无法自拔。尽管大臣们从各地带来了详尽的报告，这些报告跟马可·波罗不着边际天马行空的讲述相比，能为可汗的决策提供直接的依据，更有利于他做出正确判断，但是"只有马可·波罗的报告能让忽必烈汗穿越注定要坍塌的城墙和塔楼，看清一个图案精细、足以逃过白蚁蛀食的窗格子"①。

也就是说，只有马可·波罗能让他看到帝国的另一面，能让他走出思维定式，因此他对马可·波罗的报告更感兴趣。马可·波罗不会顺着忽必烈汗的心思，而是处处表达不同看法，凸显自己对城

---

① 吕同六等主编：《卡尔维诺文集：命运交叉的城堡等》，译林出版社 2001 年版，第 139 页。

市的体验和理解。这种方式虽然有时会让忽必烈汗很恼火,觉得自己的权威受到挑战,但在更多的时候,他感到的是新奇,感到抓住了解决隐忧的方式。马可·波罗为忽必烈汗开出的药方很简单,就是让他接受帝国和城市的另一面,而不是去消灭它。因为任何事物都是在与他者的对比中存在的,消灭了另一面也就消灭了自己。当忽必烈汗执着于金刚石帝国时,马可·波罗就描述多义之城;当忽必烈汗醉心于棋局时,马可·波罗就让他看到棋盘和棋子的价值;当忽必烈汗迷恋帝国的富足辉煌时,马可·波罗反而回忆起残损破碎的废墟;当忽必烈汗担忧帝国的各种腐败衰落时,马可·波罗却替他发掘幸福美好的踪迹……正如他自己所说:"陛下,只要你做一个手势,就会筑起一座完美无瑕的独一无二的城市,然而我得去收集其他那些为让位于它而消失了的城市的灰烬,……只有当你辨认出任何宝石都无法补偿的不幸的废墟时,你才会准确估计出最后的金刚石该有多少重量,才不会在开始时估计失误。"[①]

通过这种方式,马可·波罗不但改变了忽必烈汗对空间的看法,而且将差异的观念渗透到对自我和对万事万物之间关系的认识上。马可·波罗和忽必烈汗之所以存在,是因为外面的搬运工、清洁工、厨师、洗衣工的存在,反过来这些仆人是因为他们的存在而存在。马可·波罗的城市观之所以有价值,是因为有忽必烈汗的城市观作对比。现在之所以存在,是因为过去的存在。卡尔维诺在忽必烈汗身边安排一个马可·波罗,其用意正在于此,即让读者学会看到事

[①] 吕同六等主编:《卡尔维诺文集:命运交叉的城堡等》,译林出版社2001年版,第180页。

物的另一面，学会从他者中认识自己。

　　人们之所以会对某种事物形成相对固定的看法，造成认识上的偏见，很大程度是因为各自身份和文化传统的限制。忽必烈汗的帝王身份造就了金刚石帝国，马可·波罗的旅行家和商人身份则造就了多维之城。如果他们想要突破自身的局限，就需要来自外界的强烈刺激，这些刺激可以起到提醒的作用，让他们意识到他者的存在。小说中所有的对话都在木兰花园中进行，两个主人公对这里都有特殊的情感：当马可·波罗在远方的集市上讨价还价时，他的精神会时不时地飞回这里，思考着和忽必烈汗的对话；当忽必烈汗在战场上厮杀时，也会不断回想着在这花园里马可·波罗为他带来的宁静。木兰花园因此而成为一个对话的场所，一个反思空间观念的场所，与马可·波罗和忽必烈汗各自描述的城市相比，它是"空间的空间"。

第二节　认识论反思与"第三空间"

　　《帕洛马尔》是卡尔维诺的最后一部小说，也是他一生创作和思考的总结。如果把它放在笔者探讨的主题——空间书写的线索下来看，这部作品抓住了主体与空间问题中最关键的一点：主体对空间的认识可能性。整个小说都是通过帕洛马尔这个人物来思考主体能否认识空间，如果能，他以何种方式认识空间？如果不能，造成认识障碍的原因是什么？如果消除主体，空间能否自己显现出来？如果无法消除主体，空间和主体之间的关系究竟是怎样的？跟发表于十年前的《看不见的城市》相比，卡尔维诺对空间观念的反思向前推进了一步。在《看不见的城市》中，他探讨了不同空间观念之间的关系，而在《帕洛马尔》中，他探讨了空间观念的形成。

帕洛马尔对主体认识层面的反思经历了以下几个阶段：第一阶段他认为主体能够认识空间。认识的方式是先制定模式，然后将空间纳入自己的模式中；第二阶段他认为主体不能认识空间。因为无论制定怎样的模式，都无法与空间的真实情况相吻合，所以他要剔除主体，让空间自己呈现出来；第三阶段他发现空间不可能自我呈现，只能通过主体呈现出来，二者的关系不能割裂开来。通过以上三个阶段的反思可以看出，造成帕洛马尔困惑的主要是本质主义的思维方式，也就是说他总想发现空间的本质和主体认识过程中的稳定结构，因此想要走出困惑，就必须放弃本质主义的思维方式，认同空间本质的人为建构性以及主体认识结构的多元性。

在帕洛马尔的反思过程中，他不断变换观察视角来呈现不同视角下的空间，以期找到一种最佳视角和最真实的空间。虽然其出发点是本质主义的，但这种观察造成的结果却呈现了多重视角和多元空间。这些观察视角和空间形态纷繁复杂、相互碰撞，无形中成为多元空间论的有力证据。这种目的和结果的悖论，正是卡尔维诺构思的高明之处，让一个本质主义者的反思证明了非本质主义者的观点,帕洛马尔先生眼中的空间于是具有了爱德华·索亚所说的"第三空间"的品质。

一 第一阶段:认识模式与空间

帕洛马尔先生第一个认识阶段的特征可以总结为:"第一,在思想上建立一种最完善、最符合逻辑、从几何学上讲最有可能的模式;第二,检验这个模式是否适合生活中可能观察到的实际情况;第三,进行必要的修改,使模式与现实相吻合。"① 模式必须建立在一些原理的基础之上,这些原理先天地存在于人脑中,是确定不变毋庸置疑的。只有这样才能保证帕洛马尔所做的工作是一种演绎,他偏爱演绎,因为演绎可以不受制于时间空间和外部条件的限制,并且可以不需要合作伙伴,独自在心中进行。他不喜欢用归纳的方式得出结论,因为他不信任自己的经验,经验充满不确定性,会扰乱他本来就混乱不堪的内心,演绎则可以用严整的模式去规范混乱的内心。

帕洛马尔将这种理念付诸对空间的认识中,小说第一部分"帕洛马尔休假"分别讲述了他对海滨、庭院、星空的模式化观察。在海滨帕洛马尔首先观察的是海浪,他的目标是确定海浪运动的模式,为达到这个目标,他采用的方式是先将海浪逐个分开(确定每个海浪前后左右的边界,保证它没有和其他海浪交叠在一起),再弄清决定每一个浪头形状的力量来自何处(包括前浪、后

---

① 吕同六等主编:《卡尔维诺文集:寒冬夜行人等》,译林出版社2001年版,第296页。

浪、风力等因素对它的影响），最后得出海浪准确的运动轨迹。如果实现了这一目标，他就能将所有海浪纳入这一模式中，计算出它们的形状、速度和路线，他就不必在这里逐一观察浪头，只需紧盯着大脑中那张模式图。在庭院中帕洛马尔对草坪也进行了类似观察，他要掌握草坪的种类、数量、分布情况，首先就需要界定什么是秀草、什么是杂草、什么是介于两者之间的草，它们各自又分为哪些小类，例如秀草有马蹄金、黑麦草和三叶草，杂草有蒲公英、狗牙根、琉璃苣、菊苣。然后将草坪分割成大小相同的方块，通过计算每一个方块上各种草的分布情况来获得整个草坪的情况。最后在这些数据的基础上画出草坪中各种草的生长模式图，以它为依据决定如何除草、施肥、浇水。在对星空的观察中，帕洛马尔依然遵循了这种思路，他事先查阅了大量的论文、媒体报道，并且详细研究了星图，然后才借助望远镜观察星空。如果星空的实际情况符合自己查阅的资料，他就会感到欣喜若狂，否则他将烦躁不安。

　　帕洛马尔的这种思维方式由来已久，当哲学由本体论转向认识论之后，所有的哲学家都想搞清人类认识的奥秘，唯理论者致力于找到认识的先天基础，并以它为逻辑起点推演出整个认识过程，其中笛卡尔的观念最具代表性。他将主体接受的所有后天知识统统剔除出精神领域，通过这种方式发现只有思维本身无法剔除，也就是说只有我正在思维这件事是毋庸置疑的，除此之外的其他东西都不可靠，都值得怀疑。保证主体思维正确性的基础是"天赋观念"，正如他本人所说："某种观念是与我们俱生的，或者说它是天然地印在我们灵魂里的,我并不是指它永远出现在我们的思维里,因为,如果是那样的话,就没有任何观念;我指的仅仅是在我们自己心里有生产这种观念的功能。"① 这种能力不证自明,它能保证主体对事物做出正确或错误的判断,因此人类的认识被笛卡尔解释为由这个逻辑起点向下推演的过程。经验论者也致力于发现认识的基础,并指出了和唯理论者相反的路径,他们认为认识来源于感觉经验,只有以感觉经验提供的材料为基础的理性分析才是可靠的,否则任何先入为主的理性分析都将是空穴来风,在此基础上经验论者认为人类的认识应该是由经验为起点的归纳过程。

很显然,帕洛马尔第一阶段的观察方式来自唯理论。和笛卡尔一样,他要找到观察的逻辑起点,并以这个起点为基础建立模式,将观察对象纳入这个模式中。可是,帕洛马尔的这种观察方式最终以失败而告终,因为模式永远不能完全囊括现实空间。现实空间的任何一种变化都会颠覆模式,每当他以为抓住了空间的本质时,它总会出现例外,呈现出支离破碎的样子,仿佛一桩即将坍塌的房子,"这就是他现在看到的宇宙,七扭八歪、摇摇欲坠,同他一样得不到安宁"②。在对海浪的观察中,他根本无法将每一个浪头分开,因为所有的浪头都前后相随、左右相接。帕洛马尔不知道究竟应该把一个浪头的边界确定在哪个点才算是最合理的,而一旦确定了不同的边界就会得出不同的结论。他也无法确定推

---

① [法]笛卡尔:《第一哲学沉思集》,庞景仁译,商务印书馆1986年版,第190—191页。
② 吕同六等主编:《卡尔维诺文集:寒冬夜行人等》,译林出版社2001年版,第304页。

动海浪前进的力量究竟来自何处，因为每个浪头都由来自不同方向的力量共同作用而形成，不可能存在一个能解释所有浪头的模式。因此，想要凭借以上认识获得所有海浪的运动轨迹是痴心妄想，变化无穷的海浪接踵而至，打乱了帕洛马尔已经成形的所有想法，他只能放弃。在对庭院的观察中，帕洛马尔也无法掌握草坪的数量、种类，因为草坪处于不断生长的过程中，会产生很多介于中间的种类，它们的数量和种类永远都是模糊而又变动的。这决定了它们在整个草坪中的比例和分布情况也呈现出变动的状态，所以想要通过掌握这些情况来指导园丁对草坪的管理维护方案是不可能的。在对星空的观察中，每一次看到的星星似乎都要比星图中的多，并且每一次看同一颗星星时，都和上次看到的有所不同。帕洛马尔是由于对地球的杂乱无章产生失望时才将目光转向星空的，但经过反复观察后却发现，星空比地球更加浩渺无边与捉摸不定，帕洛马尔于是又放弃了将星空纳入某种模式中的愿望。

当帕洛马尔的认识方式全面受挫时，他逐渐意识到如果继续对世界的复杂多样性视若无睹，只能导致"世界的直观性、相对性逐渐消失，取而代之的是一个理性的绝对存在大全。不仅事物被看作是可精确测量和可严格规定的，而且事物之间的联系也不再被看作是经验的联系，而是先天的因果规律联系。而作为事物之总体的自然世界则不仅被理解为一个大全，而且被理解为一个大全统一"①。

---

① 倪梁康：《自识与反思》，商务印书馆2002年版，第8页。

这种状况不但不能达到认识空间本质的预期目标，反而会加深主体和认识对象之间的鸿沟，让主体陶醉在自我之中，给观察活动带来更大的障碍。

二 第二阶段：排除主体的空间

帕洛马尔在痛苦的思考中走向第二个阶段，在这个阶段他致力于克服第一阶段认识方式的弊端，"把自己头脑里的各种模式和各种模式的模式统统一抹而尽。……最好能腾空自己的头脑，把支离破碎的生活经历和默认的且无法证明的公理也清扫干净"①。在观察路径上，他不再从主体和模式出发，而是从客体出发，等待客观世界主动向他发出召唤，当这种召唤出现以后他再主动迎合，与之产生呼应，也就是说联结主客体的先后次序变成了从被观察者到观察者。在观察范围上，他不去事先设定，而是任由各种对象自由随机地闯入自己的视野，因为只有这样才符合客观实际。在对客体的描述和判断中，他放弃了抽象的演绎和有目的的归纳，而是本着还原客体真实性的原则，对进入自己认识领域中的对象逐个去描述和判断，形成零散的、不成体系的"是"或"不是""这样"或"那样"的看法。甚至在表达自我观点的时候，帕洛马尔都三缄其口，不愿说出明确的看法，生怕过于清晰明确的观点会变成某种模式，遮蔽事物的本来面目，他宁可让自己的思想呈现为不成形的流体状态，等遇到与之相吻合的对象时再确定其形状。

---

① 吕同六等主编：《卡尔维诺文集：寒冬夜行人等》，译林出版社2001年版，第298—299页。

帕洛马尔对外部空间展开了全新的观察，小说中有很多片段都体现出追求纯客观描述的痕迹。例如"观天象"一节中，帕洛马尔对月亮的观察，他详细描述了月亮从黄昏到天黑这一时段中呈现出的各种变化：当天色尚早时，月亮的颜色、形状、质感以及它与天空之间的关系；当天色逐渐变暗时，月亮在以上诸方面发生的细微变化；直到天色完全变黑，月亮由最初那个淡淡的轮廓变成了明亮的镜子。在整个过程中，帕洛马尔只是耐心地记录天空和月亮的变化，没有用物理学和天文学的知识去解释这些变化，也不对任何变化做出主观评价和想象。在对罗马的观察中，帕洛马尔也尽量抹杀自我，他不厌其烦地描述这座城市中的各色屋顶，尽数这些屋顶的形状、陈设、装饰。尤其是对途经罗马的一种候鸟欧椋的描述，他以前对这种鸟的知识都是从别处得来的，有的是道听途说，有的是科学理论，这次帕洛马尔决定不再相信这些，他要通过自己的点滴观察来描述最真实的欧椋。他将欧椋由远及近的飞行过程细致入微地记录下来，包括它们的速度、密度、队形变化、彼此之间的拥挤碰撞等。除了宇宙和城市之外，帕洛马尔还关注一些特殊空间，例如壁虎腹腔，这里与浩渺的宇宙和庞大的城市相比，是微小的、指向内部的，代表了世界的另一面。他连续很多天透过玻璃观察壁虎透明的腹腔，记录它腹腔的内部结构以及吞咽食物的全过程，尤其是飞蛾等猎物进入它口中直到被消化的各种细节，这里如同地心和冥府，同外部空间形成了鲜明对比。

正如卡尔维诺在《巴黎隐士》中的自白："我与世界之间的关系由探索变为商讨，也就是说世界是独立于我之外的所有数据的总和,我可以对比、组合、传输它们,甚至可以偶尔享受一下,但它们始终独立于我。"① 帕洛马尔与空间的关系也由解释改为描述,在不厌其烦的描述中试图还原世界的本来面目。

为此他想尽办法抹杀自我的存在:首先,通过缄口不语的方式让自己习惯于听从事物的召唤。在众人都喋喋不休、急于让更多人知道自己想法的时代,帕洛马尔却选择沉默。遇到任何事情都不发表意见,原因是他觉得自己所有的想法都值得怀疑,他总觉得不能和客观世界保持高度协调,讲出的话总是混乱不堪,缺乏主旨。即使偶尔会有真知灼见,但这些闪光点微乎其微,不足以改变现状或带来积极后果,与其这样不如不说。对别人的话,帕洛马尔也持保留意见,他认为很多人都跟他一样,并不能抓住事物的根本而乱说一气。那些会讲话的人也不一定讲得都对,很多人只不过是掌握了讲话的技巧,仅仅关注话语本身的逻辑性和连贯性,而忽略讲话内容是否符合实际,因此这种人讲得再好也没有意义,倒不如自己不讲。在这种情况下,帕洛马尔通常一连好几个星期甚至几个月不讲话。

其次,通过假装死亡的方式让自我消失。在小说的最后一节"学会死"中,他将缄口不语推向了极端,要像死人一样永远闭嘴,以此来观察没有自己的世界究竟会是什么样子。在一个没有帕洛马尔的世界,世界将按自己原有的方式运动,一切都在自然而宁静中发生。帕洛马尔将从根本上消除自己的焦虑,因为死人不会再有认

---

① Italo Calvino, *Hermit in Paris*, translated by Martin McLaughlin, London: Penguin Books, 2011, p. 174.

识世界的愿望，也不会有无法认识世界的焦虑，他不必再纠结于正确与错误之间。即使曾经犯过的错误也不必去修改，不必对任何事情负责。

但他越是想摆脱模式的束缚，越是想抹去自我的限制从而达到无我状态下的认识，就越觉得这种理想状态根本无法实现。只要是人描述的世界，就只能通过人的感官显现出来，它不可能以其他方式被人所察觉感知。在"闪光的剑"一节中，帕洛马尔仔细地思考了这一问题，他将游泳时在海面上看到的一束反光称为"闪光的剑"，如果它不在人的观察视野中，很可能不会呈现为一束反光这种形态，而是人类根本感受不到的其他形态。只有它存在于人的感觉中，才体现为一束反光，这是由人类眼睛的感知方式决定的。太阳光投射在海水上形成反光，这束反光再投射到人的视网膜上，形成某种特定的组合形式，神经系统将这种组合形式传输给大脑，于是在我们的意识中有了"闪光的剑"这样的形象。在人类出现之前大海就已经存在，那时的大海也许是以另一种方式呈现出来的。但无论以何种方式呈现，人类由于受到自己感觉方式的限制都无从知晓，因此"闪光的剑"这一形象和人的眼睛是相互依存的，没有人的眼睛将没有"闪光的剑"。"闪光的剑"和人眼之间相互依存的关系其实正是人和客观世界之间关系的缩影。宇宙、星空、海水、城市、街道、壁虎腹腔、动物园……所有的一切都只能通过人的感官呈现出特定的形态。

只要是人描述的世界，必定会受到观察者已有观念的限制。还是以"闪光的剑"为例，人必须借助语言来思考，当他看到海面上的这束反光时，脑海中自然会涌现出"闪光""剑""一束"这一组词。用"剑"来表示反光的形状和质感，用"闪光"来表示反光的视觉效果，用"一束"来表示反光的数量。如果换成一只乌龟来观察同样的一束反光，它就不可能用这些词来表达。当观察者看到这束反光的时候，会自动地将存在于大脑中的相关知识赋予该对象身上。这些知识包括科学、文学、美学等，例如在科学家眼中这束反光是光学现象，在文学家眼中这束反光和锋利的剑产生了联系。然后是各类观察者对它的价值判断，他们从各自的立场出发，对这束反光做出或实用，或审美的判断。

帕洛马尔竭力排除自我还原世界本相的努力，在认识论哲学遭遇危机后的很多哲学家身上都曾经发生过，他们不约而同地意识到主体认识模式对世界的遮蔽，都想要还原世界的本来面目。对于胡塞尔、海德格尔、萨特等任何一个严肃的哲学家来说，他们思考的起点都和帕洛马尔的排除自我非常相似："对于他和每一个真正想成为哲学家的人来说，必不可免地应从一种彻底的怀疑的悬搁开始，即对迄今所有的一切信念的整体加以怀疑，预先禁止对它们使用任何判断，禁止对于它们的有效或无效采取任何立场。"[①] 海德格尔也提出要回到尚未被本质遮蔽之前的开端，恢复存在的自在澄明状态。但很快他们的后继者们和帕洛马尔一样意识到，彻底的悬置和排除自我根本无法实现。只要认识主体是人，那么世界就只能在人的话语模式中存在。从这个角度来看，卡尔维诺

---

① ［德］海德格尔：《形而上学导论》，熊伟等译，商务印书馆1996年版，第39页。

在帕洛马尔这个人物身上寄托了更加深刻的思考。从第一阶段到第二阶段，帕洛马尔的精神历程中蕴含了西方哲学从认识论向现象学、存在主义、语言论的转变。

三 第三阶段：接受差异与"第三空间"

导致帕洛马尔认识焦虑的根本原因是本质主义的思维方式，无论是第一阶段还是第二阶段，他的最终目的都是要呈现世界的本质。不同的是，第一阶段他要将世界纳入主体的认识框架中，第二阶段他要撤除主体的认识框架，让世界自己呈现出来。结果却发现，要想让外部世界和主体认识实现同一是不可能的，二者之间总有不能完全吻合的部分：在第一阶段，外部世界的复杂性永远超出主体的认识框架。在第二阶段，主体的认识框架永远都无法完全消除，它总是或隐或显地起着作用。

因此，只要不破除本质主义的思维方式，帕洛马尔就不可能走出焦虑。他最终认识到了这一点，不再执着于发现世界的本质并努力让主体认识和客观世界相吻合，而是接受世界的混乱无序，接受主体的混乱无序，接受主体认识和客观世界之间的裂痕。这标志着帕洛马尔的认识进入到第三阶段。

帕洛马尔在对动物的观察中体现了第三阶段认识观的转变，首先是对长颈鹿身上不规则性的着迷。在巴黎樊尚镇的动物园里，帕洛马尔发现长颈鹿和很多动物都不同，其他动物的外形和动作都很协调，而长颈鹿无论是外形还是动作都充满了不和谐性：在外形上它的身体比例严重失衡，脖子和腿太长，仿佛随时都有可能摔倒，身上的花纹斑块杂乱无章，无任何规律可循。在动作上也极不协调，前后腿的步伐差异很大，看上去不是在正经走路，而是在出洋相逗乐，跑动过程中脖颈的摆动和背部的起伏之间也看不到内在联系。总之，长颈鹿就像一架由一堆互不相干的零件组装起来的机器，随时都有散架的危险。但是正因为这个原因，帕洛马尔才对长颈鹿感兴趣，因为他从长颈鹿身上看到了自我的杂乱无章："他觉得自己的头脑就像这样杂乱无章，仿佛脑海里各种思绪互不相干，越来越难以找到一种能使自己的思想处于和谐状态的模式。"①

其次是对爬虫馆的着迷，爬虫馆里有很多玻璃笼子，每个笼子都关着一种动物，每种动物都年代久远，代表了地球历史的各个时期，有很多甚至诞生于人类历史之前。为保证动物的安全舒适，笼子都是按照动物原产地的特点布置的，包括来自原产地的砂石、水、植物等，这使每个笼子都像是一个世界的缩影。很多笼子并置在一起，让他看到了许多世界。"玻璃笼子之中有人类出现之前的世界，亦有人类出现之后的世界，表明人类世界既非永恒的世界，亦非唯一的世界"②。在笼子与笼子之间，帕洛马尔感到了主体的有限性，笼子中的动物提醒他这个世界不只有人存在，还有很多东西以人不能理解的方式存在。而笼中动物的奇特也提醒他世界上的任何事物身上都隐含着不和谐，例如鬣蜥，它的皮肤、脊冠、尾巴、前掌、后掌好像都互不相干，但这些互不相干的部分却奇妙地结合在一个

---

① 吕同六等主编：《卡尔维诺文集：寒冬夜行人等》，译林出版社 2001 年版，第 281—282 页。
② 同上书，第 285 页。

整体中。人也和鬣蜥一样，并不像自己想象的那样和谐有序，也是由不和谐的部分组合起来的。有了这样的发现，帕洛马尔逐渐接受了内心的混乱。

在对主体与世界的关系问题上，帕洛马尔接受了二者的错位。一方面他意识到主体对世界的认知无法摆脱先在框架的束缚，因此不必再努力地消除自我，试图与世界保持一致；另一方面在适当的时候也要保持缄默，不要过度阐释，给对象留下自我言说的空间。承认这种错位标志着帕洛马尔对本质主义思维方式的破除。在"蛇与人头骨"一节中，帕洛马尔在朋友的陪伴下参观托尔特克人的古都图拉遗址，朋友是这方面的专家，对遗址中的每件物品都有令人信服的阐释，包括它们背后的神话故事、象征意义。与他们同时参观的还有一队学生，这些学生在老师的带领下观赏文物，这位老师与帕洛马尔朋友的态度截然相反，他对每一件物品都拒绝阐释。帕洛马尔反而被这个年轻老师所吸引，认为"拒绝理解这些石头没有告诉我们的东西，也许是尊重石头的隐私的最好表示；企图猜出它们的隐私就是狂妄自大，是对那个真实的但现已失传的含义的背叛"[①]。这两个阐释者对古迹的态度代表了主体认识世界的两种态度，第一位是将人的主观意识强加给世界，第二位是保持适当缄默，作者将二者同时呈现出来，让读者在体会差异的过程中破除认识的窠臼。

在帕洛马尔认识的第一阶段和第二阶段，他的主观意图是找到

---

① 吕同六等主编：《卡尔维诺文集：寒冬夜行人等》，译林出版社2001年版，第291页。

唯一正确的认识方式。为了达到这个目的，在寻找的过程中，他不断变换视角，不断尝试新的认识方式，结果是让人看到了一个多角度的空间。在"观察大地"一节中，帕洛马尔不但描述了自己眼中的城市，而且想象着飞鸟眼中的城市，思考究竟是它们只能向两侧看的眼睛看到的世界更真实还是自己看到的世界更真实；在"眼睛与行星"一节中，帕洛马尔不但描述了望远镜中的火星、土星、木星，还描述了肉眼观察下、神话传说中、诗人想象中的这几颗星，让读者看到了处于不同视角下的行星与天空；在"一公斤半鹅油""奶酪博物馆""大理石柜台和血"中，他分别对熟食店、奶酪店、肉店以及其中的商品进行了多角度的描述。以本质为目的认识，结果却导致了本质主义的瓦解，这种目的和结果的悖论体现了卡尔维诺的高明之处。

　　从以上分析可以看出，卡尔维诺在《帕洛马尔》中旨在破除本质主义的思维方式和一元空间论，这一点和爱德华·索亚"第三空间"的理念不谋而合。爱德华·索亚在总结了前人空间研究的基础上，提出破除一维空间论的观点，他认为用一种特定的观念去解释空间会掩盖空间自身的复杂性，也会扼杀主体思考空间问题的多种可能性，因此要以"他者化"为策略，始终为空间注入新的观察和阐释方式。从这个意义上来看"第三空间"，"第三"并非指物质空间和精神空间之外的"第三种空间"，而是指和现有空间永远不一致的另一种空间，它处于不断生成的过程中。同时它还指一种"亦此亦彼"的包容态度，也就是说多种空间观、多种空间形态是共存的，不能以一种排斥另一种，它们因为彼此的差异而存在。卡尔维诺在

《帕洛马尔》的构思阶段曾为该小说设计过两个主人公：一个是帕洛马尔。一个是莫霍尔，前者和一个天文台"帕洛马尔"同名，后者和一个地壳钻探计划同名。一个向外通向天空，一个向内通向地心。卡尔维诺要让这两个人以截然相反的视角来对话，在他们的对话中呈现世界的多样性。虽然这个设想并未实施，但在帕洛马尔一个人的观察中依然实现了卡尔维诺的写作意图。《帕洛马尔》是卡尔维诺一生空间想象的集中释放，小说中的每一小节几乎都以某个地点命名，虽然作家的生命即将走到尽头，但人类的空间探索还将继续。

参考文献

一 英文部分

[1] Alexander De Grand, *Italian Fascism*, Lincoln & London: University of Nebraska Press, 1982.

[2] Andre Brink, *The Novel: Language and Narrative from Cervantes to Calvino*, New York: New York University Press, 1998.

[3] Andreas Fejes and Katherine Nicoll, ed., *Foucault and Lifelong Learning: Governing the Subject*, London: Routledge, 2008.

[4] Ann Hallamore Caesar and Michael Caesar, *Modern Italian Literature*, Cambridge: Polity Press, 2007.

[5] Anthony Elliott, *Concepts of the Self*, Cambridge: Polity Press, 2001.

[6] Benito Mussolini, *My Autobiography*, London: Hutchinson & Co. Ltd., 1939.

[7] Benito Mussolini, *Fascism: Doctrine and Institutions*, Rome:

Ardita Publishers, 1935.

[8] Teodolinda Barolini, *Dante and the Origins of Italian Literary Culture*, New York: Fordham University Press, 2006.

[9] Ben Stoltzfus, *Lacan and Literature: Purloined Pretexts*, Albany: State University of New York Press, 1996.

[10] Brent L. Pickett, *On the Use and Abuse of Foucault for Politics*, Lanham: Lexington Books, 2005.

[11] Catherine O'Rawe, *Authorial Echoes: Textuality and Self-plagiarism in the Narrative of Luigi Pirandello*, London: Legenda, 2005.

[12] Chris Tiffin and Alan Lawson, ed., *De-scribing Empire: Post-Colonialism and Textuality*, London: Routledge, 1994.

[13] Christopher Donovan, *Postmodern Counternarratives*, London: Routledge, 2005.

[14] Derek Hook, *Foucault, Psychology, and the Analytics of Power*, London: Palgrave Macmillan, 2007.

[15] Michael Payne, *Reading Theory: an Introduction to Lacan, Derrida, and Kristeva*, Oxford: Blackwell, 1993.

[16] Edna Aizenberg, ed., *Borges and His Successors*, Columbia: University of Missouri Press, 1990.

[17] Elizabeth Darling and Lesley Whitworth, ed., *Women and the Making of Built Space in England, 1870-1950*, Aldershot: Ashgate Publishing Limited, 2007.

[18] Ellen Rooney, ed., *The Cambridge Companion to Feminist Literary Theory*, Cambridge: Cambridge University Press, 2006.

[19] Ellie Ragland – Sullivan and Mrk Bracher, ed., *Lacan and the Subject of Language*, London: Routledge, 1991.

[20] Géraldine Pflieger et al., eds., *The Social Fabric of the Networked City*, London: Routledge, 2016.

[21] Henry Lefebvre, *The Production of Space*, Donald Nicholson – Smith, trans, Maldon: Blackwell Publishing, 1991.

[22] Henrietta L. Moore, *The Subject of Anthropology: Gender, Symbolism and Psychoanalysis*, Cambridge: Polity Press, 2007.

[23] Inge Crosman Wimmers, *Poetics of Reading: Approaches to the Novel*, Princeton: Princeton University Press, 1988.

[24] Italo Calvino, *The Uses of Literature*, New York: Harcourt Brace Jovanovich, 1986.

[25] Italo Calvino, *Hermit in Paris*, Martin McLaughlin, trans, London: Penguin Books, 2003.

[26] James Bird, *Centrality and Cities*, London: Routledge, 2007.

[27] Jan de Vries, *European Urbanization, 1500 – 1800*, London: Routledge, 2007.

[28] Jean – Michel Rabaté, ed., *The Cambridge Companion to Lacan*, Cambridge: Cambridge University Press, 2003.

[29] JoAnn Cannon, *Postmodern Italian Fiction: the Crisis of Rea-

son in Calvino, *Eco*, *Sciascia*, *Malerba*, Cranbury: Fairleigh Dickinson University Press, 1989.

[30] Jodi Dean, ed., *Cultural Studies and Political Theory*, Ithaca: Cornell University Press, 2000.

[31] John A. Agnew et al., eds., *The City in Cultural Context*, London: Routledge, 2007.

[32] John Rex, *Race*, *Colonialism and the City*, London: Routledge, 2007.

[33] Julia Kristeva, *Desire in Language*: *a Semiotic Approach to Literature and Art*, leon S. Roudiez, ed., Thomas Gora, et al., trans, New York: Columbia University Press, 1980.

[34] Julian Wolfreys, *Transgression*: *Identity*, *Space*, *Time*, London: Palgrave Macmillan, 2008.

[35] Laura Hengehold, *The Body Problematic*: *Political Imagination in Kant and Foucault*, University Park, Pennsylvania: Pennsylvania State University Press, 2007.

[36] M. Keith Booker, *Vargas Llosa among the Postmodernists*, Gainesville: University Press of Florida, 1994.

[37] Magali Cornier Michael, *Feminism and the Postmodern Impulse*, Albany: State University of New York Press, 1996.

[38] Marie-Laure Ryan, ed., *Cyberspace Textuality*: *Computer Technology and Literary Theory*, Bloomington: Indiana University Press, 1999.

[39] Megan Becker – Leckrone, *Julia Kristeva and Literary Theory*. London: Palgrave Macmillan, 2005.

[40] Michael Goldsmith, *Politics, Planning and the City*, London: Routledge, 2007.

[41] Michael Lewis, *Derrida and Lacan: Another Writing*, Edinburgh: Edinburgh University Press, 2008.

[42] Nicholas Daly, *Literature, Technology, and Modernity, 1860 – 2000*, Cambridge: Cambridge University Press, 2009.

[43] Peter Bondanella and Andrea Ciccarelli, ed., *The Cambridge Companion to the Italian Novel*, Cambridge: Cambridge University Press, 2003.

[44] Philip Barker, *Michel Foucault: Subversions of the Subject*, London: Routledge, 1993.

[45] R. J. Holton, *Cities, Capitalism, and Civilization*, London: Routledge, 2007.

[46] Richard Terdiman, *Body and Story: the Ethics and Practice of Theoretical Conflict*, Baltimore: The Johns Hopkins University Press, 2005.

[47] Robert E. Dickinson, *City, Region and Regionalism*, London: Routledge, 2007.

[48] Robert Marrone, *Body of Knowledge : An Introduction to Body/Mind Psychology*, Albany: State University of New York Press, 1990.

[49] Sara Mills, *Discourse*, London: Routledge, 2004.

[50] Seán Burke, *The Death and Return of the Author: Criticism and Subjectivity in Barthes, Foucault and Derrida*, Edinburgh: Edinburgh University Press, 2008.

[51] Sharon K. Hall, ed., *Contemporary Literary Criticism*, Vol. 39, Detroit: Gale, 1986.

[52] Sharon R. Gunton and Jean C. Stine, ed., *Contemporary Literary Criticism*, Vol. 22, Detroit: Gale, 1982.

[53] Tassilo Herrschel and Peter Newman, *Governance of Europe's City Regions: Planning, Policy, and Politics*, London: Routledge, 2002.

[54] Thomas Votteler, ed., *Contemporary Literary Criticism*, Vol. 73, Detroit: Gale, 1993.

[55] Vera Maletic, *Body; Space; Expression*, Berlin: Mouton de Gruyter, 1987.

二 中文部分

（一）专著

[1]［美］爱德华·索亚：《第三空间》，陆扬等译，上海教育出版社2005年版。

[2]［美］爱德华·索亚：《后现代地理学》，王文斌译，商务印书馆2004年版。

[3]［英］安东尼·吉登斯：《失控的世界》，周红云译，江西

人民出版社 2001 年版。

[4] ［匈］阿格尼丝·赫勒:《现代性理论》,李瑞华译,商务印书馆 2005 年版。

[5] ［法］爱弥尔·涂尔干:《孟德斯鸠与卢梭》,李鲁宁等译,上海人民出版社 2006 年版。

[6] ［美］阿尔伯特·甘霖:《基督教与西方文化》,赵中辉译,北京大学出版社 2005 年版。

[7] ［德］埃德蒙德·胡塞尔:《现象学的观念》,倪梁康译,上海译文出版社 1986 年版。

[8] ［古罗马］奥古斯丁:《忏悔录》,周士良译,商务印书馆 1963 年版。

[9] ［古罗马］奥古斯丁:《上帝之城:驳异教徒》,吴飞译,上海三联书店 2008 年版。

[10] ［古罗马］奥古斯丁:《论三位一体》周伟驰译,上海人民出版社 2005 年版。

[11] 包亚明主编:《现代性与空间的生产》,上海教育出版社 2002 年版。

[12] 包亚明主编:《后大都市与文化研究》,上海教育出版社 2005 年版。

[13] 包亚明主编:《后现代性与公正游戏——利奥塔访谈、书信录》,谈瀛洲译,上海人民出版社 1997 年版。

[14] 包亚明主编:《权力的眼睛——福柯访谈录》,严锋译,上海人民出版社 1997 年版。

[15] [古希腊] 柏拉图：《文艺对话集》，朱光潜译，人民文学出版社 1963 年版。

[16] [德] 彼得·毕尔格：《主体的退隐》，陈良梅等译，南京大学出版社 2004 年版。

[17] [英] 彼得·福克纳：《现代主义》，邹羽译，北方文艺出版社 1988 年版。

[18] 《柏拉图全集》（第 1 卷），王晓朝译，人民出版社 2002 年版。

[19] 《柏拉图全集》（第 2 卷），王晓朝译，人民出版社 2003 年版。

[20] [俄] 巴赫金：《托斯托耶夫斯基诗学问题》，白春仁译，生活·读书·新知三联书店 1988 年版。

[21] [美] 保罗·博维：《权力中的知识分子：批判性人文主义的谱系》，萧莎译，江苏人民出版社 2005 年版。

[22] [法] 保罗·富尔基埃：《存在主义》，潘培庆等译，上海译文出版社 1988 年版。

[23] [美] 卡尔·贝克尔：《18 世纪哲学家的天城》，何兆武译，生活·读书·新知三联书店 2001 年版。

[24] [美] 布林顿：《西方近代思想史》，王德昭译，华东师范大学出版社 2005 年版。

[25] [法] 布瓦洛：《诗的艺术》，任典译，人民文学出版社 1959 年版。

[26] 陈波：《逻辑哲学导论》，中国人民大学出版社 2000 年版。

[27] 陈弘毅:《法治、启蒙与现代法的精神》,中国政法大学出版社 1998 年版。

[28] 陈晓兰:《女性主义批评与文学诠释》,敦煌文艺出版社 1999 年版。

[29] 陈晓明:《解构的踪迹:历史、话语与主体》,中国社会科学出版社 1994 年版。

[30] [俄] 维克托·什克洛夫斯基等:《俄国形式主义文论选》,方珊等译,生活·读书·新知三联书店 1989 年版。

[31] [法] 达维德·方丹:《诗学:文学形式通论》,陈静译,天津人民出版社 2003 年版。

[32] [美] 戴维·哈维:《后现代的状况》,阎嘉译,商务印书馆 2003 年版。

[33] [英] 丹尼·卡瓦拉罗:《文化理论关键词》,张卫东等译,江苏人民出版社 2006 年版。

[34] [法] 雅克·德里达:《论文字学》,汪堂家译,上海译文出版社 1999 年版。

[35] [法] 雅克·德里达:《多重立场》,余碧平译,生活·读书·新知三联书店 2004 年版。

[36] [法] 雅克·德里达:《书写与差异》,张宁译,生活·读书·新知三联书店 2001 年版。

[37] [法] 雅克·德里达:《文学行动》,赵兴国译,中国社会科学出版社 1998 年版。

[38] [法] 笛卡尔:《第一哲学沉思集》,庞景仁译,商务印书

馆 1986 年版。

[39] [法] 蒂费钠·萨莫瓦约：《互文性研究》，邵炜译，天津人民出版社 2003 年版。

[40] [德] 恩斯特·卡西尔：《人论》，甘阳译，上海译文出版社 2004 版。

[41] [荷兰] 佛克马·伯顿斯：《走向后现代主义》，王宁等译，北京大学出版社 1991 年版。

[42] [法] 福柯：《疯癫与文明》，刘北成等译，生活·读书·新知三联书店 1999 年版。

[43] [法] 福柯：《规训与惩罚》，刘北成等译，生活·读书·新知三联书店 2003 年版。

[44] [法] 福柯：《词与物——人文科学考古学》，莫伟民译，上海三联书店 2001 年版。

[45] [日] 福原泰平：《拉康：镜像阶段》，王小峰等译，河北教育出版社 2002 年版。

[46] 高秉江：《胡塞尔与西方主体主义哲学》，武汉大学出版社 2005 年版。

[47] 高九江：《启蒙推动下的欧洲文明》，华夏出版社 2000 年版。

[48] 哈佛燕京学社主编：《启蒙的反思》，江苏教育出版社 2005 年版。

[49] [德] 海德格尔：《存在与时间》，陈嘉映等译，生活·读书·新知三联书店 1987 年版。

[50]［德］海德格尔：《形而上学导论》，熊伟等译，商务印书馆1996年版。

[51]［美］赫伯特·马尔库塞：《单向度的人：发达工业社会意识形态研究》，刘继译，上海译文出版社2006年版。

[52]［美］亨利·詹姆斯：《小说的艺术》，朱雯等译，上海译文出版社2001年版。

[53] 胡全生：《英美后现代主义小说叙述结构研究》，复旦大学出版社2002年版。

[54] 黄作：《不思之说——拉康主体理论研究》，人民出版社2005年版。

[55]［法］吉勒·德勒兹：《德勒兹论福柯》，杨凯麟译，江苏教育出版社2006年版。

[56]［法］加缪：《西西弗的神话》，杜小真译，生活·读书·新知三联书店1987年版。

[57]［波］耶日·科萨克：《存在主义的大师们》，王念宁译，中央编译出版社2003年版。

[58]［美］乔尔·科特金：《全球城市史》，王旭等译，社会科学文献出版社2006年版。

[59]［英］克里斯蒂娜·豪威尔斯：《德里达》，张颖译，黑龙江人民出版社2002年版。

[60]［法］拉康：《拉康选集》，褚孝泉译，上海三联书店2001年版。

[61]［法］利奥塔尔：《后现代状态：关于知识的报告》，车槿

山译，南京大学出版社 2011 年版。

［62］刘意青：《〈圣经〉的文学阐释》，北京大学出版社 2004 年版。

［63］［法］卢梭：《社会契约论》，何兆武译，商务印书馆 1980 年版。

［64］［法］卢梭：《论人类不平等的起源和基础》，李常山译，商务印书馆 1958 年版。

［65］罗钢、刘象愚主编：《文化研究读本》，中国社会科学出版社 2000 年版。

［66］［法］罗兰·巴特：《文之悦》，屠友祥译，上海人民出版社 2002 年版。

［67］［英］罗素：《西方哲学史》，何兆武等译，商务印书馆 1963 年版。

［68］［美］M. H. 艾布拉姆斯：《镜与灯》，郦稚牛等译，北京大学出版社 2004 年版。

［69］［美］Michael J. Dear：《后现代都市状况》，李小科等译，上海教育出版社 2004 年版。

［70］［美］纳博科夫：《文学讲稿》，申慧辉等译，上海三联书店 2005 年版。

［71］［美］约瑟夫·纳托利：《后现代性导论》，潘非等译，江苏人民出版社 2004 年版。

［72］南帆：《文本生产与意识形态》，暨南大学出版社 2002 年版。

[73] 倪梁康:《自识与反思》,商务印书馆2002年版。

[74] [法] 帕斯卡尔:《思想录》,何兆武译,商务印书馆1985年版。

[75] [英] 弗兰克斯·彭茨编著:《空间》,马光亭等译,华夏出版社2006年版。

[76] [英] 齐格蒙特·鲍曼:《现代性与矛盾性》,邵迎生译,商务印书馆2003年版。

[77] [法] 萨特:《存在与虚无》,陈宣良等译,生活·读书·新知三联书店2007年版。

[78] [法] 萨特:《他人就是地狱:萨特自由选择论集》,关群德等译,天津人民出版社2007年版。

[79] [德] 叔本华:《叔本华论说文集》,范进等译,商务印书馆1999年版。

[80] [英] 特伦斯·霍克斯:《结构主义和符号学》,瞿铁鹏译,上海译文出版社1987年版。

[81] [意] 托马斯·阿奎那:《阿奎那政治著作选》,马清槐译,商务印书馆1963年版。

[82] 汪民安、陈永国编著:《后身体:文化、权力与生命政治学》,吉林人民出版社2003年版。

[83] 汪民安:《身体的文化政治学》,河南大学出版社2004年版。

[84] 汪民安:《身体、空间与后现代性》,江苏人民出版社2006年版。

[85] 王潮编著：《后现代主义的突破》，敦煌文艺出版社1996年版。

[86] 王钦峰：《后现代主义小说论略》，中国社会科学出版社2001年版。

[87] 王岳川、尚水编著：《后现代主义文化与美学》，北京大学出版社1992年版。

[88] [美] 威廉·巴雷特：《非理性的人——存在主义哲学研究》，杨照明等译，商务印书馆1995年版。

[89] 伍蠡甫主编：《西方文论选》，上海译文出版社1979年版。

[90] [美] W.C.布斯：《小说修辞学》，华明等译，北京大学出版社1987年版。

[91] [日] 西川直子：《克里斯托娃：多元逻辑》，王青等译，河北教育出版社2002年版。

[92] [美] J.希利斯·米勒：《解读叙事》，申丹译，北京大学出版社2002年版。

[93] 肖锦龙：《德里达的解构理论思想性质论》，中国社会科学出版社2004年版。

[94] 许纪霖主编：《帝国、都市与现代性》，江苏人民出版社2006年版。

[95] [古希腊] 亚里士多德：《诗学》，罗念生译，人民文学出版社2002年版。

[96] [英] 约翰·斯特罗克编著：《结构主义以来：从列维·施特劳斯到德里达》，渠东等译，辽宁教育出版社1998年版。

［97］［美］詹明信：《晚期资本主义的文化逻辑》，陈清侨等译，生活·读书·新知三联书店1997年版。

［98］［美］詹姆斯·施密特编著：《启蒙运动与现代性：18世纪与20世纪的对话》，徐向东等译，上海人民出版社2005年版。

［99］张京媛主编：《当代女性主义文学批评》，北京大学出版社1992年版。

［100］张一兵：《不可能的存在之真：拉康哲学映像》，商务印书馆2006年版。

［101］赵敦华：《基督教哲学1500年》，人民出版社1994年版。

［102］朱立元、李钧主编：《二十世纪西方文论选》，高等教育出版社2002年版。

（二）学术期刊论文

［1］艾晓明：《叙事的奇观：论卡尔维诺〈看不见的城市〉》，《外国文学研究》1999年第4期。

［2］杜小真：《德里达与现象学》，《现代哲学》2006年第4期。

［3］福柯：《康德与启蒙问题（法兰西学院1983年1月5日讲座）》，于奇智译，《华南师范大学学报》（社会科学版）2013年第5期。

［4］蒋朝阳：《由康德到石里克的科学哲学演进逻辑——以"空间"概念为轴线》，《自然辩证法通讯》2010年第1期。

［5］陆扬：《列斐伏尔：文学与现代性视域中的日常生活批

判》,《清华大学学报》(哲学社会科学版)2009 年第 5 期。

[6] 陆扬:《社会空间的生产——析列斐伏尔〈空间的生产〉》,《甘肃社会科学》2008 年第 5 期。

[7] 刘怀玉:《列斐伏尔日常生活批判概念的前后转变》,《现代哲学》2003 年第 1 期。

[8] 刘彦顺:《论后现代美学对现代美学的"身体"拓展——从康德美学的身体缺失谈起》,《文艺争鸣》2008 年第 5 期。

[9] 李秀玲、秦龙:《"空间生产"思想:从马克思经列斐伏尔到哈维》,《福建论坛》(人文社会科学版)2011 年第 5 期。

[10] 凌逾:《赛博时代的三重世界叙事》,《文学评论》2015 年第 4 期。

[11] 倪梁康:《"建筑现象学"与"现象学的建筑术":关于现象学与建筑(学)之关系的思考》,《时代建筑》2008 年第 6 期。

[12] 秦海鹰:《互文性理论的缘起与流变》,《外国文学评论》2004 年第 3 期。

[13] 尚杰:《空间的哲学:福柯的"异托邦"概念》,《同济大学学报》(社会科学版)2005 年第 6 期。

[14] 王建军:《论康德空间与时间表象中的统一性》,《哲学研究》2009 年第 5 期。

[15] 谢纳:《性别、身体与空间》,《文艺争鸣》2012 年第 5 期。

［16］严泽胜：《拉康与分裂的主体》，《外国文学评论》2001年第4期。

［17］杨庆峰：《符号空间、实体空间与现象学变更》，《哲学分析》2010年第3期。

［18］张一兵：《福柯的异托邦：斜视中的他性空间》，《西南大学学报》（社会科学版）2015年第3期。

［19］周小莉：《卡尔维诺的政治认同与前后期创作转型》，《外国文学》2014年第1期。

［20］周小莉：《卡尔维诺小说的空间实验及其空间观》，《国外文学》2011年第1期。

［21］周小莉：《卡尔维诺对空间知识型态的反思——解读〈看不见的城市〉中两种城市观》，《兰州大学学报》（社会科学版）2011年第3期。

［22］周小莉：《从语言学的视角看美国比较文学的演变》，《兰州大学学报》（社会科学版）2017年第3期。

［23］周小莉：《空间对主体的建构与放逐：〈通向蜘蛛巢的小路〉中皮恩的主体身份》，《世界文学评论》2010年第2期。

［24］周小莉：《从〈帕洛马尔先生〉看卡尔维诺的认识论反思》，《湛江师范学院学报》2013年第1期。

［25］周小莉：《〈命运交叉的城堡〉的整体意蕴与卡尔维诺写作观的转变》，《焦作大学学报》2013年第1期。

［26］周小莉：《卡尔维诺小说中的主体焦虑》，《太原大学学

报》2013 年第 1 期。

[27] 周小莉:《〈分成两半的子爵〉中的身体符号化及其悖论》,《邢台学院学报》2012 年第 2 期。

[28] 周小莉:《〈寒冬夜行人〉多元混杂的文本形式与卡尔维诺的文本观》,《兰州交通大学学报》2011 年第 5 期。